MIGNON G. EBERHART

Der dunkle Garten

Buch

In einer großen, düsteren Villa am Ufer des Michigan Sees lebt die Witwe Mina Petrie. Sie lebt dort nicht allein. Außer ihrer Gesellschafterin Charlotte Weimann, einer verbitterten alten Jungfer, hat sie noch drei junge Menschen zu Gast, die nach dem Börsencrash von 1929 mittellos sind und bei ihr Zuflucht gesucht haben: Paul Duchane, der blendend aussehende Sohn ihres früheren Geliebten; Steven Petrie, ihren Neffen, und Katie Warren, die Tochter ihrer besten Freundin.

An einem kalten Wintertag und bei dichtem Nebel macht Katie im Wagen ihrer Gastgeberin einen Ausflug nach Chicago. Auf dem Rückweg kann sie auf Grund der widrigen Wetterverhältnisse kaum etwas sehen. Kurz vor Mina Petries Haus kommt sie ins Schleudern, und plötzlich taumelt ihr eine Gestalt vor den Wagen. Katie kann nicht mehr bremsen und überfährt die Frau. Es ist Charlotte Weimann, Mina Petries Gesellschafterin, und sie ist sofort tot. Ein schrecklicher Unfall, so denkt man zunächst, und auch der ermittelnde Kommissar kommt zu diesem Schluss – bis sich bei der Obduktion herausstellt, dass Charlotte zum Zeitpunkt des Unfalls unter starken Beruhigungsmitteln stand. War es doch Mord? Plötzlich stehen alle Bewohner der Villa unter Verdacht, und im Laufe der Ermittlungen kommt ein dunkles Geheimnis nach dem andern ans Licht ...

Autorin

Mignon G. (Good) Eberhart, geboren am 6. Juli 1899 in Lincoln/Nebraska, wuchs im Mittleren Westen Amerikas auf. Nach ihrer Hochzeit mit Alan Eberhart im Jahre 1923 begann sie Romane zu schreiben, und ihre Krimis um die resolute Krankenschwester Sarah Keate gehören zu ihren größten Erfolgen. Sie wurden in über zwanzig Sprachen übersetzt, immer wieder verfilmt und mit den höchsten Preisen ausgezeichnet. Mignon Eberhart hat insgesamt 75 Romane verfasst und gilt in Amerika als die *Grand Old Lady of Crime.*

Von Mignon G. Eberhart außerdem im Goldmann Taschenbuch lieferbar:

Tödliche Absichten. Ein Sarah-Keate-Roman (5388)
Der Wolf im Schafspelz. Ein Sarah-Keate-Roman (5389)

gel. 05.08

Mignon G. Eberhart

Der dunkle Garten

Roman

Aus dem Amerikanischen von
Dr. Georg Goyert

GOLDMANN

Die amerikanische Originalausgabe erschien
unter dem Titel »Death in The Fog«,
die englische Ausgabe unter dem Titel
»The Dark Garden«.

Umwelthinweis:
Alle bedruckten Materialien dieses Taschenbuches
sind chlorfrei und umweltschonend.

3. Auflage
Wiederveröffentlichung März 2004

Umschlaggestaltung: Design Team München
Umschlagfoto: Wolf Huber
Satz: DTP Service Apel, Hannover
Druck: GGP Media, Pößneck
Krimi: 3
JE · Herstellung: Max Widmaier
Made in Germany
ISBN 3-442-00003-3
www.goldmann-verlag.de

I

Charlotte Weimann lauschte. Nein, sie hörte nichts.

Tiefes Schweigen erfüllte das große Haus. Jeden Laut, jeden ungewohnten Laut hätte sie sofort vernommen. Das helle Zimmer, in dem sie saß, bildete sozusagen den Mittelpunkt des Hauses. Es lag dem Haupteingang gegenüber; man gelangte aus ihm auf eine Rasenfläche hinter dem Hause, die ein weißer Zaun umgab, der eine Lücke zeigte, wo Stufen an den Strand hinabführten, und dann zweigten sich, wie die Äste eines Baumes, die andern Teile des Hauses ab; den Stamm bildete die breite, mit Teppichen belegte Treppe aus Nussbaumholz, die an einer kleinen Garderobe vorbei in die beiden oberen Stockwerke führte.

Charlotte saß in einem der schwarzen Rohrsessel, die zusammen mit den Farnen an den Fensterbänken dem Raum etwas Trauriges verliehen. An sonnigen Tagen strömte gleichsam durch die großen Fenster das flimmernde Blau des Sees und des Himmels, aber an dunklen Tagen, wie der heutige einer war, wirkte der Raum bedrückend trostlos. Zwischen den grünen Farnen hindurch sah man den feuchten, welken Rasen, den Zaun, der ihm umgab, und dann graue Leere, als versänke jenseits des Zaunes die Welt.

Der Februarnebel schlich langsam, unerbittlich an das Haus heran; bald drang er durch die geschlossenen Fenster und Türen, kroch durch das ganze Haus, und Charlotte musste bei der Empfindlichkeit ihres Halses husten. Mina, deren Zimmer oben im Hause waren, wurde dann nervös.

In der einen Ecke des Zimmers stand ein kleiner Schreibtisch, über dem ein Spiegel hing. Auf dem Tisch lag in dem fahlen Lichtkreis der kleinen Lampe ein Kalender, den Charlotte nicht aus den Augen ließ, obwohl sie längst wusste, dass heute Dienstag, der 22. Februar war. Noch vier lange Tage bis zum 26.

Ihre schmale, sehnige Hand griff nach dem Hals und zerrte an dem schwarzen Band, das sie immer trug. Sie fühlte sich beklommen. Nein, von dem schwarzen Band kam das nicht. Seit Tagen schon bebte in ihr eine Erregung, die sie kaum meistern konnte.

Wieder lauschte sie. Nein, sie hörte nichts mehr. Sie erhob sich, trat an das Fenster und sah hinaus in die näher kommende Nebelwand. Bald würde nun der Nebel das Haus einhüllen, würde es in eine einsame Insel verwandeln, die erstickende, graue Leere umgab.

Eigentlich wirkte das Haus immer einsam. Vielleicht kam das von dem ungepflegten Park und der Schlucht, die ihn zwischen Haus und Straße durchzog. Bis auf die Seeseite umschloss eine hohe, alte Backsteinmauer, die irgendwie das Gefühl der Einsamkeit noch betonte, das Anwesen, das in Wirklichkeit gar nicht von der übrigen Welt abgeschlossen war.

Fanny und Clarence würden bald nach Hause kommen. Sie waren am Strand oder im Park, gingen über die gewundenen Pfade oder über die alte Straße, die über die Schlucht bis vor die Haustür führte und trotz ihrer Gefährlichkeit als Fahrstraße benutzt wurde.

Fanny und Clarence Siskinson, unwillkommene und ungeladene Gäste, die von Mina geduldet wurden, weil sie ihre Verwandten waren. Lange sollte ihr Besuch nicht mehr dauern.

Charlotte konnte den Zaun, der den Rasen umschloss, noch sehen. Hinter ihm fiel das Gelände gleich steil ab, und dann kam ein schmaler Sandstrand, der den See einfasste.

Sie setzte sich wieder; missmutig knirschte der Rohrsessel:

Wie sehr gleicht doch alles, was Mina Petrie gehört, ihr selbst, dachte Charlotte giftig. Was ihre weißen, dicken Hände berühren, wird hässlich und traurig. Wie das Haus, so Mina!

Das Haus war still. So unheimlich still. Ging jemand über die dicken Teppiche in den Wohnzimmern im Südflügel? Kam jemand durch den breiten Flur? Raschelte Papier in der kleinen, eichengetäfelten Bibliothek an der andern Seite des Flurs?

Bewegte sich etwas in dem großen Esszimmer, dessen Flügeltür in die Diele führte? Oder im Frühstückszimmer oder in der Küche, die beide im Nordflügel lagen? Näherten sich im oberen Flur nicht lautlose Schritte der mit Teppichen belegten Treppe?

Nein, niemand, nichts;

Charlotte erhob sich wieder und ging an den Schreibtisch. Sie setzte sich, nahm Feder und Papier und begann zu schreiben. Sie schrieb schnell, zögerte bei keinem Wort. Sie wusste genau, was sie schreiben wollte, denn sie hatte vorher alles sorgsam überlegt. Jedes Wort, jedes Komma hatte seine bestimmte Bedeutung.

Dann und wann setzte sie die Feder ab, lauschte wieder. Als sie jetzt aufblickte, sah sie in der Tiefe des Spiegels mit dem schweren Goldrahmen das Zimmer, in dem sie saß, und die Flügeltür, die in das tiefe Dunkel des Esszimmers führte. Auch sich selbst sah sie: ein kleines Gesicht, das ohne den weißen Puder und die rotgeschminkten Wangen gelb gewesen wäre; tiefschwarzes, kunstvoll gelocktes und aufgestecktes Haar und kleine, dunkle Augen, deren Brauen und Wimpern geschwärzt waren. Die runzligen Lider bebten leicht, als sie schnelle Blicke hierhin und dorthin schoss – nach der Tür des Esszimmers, der Treppe, der Tür der Vorhalle und des Flurs, den leeren, schwarzen Rohrsesseln und Fenstern.

Charlotte Weimann war allein in der Diele.

Schnell und sicher glitt ihre Feder wieder über das Papier.

Auf einmal zuckte die Hand, die Feder spritzte ein wenig. Sie hob den Kopf, und ihre Augen bohrten sich in die Dunkelheit, die der Spiegel jenseits des fahlen Lichtkreises reflektierte:

Ein Laut …

Ein Laut aus dem Esszimmer.

Vor Entsetzen schlug ihr Herz schneller.

Leichtes Klirren klang aus dem Esszimmer. Als stieße eine Tasse gegen die Untertasse. Das war sicher Jenks, der den Tee brachte. Sie wollte ihn hinausschicken, damit er Clarence und Fanny suchte, und ihnen sagte, der Tee sei serviert. Sie sah wieder auf das, was sie geschrieben hatte, und empfand tiefe Befriedigung. Das war ihr gut gelungen!

»Stellen Sie das Tablett auf den Tisch, Jenks«, sagte sie mit harter Stimme, die sie für die Dienerschaft des Hauses immer bereithatte. »Und dann rufen Sie Mrs Siskinson. Sie ist im Park.«

Clarence erwähnte sie nicht; es war besser, von Clarence keine Notiz zu nehmen.

Keine Antwort.

Charlotte wusste nicht, dass Jenks Zahnschmerzen hatte und sich in seiner Dachkammer eingeschlossen hatte, wo er warme Umschläge auf die schmerzende Wange machte. Das Telefon auf dem Tisch rasselte, rasselte hart, eindringlich.

Der Nebel verhüllte den Michigan Boulevard und den Loop. Plötzlich war er da, grau, wallend, erstickend, drückte Lärm und Rauch und Autogase herab auf das feuchte, glitzernde Pflaster. Überall brannten die Laternen, schimmerten unheimlich und nutzlos durch die dichten, grauen Schleier. Der Verkehr war behindert, die Fußgänger verwirrt. Die Fahrer der Autobusse tasteten ihren Weg Stück für Stück weiter. Privatfahrer, die durch die Gefahren von draußen und die Befehle von innen aufgeregt wurden, fluchten und taten so, als wären sie plötzlich taub geworden. Taxifahrer wagten die tollsten Dinge und riefen sich lustige Worte zu. Die Verkehrspolizisten in den schimmernden Regenmänteln wussten nicht ein noch aus, pfiffen immer wieder, als wäre ihr Pfeifen das einzig Wirkliche in einer dämonischen, zerrinnenden Welt.

Das Knattern der Motore, das Rufen der Zeitungsjungen, das Kreischen der Bremsen und das lange, weiche Tuten der Hupen vereinigten sich zu einer wilden Dämonie, in die die beiden Töne der Polizeiflöte schrillten. Das grüne Verkehrslicht verschwand, und unter ihm erschien ein rotes Glühen. Katie Warren hielt dicht hinter dem Wagen vor ihr, schaltete den ersten Gang ein und wartete, den Fuß auf der Kupplung und den Blick auf die Verkehrsampel gerichtet. Wilder Lärm umtoste den großen Wagen, den Katie Warren fuhr. Sie hob eine Hand vom Steuer, griff nach der silbernen Kurbel und ließ das Fenster neben sich herab. Der Lärm füllte den Wagen, und die feuchte, kalte Luft strich über ihr Gesicht. Ein leichtes Lächeln spielte um ihre Mundwinkel. Sie fuhr gern durch Nebel und Verkehr.

Sie hatte einen schönen Mund. In den vergangenen Monaten hatte er nur wenig Fröhlichkeit gekannt; aber er war immer noch lebendig und rot und furchtlos. Als eine Hupe hinter ihr tönte, wandte sie sich zur Seite und sah sich bei dieser Bewegung in dem kleinen Spiegel über der Windschutzscheibe und dachte, dass ihre Kleidung und ihre Gesichtsfarbe noch die gleichen waren wie sonst. Zweifellos wirkte sie in der teuren Einfachheit ihrer Kleidung, dem passenden Hut, in Mina Petries großem und kostbarem Wagen reich und vornehm.

Der braune Hut stammte aus Patous Atelier, und das graue Kleid mit dem pelzgefütterten Cape war echt Chanel; aber beides war noch nicht bezahlt und würde wohl auch so bald nicht bezahlt werden.

Aber das machte ihr weiter keine Sorgen.

Katie zupfte ungeduldig an ihrem braunen Handschuh; sie blickte auf die Uhr auf dem Schaltbrett, die 4.30 zeigte, und dann wieder auf das rote Licht.

In dem trüben Licht wirkte ihr Gesicht sehr bleich. Unter den schattenden Wimpern und den schön geschwungenen Brauen waren ihre blauen Augen dunkel. Ihr weiches, dunkles, leicht gelocktes Haar wurde in einem leichten Knoten am Hinterkopf gehalten. Ihre Nase war etwas hochmütig. Sie sah aus wie eine schlanke, junge Herzogin – und dabei besaß sie keinen Pfennig und saß bis über die samtenen Augenbrauen in Schulden.

Wenn ihre Ruftante Mina Petrie sie nicht für einige Zeit eingeladen hätte, dann wäre sie ... ja, wo wäre sie dann gewesen?

Wieder zupfte sie ungeduldig an ihrem Handschuh, als könnte diese Bewegung die ihr nur zu vertrauten Gedanken verscheuchen. Ihr roter Mund wurde hart. Ihre Daumen glitten müßig über die Kerben in dem blanken Steuerrad.

Der Wagen vor ihr fuhr ein paar Fuß weiter. Katie folgte ihm und hielt dann wieder. Der Nebel wurde immer dichter, und die Windschutzscheibe war schon leicht vereist.

Sie hielt jetzt dicht neben einer Rettungsinsel; und als sie hier wartete, hörte sie, wie jemand aus der schattenhaften Menge dicht neben ihrem Wagen sagte: »Ich kann doch nicht von Krepp-Haar und Uhren leben.« Katie wandte sich um. Die Worte würden versinken, dachte sie, wie so manches andre kleine Geheimnis des Lebens; nie würde sie erfahren, weshalb der Sprecher seinen Magen gegen Krepp-Haar und Uhren verteidigen musste.

Ein paar Schultern, ein tief ins Gesicht gezogener Hut und ein kleiner, schwarzer, seidenweicher Schnurrbart über einem langen Kinn lösten sich aus dem Nebel. Den Mann kannte sie doch! Es war Paul Duchane. Er wandte den Kopf, und Katie fing einen Blick seiner dunklen Augen auf. Sie beugte sich aus dem Fenster und rief: »Paul! Paul!«

Katie hatte eine tiefe, überzeugende Stimme, die vor kurzem noch ihr Bankkonto um viele Dollar vermehrt hatte.

Die Menschen auf der Insel wandten sich um, starrten durch den Nebel; wollten wissen, wer da rief. Auch Paul drehte sich um. Katie hatte einen Augenblick das Gefühl, als sei er über die Begegnung nicht sonderlich erfreut. Aber bevor dieser Eindruck sich verstärken konnte, überflog schon ein Lächeln sein Gesicht.

»Du bist es, Katie«, sagte er erfreut. Er ging auf den Wagen zu und legte seine behandschuhte Hand an die Tür. »Ich habe ganz vergessen, dass du heute Nachmittag ins Konzert gingst, sonst hätte ich dich dort bestimmt getroffen. Willst du mich mit nach Hause nehmen?«

»Natürlich. Steig ein. Die Ampel wechselt gleich«, bat sie.

»Soll ich nicht lieber fahren?«

»Nein.«

Wieder lächelte Paul. »Das wusste ich im voraus«, sagte er. Gerade als Paul die gegenüberliegende Tür erreichte und sich neben Katie setzte, verschwand das rote Licht. Das grüne leuchtete auf.

»Das nenne ich Glück«, sagte Paul und machte es sich bequem. Er. zog seine Handschuhe aus, nahm den Hut ab, strich sich mit der Hand über das glatte, schwarze, glänzende Haar und die hohe Stirn und lächelte sie wieder an.

»Soll ich wirklich nicht fahren?«

»Nein.«

»Na, dann mal los.«

Langsam fuhr Katie durch den Strom des befreiten Verkehrs. Paul betrachtete interessiert das Innere des Wagens.

»Minas«, sagte er; sein Wort klang eher wie eine Feststellung als eine Frage. »Bist wohl gut bei ihr angeschrieben. Zufällig weiß ich, was sie für diesen Wagen bezahlt hat.«

Am liebsten hätte Katie ihm geantwortet, dass das jeder, den es interessierte, aus der Preisliste erfahren könnte. Sie bog einem andern Wagen aus.

»Sie ist sehr gut zu mir«, sagte sie stattdessen.

»Ja, da hast du Recht«, antwortete Paul. »Sie ist trotz all ihrer Eigenheiten ein lieber Mensch. Manchmal sogar großzügig; denke nur daran, dass sie Stevens Studienaufenthalt in Paris ganz bezahlt hat. Sicher bezahlt sie auch in diesem Jahr die Miete für sein Atelier.«

»Warum nicht? Steven ist ihr Neffe.«

»Gewiss. Und du und ich, Katie, sind nur, wie soll ich mich ausdrücken? ... die Nachkommen ihrer Jugendfreunde.«

Seltsam, dachte Katie, wie nervös Paul mich heute macht. Das tat er doch sonst nicht. Etwa weil er Geld hat und ich keins? Oder weil er vergangenes Jahr so nett zu mir war und sich dann plötzlich nicht mehr um mich kümmerte? Ist meine Eitelkeit verletzt?

»Steven kann ganz unbedenklich annehmen, was Tante Mina ihm gibt. Sie ist seine Tante und hat selbst keine Kinder. Wir beide aber haben keinerlei Ansprüche an sie. Ich bin die Tochter einer ihrer besten Freundinnen. Und du bist der Sohn ihres ...« Sie zögerte. Da sie Mina Petries Seelenleben so wenig kannte, war es fast unmöglich, die schattenhaften Beziehungen in Worte zu fassen, die vor langer, langer Zeit zwischen Mina Petrie – die damals noch die muntere Mina Weimann war – und Pauls Vater bestanden hatten.

»Geliebten«, half ihr Paul.

Katie erwiderte nichts; sicher überwand sie eine Verkehrsstockung und hielt jetzt wieder, als über der Brücke das Verkehrslicht aufleuchtete. Das schwarze Gerüst der Brücke war durch die Nebelschleier kaum sichtbar. Hoch über ihr schimmerten Lichter in regelmäßigen Mustern. Die Brücke war heute Abend zauberhaft und unirdisch, wirkte so losgelöst von allem, war nur fantastische Schönheit.

Heiser stöhnte ein Flussboot, und sein Stöhnen vervielfachte sich und verschlang alle andern Laute. Katie rieselte es leicht über den Rücken.

In einem derartigen Nebel konnte ganz leicht etwas passieren. Etwas und alles.

Sie fror auf einmal, fühlte sich verlassen und wünschte nur, sie brauchte nicht wieder zurück in Minas düsteres Haus. Trostlos war das Haus heute Abend mit dem kalten, grauen See und dem dunklen Park und dem Nebel, der es und seine Bewohner umgab und gefangen hielt.

Aber es war ein Hafen gewesen. Ein Hafen im Sturm.

Wäre Charlotte Weimann nicht gewesen, es wäre ihr Heim. Wie schon so oft, fragte sich Katie wieder, weshalb Charlotte Mina Petries Absicht, sie zu adoptieren, hintertrieben hatte. Sie hatte wirklich keinen Grund gehabt, das schlanke, stille Kind zu hassen oder zu fürchten, dessen blaue Augen so sorgenvoll waren. Und doch hatte sie alles darauf angelegt zu verhindern, dass Mina ihr ein neues Heim schenkte.

Immer wieder hatte sich Katie gefragt, weshalb eigentlich. Wohl ahnte sie seit langem Charlottes wahre Gefühle ihr gegenüber, die sie seit der Geschichte mit den Wertpapieren nicht mehr verborgen hatte.

»Auf alle Fälle«, sagte Katie, »sind wir beide die reinsten Schmarotzer.«

Paul spielte den Würdevollen.

»Schmarotzer ist wohl zu viel gesagt«, entgegnete er. »Ich konnte doch, während meine Etage in Stand gesetzt wird, ohne Bedenken ihre Einladung annehmen.«

»Das wohl, aber es kommt darauf an, wie lange der Besuch ausgedehnt wird«, sagte Katie.

Seltsam, dachte sie. Paul scheint sich in Minas düsterem Haus wohl zu fühlen und ihr doch nicht sonderlich zugetan zu sein, vielleicht sogar das Gegenteil. Und dabei hatte er sicher Geld genug, sich, wenn er wollte, ein Dutzend kostbarer Wohnungen in der Stadt zu halten. Ein Dutzend ist vielleicht übertrieben, dachte sie weiter, während sie die Verkehrsampel beobachtete. Denn Paul legte viel zu viel Wert auf Geld, als dass er es leichtsinnig vertat.

Er war in ein Schweigen geflüchtet, das unmerklich eine Schranke zwischen ihnen aufrichtete. Er suchte in der Tasche nach Zigaretten. Das Licht wurde grün, und Katie fuhr weiter.

»Wie verträgst du dich eigentlich mit Charlotte?«, fragte Paul plötzlich aus dem Dämmerlicht neben ihr.

Katie verzog ein wenig den Mund.

»Oh – ganz gut. Ich höre einfach nicht mehr auf ihre Sticheleien.«

»Charlotte hat eine böse Zunge.«

»Hin und wieder bittet mich Tante Mina, dies oder das für sie zu tun, damit ich mir nicht so überflüssig vorkomme. Und dabei bin ich es doch. Charlotte will das eben so.«

»Ja«, sagte Paul. »Sie will einfach nicht, dass jemand anders bei Tante Mina festen Fuß fasst. Soll mich nur wundern, wie lange sie Fanny und Clarence noch duldet. Clarence mag sie sowieso gut leiden.«

Paul lachte, auch Katie lachte. Dann fühlte sie sich irgendwie beschämt und sagte:

»Aber wir haben jetzt wohl genug über Tante Mina und ihren Haushalt gesprochen.«

»Ist Tante Mina wirklich so todkrank?«, fragte Paul trotzdem. »Das weiß ich nicht. Charlotte glaubt es«, antwortete Katie und runzelte die Stirn.

»Charlotte! Die redet so, als handle es sich nur noch um Tage. Was sagt der Arzt?«

»Ich weiß es nicht. Ich habe noch nie mit ihm über Tante Mina gesprochen. Sie hat es nicht gern.«

»Ich hätte gern Charlottes Gesicht gesehen, als Fanny und

Clarence ankamen. Wie die beiden wohl Wind von Tante Minas bevorstehendem Ende bekommen haben?«

»Das weiß ich nicht. Und wie du über all dieses sprichst, gefällt mir nicht. Tante Mina ist dir sehr zugetan. Und«, fügte sie heftig hinzu, »das weißt du auch.«

Sie fühlte, dass ihre Worte Paul überraschten und amüsierten, ihn aber nicht aus der Ruhe brachten.

»Charlottes scharfe Zunge ist ein schlechtes Beispiel für dich, Katie«, sagte er zutraulich. »Aber, was tust du?« Katie gab dem Verkehrspolizisten ein Zeichen und fuhr, als dieser winkte, über die Straßenkreuzung.

»Will eben mal zu Steven.«

»Ich komme gerade von ihm«, antwortete Paul. »Du willst doch jetzt nicht noch hin?« Er sah recht unzufrieden drein.

Katie drehte den Wagen und sagte dann:

»Wieso?«

»Nun – er hat Besuch, seine Freunde sind bei ihm.«

»Und weiter? Die sind doch ganz nett.«

»Meinetwegen. Als ich da war, sprach man über die Vorzüge der verschiedenen Käsesorten.«

»Und was tat Steven?«

»Weiß ich nicht. Säuberte seine Pinsel. Hörte zu. Warf dann und wann mal ein Wort ein.«

»Ich will doch eben mal zu ihm. Brauchst ja nicht mitzukommen, wenn du keine Lust hast.«

»Ich bin zu allem bereit, wenn ich in diesem Nebel nur heil nach Hause komme. Halte bitte eben drüben an der Ecke. Ich habe keine Zigaretten mehr.«

Katie hob eine Hand vom Steuer, suchte nach ihrer Handtasche und schob sie ihm hin.

Er nahm die Tasche, öffnete sie und zog den Duft ein, der ihr entströmte.

»Herrliches Parfüm, Katie. Aber, mein liebes Kind –« Er sprach nicht weiter und schloss die Handtasche.

»Magst du meine Sorte nicht?«

»Die!« Paul schloss die Augen und schüttelte sich. »Halte doch an der Ecke. Da ist ein Laden, gerade Stevens Wohnung gegenüber. Da kann man auch parken, wie ich sehe.«

Kurz darauf hielt Katie. Sie erinnerte sich später, wie vollkommen ihr der schwere Wagen gehorchte.

»Hydraulische Bremsen«, sagte Paul. »Du fährst wirklich ausgezeichnet.«

Katie ließ das Steuer los und seufzte. »Nervös?«, fragte er lächelnd.

»Nein – das gerade nicht. Ich dachte nur, dass ich auch nicht die kleinste Reparatur an diesem Mordswagen bezahlen könnte. Hätte ich geahnt, dass ein solcher Nebel aufkommt, wäre ich zu Hause geblieben. Nun hole dir schnell deine Zigaretten.«

»Wenn der Nebel dich irgendwie nervös macht, wollen wir lieber gleich weiterfahren. Ich glaube, er nimmt noch zu. Außerdem fängt es an zu frieren. Und dazu ...« er sah auf die Uhr ... »ist es schon ein Viertel vor fünf.«

Katie zögerte.

»Auf die paar Minuten kommt es nicht an. Hole dir deine Zigaretten, und dann fahren wir nach Hause.«

Paul stieg aus und verschwand. Katie sah über die Straße. In der vierten Etage des Gebäudes gerade gegenüber, wo Steven sein Atelier hatte, brannte kein Licht.

Sie stellte kurz entschlossen den Motor ab, stieg aus und überquerte schnell die Straße.

Es war ein Haus mit ziemlich billigen Wohnungen. In der kleinen Halle traf man hin und wieder den Hausmeister. Als Katie die Halle betrat, war sie leer; sie ging an die Klingeltafel und drückte auf den Knopf, unter dem auf einem Schildchen stand: Steven Petrie.

Sie drückte mehrere Male auf den Knopf und klingelte schließlich ununterbrochen, sodass, falls jemand in der dunklen Wohnung war, er schon aus lauter Wut irgendwie geantwortet hätte. Aber es erfolgte keinerlei Antwort.

Dann ging sie ans Telefon, das auf einem Tisch in der Halle stand. Sie rief Steven an. Wieder keine Antwort.

Als sie den Hörer einhängte, kam der Hausmeister aus der Loge. Er wäre eben draußen gewesen, sagte er, als er Katie erkannte, er wüsste nicht, wohin Mr Petrie gegangen sei.

Katie war ratlos, sie hätte Steven gar zu gerne gesprochen, sie wusste eigentlich nicht weshalb, einen bestimmten Grund hatte sie nicht. Der Gedanke, ihn zu besuchen, war ihr erst unterwegs gekommen. Und nun war er fortgegangen, bei diesem Nebel …

2

Als Paul aus dem Nebel an der Tür des Wagens auftauchte und sie öffnete, saß Katie schon wieder am Steuer und sah gedankenvoll in die schmale Lichtgasse vor sich. Er setzte sich neben sie, entschuldigte sich, dass er sie haben warten lassen, öffnete das Päckchen Zigaretten und bot es ihr an.

»Jetzt nicht«, sagte Katie abwesend.

Sie setzte den Wagen in Bewegung, sachte verließ er den Bordstein und fuhr hinein in das geisterhafte Zwielicht.

Es war jetzt ganz dunkel. Nach Süden hin bezeichnete schwaches, kupferfarbenes Leuchten die Lichter im Herzen der Stadt, die sich mürrisch gegen diesen tückischen Feind wehrten, der sie doch vernichtete.

Die Windschutzscheibe vereiste immer mehr, und Katie konnte immer weniger sehen. Vorsichtig fuhr sie weiter, vermied andere fahle, bebende Lichter, hielt sich in der Mitte der Straße und wich ein- oder zweimal aus, als ein dunkles, sich bewegendes Etwas aus der Dunkelheit auftauchte und im Halblicht ein geisterhafter Fußgänger wurde. Jetzt fuhr sie wieder nach rechts, erreichte den Lake Shore Drive, schwamm mit in dem langsam dahinkriechenden Strom des Verkehrs. Der Nebel wurde immer schwerer und dichter. Paul rauchte; zusammengesunken saß er da, hatte den Mantelkragen hochgeschlagen und den Hut ins Gesicht gezogen. Auch Katie schwieg; sie war nur darauf bedacht, den Wagen heil und sicher durch diese gespenstische Nacht zu bringen. Sie erreichten den Lincoln Park und fuhren am See entlang. Hier war der Nebel noch dichter; es war kalt. Katie schloss das Seitenfenster; plötzliche Stille umgab sie, in die dumpf das Hämmern des Motors drang. Sie fühlte einen leichten Schmerz im Halse, ihre Augen brannten. Sie wollte das pelzgefütterte Cape enger um den Hals schließen. Es entglitt ihrer behandschuhten Hand. Paul richtete sich auf.

»Soll ich helfen?«, sagte er und beugte sich so weit vor, dass Katie den warmen Rauch der Zigarette fühlte. Seine Hände fanden das Cape; sanft und weich legte er es zurecht, und seine Bewegung glich einer schamhaften Zärtlichkeit. Er lehnte sich wieder zurück und rauchte weiter. »Wann hast du Stevens Wohnung verlassen?«, fragte Katie plötzlich.

»Kurz bevor ich dich traf. Weshalb fragst du?«

»Kamst du gerade von dort, als ich dich traf?«

»Ja. Ich brauchte ungefähr 10 bis 15 Minuten von Stevens Wohnung bis in die Stadt. Dann traf ich dich.«

»Sagtest du nicht vorhin, es wären Freunde bei ihm gewesen, als du fortgingst?«

»Ja. Mehrere.« Sie fühlte, dass er sie scharf ansah. »Aber weshalb diese Fragen? Interessiert Steven dich so sehr?«

»Nein«, antwortete Katie kühl. »In seiner Wohnung brannte kein Licht.«

»Und weiter?«

»Als du die Zigaretten holtest, ging ich eben rüber und klingelte. »Niemand antwortete.«

»Dann ist er wohl kurz, nachdem ich die Wohnung verließ, fortgegangen«, antwortete Paul obenhin.

»Gewiss«, sagte Katie langsam. »Aber seltsam ist das doch.«

»Wieso? Katie, rede doch nicht solchen Unsinn.«

»Vielleicht ist es Unsinn:«

Sie schwieg; sie wollte und konnte das Gefühl des Unbehagens nicht beschreiben, das sie eben in der Halle des Hauses befallen hatte. Später erinnerte sie sich dieses Unbehagens und ihres Widerstrebens, mit Paul über das, was sie empfand, zu sprechen ... Vorahnung, dachte sie später. So manches Gefühl in uns warnt uns vor drohender Gefahr, und doch sind wir geneigt, es als Nervosität abzutun oder als Vorahnung anzuerkennen ... wenn es zu spät ist.

»Ja, nenne es Unsinn«, wiederholte sie, und dann herrschte wieder Schweigen in dem großen Wagen, der sich durch eine geheimnisvolle, nebelverhangene Welt seinen Weg bahnte.

Lange Minuten vergingen, Minuten, in denen Katie sich nur der trüben Lichtgassen, die die Scheinwerfer in den Nebel trieben, des Gleitens der Gummireifen auf nassem Pflaster, des Brummens des Motors und der immer größer werdenden Schwierigkeiten bewusst wurde.

Die Feuchtigkeit an der Windschutzscheibe gefror, auch an den Scheinwerfern schien sie zu gefrieren, denn die bebenden Lichtpfade, die sie in den Nebel trieben, wurden immer kürzer. Katie tastete sich buchstäblich weiter, bis sie endlich von der Hauptstraße in den langen Privatweg einbog, in dessen Besitz sich Mina Petrie mit Christopher Lorell, ihrem nächsten Nachbarn, teilte. Als Katie die gepflasterte Straße verließ und in den schmalen, ansteigenden Weg einfuhr, der kürzlich noch geteert worden und nie in besonders gutem Zustand gewesen war und heute Abend dalag wie ein schlüpfriges, verräterisches, schwarzes Band, merkte sie, dass die Hinterräder des Wagens anfingen zu rutschen.

Die Muskeln in den Kniekehlen taten ihr weh, und ihre Hände zitterten vor Anstrengung. Sie schaltete den ersten Gang ein. Endlich erreichte sie die Biegung, an der sich der Weg teilte, und fuhr rechts weiter nach dem Petrieschen Besitz. Dicht vor dem großen Eisentor hielt sie.

»Das Tor ist geschlossen«, sagte Paul. »Ich will es öffnen,« Er stieg aus.

Das Tor war sonst nie verschlossen. Katie wartete und blickte gespannt in den Lichtkegel vor dem Wagen. Sie konnte Paul kaum erkennen, als er jetzt die beiden Flügel des Tores öffnete. Dann verschwand er wieder in der Dunkelheit, die sie umgab. Kurz darauf wurde die Wagentür geöffnet, und Paul stieg wieder in den Wagen. Vorsichtig fuhr Katie durch das Tor und hielt dann wieder. »Wir wollen das Tor wieder schließen«, sagte sie. »Vielleicht hat Tante Mina es schließen lassen.« Etwas verdrießlich stieg Paul wieder aus und verschwand in der Finsternis.

Jenseits des Tores senkte sich der Weg, schlängelte sich durch ein Gewirr von Bäumen, Sträuchern und Hecken, das der vor 20 Jahren verstorbene Mann der Mina Petrie gern seinen Park nannte. Hätte er in unserer Zeit gelebt, die kaum noch ein Pferdefuhrwerk kennt, hätte er bestimmt einen weniger gefährlichen Weg angelegt – aber Mina Petrie war ein Feind jeglicher Veränderung. Seit vielen Jahren schon verließ sie sich ganz auf ihren Fahrer und wusste wahrscheinlich gar nicht, wie gefährlich der schmale Weg war, der so scharf auf die alte Brücke einbog, die die Schlucht überspannte. Katie sah in den dichten Nebel und die tiefe Finsternis und dachte: Hätte ich doch den schlüpfrigen Weg erst glücklich hinter mir.

Ihre Hände waren steif; langsam bewegte sie die Finger. Dann sah sie Paul wieder im Schein der Scheinwerfer. Er versuchte, wie sie erkannte, das Eis von den Scheinwerfern zu entfernen. Aber wohl ohne Erfolg, denn das Licht vor dem Wagen wurde nicht heller.

Er öffnete die Wagentür und setzte sich wieder neben sie. »Habe versucht, die Scheinwerfer zu säubern«, sagte er verdrießlich. »Hat aber nicht viel geholfen. Der Weg ist ölglatt, Katie. Sei an der Brücke vorsichtig.«

Sie fuhr im ersten Gang, aber trotzdem kam der Wagen auf dem schlüpfrigen, abschüssigen Weg infolge seines Gewichtes und des Trägheitsmomentes in immer größere Geschwindigkeit. Sie wagte es nicht, plötzlich zu bremsen, und der schwere Wagen fuhr immer schneller über die glatte Straße in geisterhaften Nebel hinein.

Katie erkannte plötzlich, wie aufgeregt sie war, während Paul, wie in Erwartung, neben ihr saß. Einen Augenblick lang sah sie schwachen Lichtschein in einer Wegkurve, riss das Steuer herum, sah einen hellgrauen Betonzaun, riss fester am Steuer, kam an dem Zaun glücklich vorbei, merkte deutlich, wie die Räder rutschten und fuhr dann auf die Brücke. Erlöst atmete sie auf.

»Das wäre geschafft«, sagte sie leise, ihr Herz schlug wild.

Paul antwortete nicht. Und Katie dachte: Nun noch das steile Stück hinter der Brücke. Das schlimmste Stück. Ich bin ja schon darauf. Der Wagen rutscht. Ich fahre zu schnell. Wenn ich nur zu bremsen wagte – nein, eine plötzliche Hemmung – geradewegs in die Schlucht – diese verdammte Schlucht …

»Sieh mal!«, rief Paul. »Im Sommerhaus ist Licht.«

Katie erinnerte sich später an diese Worte.

Sie erinnerte sich auch, aber nur undeutlich, wie verändert auf einmal Pauls Stimme klang, als er dann rief: »Halt! Katie! Lieber Gott, so halte doch!«

Aber es war zu spät. Für alle Ewigkeit zu spät.

Die dunkle, sich bewegende Gestalt, die plötzlich in dem

trüben Lichtschein stand, verschwand ebenso plötzlich unter dem großen Wagen.

Katie wusste, dass Paul schrie. Er griff vor ihr her und riss an der Handbremse. Sie selbst trat mit aller Gewalt auf die Fußbremse. Irgendjemand schrie, aber sie wusste nie, ob sie den Schrei ausstieß, oder ob er unter dem schweren Wagen herkam.

Und der Wagen wollte nicht halten. Wollte nicht halten. Der Weg war schlecht; zweimal geriet der Wagen in Schlaglöcher, schleuderte und stand auf einmal still.

Paul stürzte aus dem Wagen und verschwand in dem schwarzen, unheilvollen Nebel. Wie betäubt verließ Katie den Wagen. Ihre Füße taumelten und glitten durch feuchte Finsternis, unendlich lange, bis sie das Stückchen Weg zurückgelegt hatte.

Dann fand sie Paul; sein Gesicht war bleich. Sie kam zu sich, war nicht länger ein unbewusster Organismus, der einen schlüpfrigen Weg hinaufging, der kein Ende hatte.

»Paul!«

»Kehre um, Katie. Es hat keinen Zweck.«

»Paul!«

»Nun kehre doch um!«

»Wer ist es?«

»Genau weiß ich es nicht. Ich glaube, Charlotte.«

Sie kniete nieder neben einer dunklen, regungslosen Gestalt. Aber es war so dunkel. So dunkel.

»Paul – ist -sie ...«

»Sie ist tot, Katie.« Aus der Dunkelheit wurde plötzlich Licht. Die schwarzen, wirbelnden Nebelwände hatten auf einmal leuchtende Flecken. Überall drehten sich funkelnde Feuerräder. Der Weg schwankte und wirbelte mit den Feuerrädern um die Wette.

»Reiß dich zusammen, Katie.«

Paul stand neben ihr; fest packte er ihre Arme, bis der

Schmerz sie zurückstieß aus dem Schein der sich drehenden Lichter in eine furchtbare Welt der Dunkelheit und des Nebels, in der Charlotte tot zu ihren Füßen lag. Charlotte, die sie gehasst hatte. Charlotte, die sie getötet hatte.

»Du musst sofort Hilfe holen. Ich bleibe hier, falls ... du musst sofort einen Arzt holen. Vielleicht ist sie noch zu retten. Benutze den Pfad durch den Park, er ist kürzer. Beeile dich.«

Sie taumelte den schlüpfrigen Weg hinab, vorbei an dem schwarzen Ungeheuer, das mit schwach schimmernden Lichtern dastand, dann von der Straße auf den Rasenpfad.

Der Pfad war eine schwarze Höhle, eng und blind und vom Nebel gefesselt. Sie sah nichts. Sie fühlte nichts. Dann und wann streifte etwas ihr Gesicht, griff nach ihrer Schulter und verschwand dann wieder in der Dunkelheit. Als liefe jemand lautlos neben ihr her.

Jetzt bog sie um eine Hecke, und dann sah sie das Haus mit trüben Lichtflecken – – – Fenster. Sie atmete tief, lief dann über die mit Kies bestreute Terrasse, riss die große Haustür auf und taumelte in die Vorhalle.

Als sie das Zimmer mit den Farnen jenseits der Vorhalle erreichte, erhob sich ein Mann aus einem der Rohrsessel: Er war schlank und geschmeidig, und die Anmut seiner Bewegungen hätte jedem Balletttänzer Ehre gemacht. Es war Clarence Siskinson. Er hatte heute noch nichts getrunken und wartete ungeduldig auf den Cocktail, der in der Anrichteküche für ihn zubereitet wurde.

»Katie!«, rief er. »Was ist passiert? Wie siehst du denn aus?«

3

Mina Petries düsteres Haus war ein Feind jeglicher Erregung. So vergingen denn auch die ersten Stunden unmittelbar nach Charlotte Weimanns Tod, als wäre nichts passiert.

Das heißt nur oberflächlich, denn unter dieser äußeren Ruhe sah es ganz anders aus. Das empfand Katie durch ihre hilflose Verzweiflung hindurch, als sie sich klar zu machen versuchte, dass der Arzt gerufen werden müsste, dass Charlotte an der Brücke läge, dass sie …

»Verletzt«, stöhnte Katie … »verletzt.«

Plötzlich kam Leben in Clarence; er lief hierhin und dorthin, rief Jenks, den Diener, rief das Mädchen, den Chauffeur, fragte nach der Telefonnummer des Arztes. Und Fanny wogte die Treppe herab, grüner, irrlichternder Chiffon und weißes, wehendes Haar, klirrende Perlen und Armbänder. Sie blieb auf der Treppe stehen, lehnte sich über das Geländer, sodass das Licht auf ihr rotes Gesicht und in die leuchtenden, kobaltblauen Augen fiel.

»Leise, damit Mina nichts hört! Was ist los? Was hast du denn im Gesicht, Katie?«

Fanny war wie immer die Einzige, die gleich alles Nötige anordnete. Sofort wurde der Hausarzt gerufen, der in der Nähe wohnte. Clarence wurde mit Riechsalz und Branntwein nach der Unfallstelle geschickt – bezüglich des Branntweins musste er eine ernste Ermahnung seiner Frau mit auf den Weg nehmen. Jenks und der Fahrer verließen das Haus mit Decken und einer schnell improvisierten Bahre, und Melissa, das schwarze Hausmädchen, musste Charlottes Bett in Ordnung bringen und alles für den Arzt vorbereiten.

»Schnell!« Ihre Stimme und die langen, gestenreichen Hände waren sehr bestimmt; Melissa verschwand. Alles ging wie am Schnürchen. Fanny telefonierte an Steven, bekam aber keinen Anschluss. Sie befahl der aufgeregten Köchin, die durch die Tür des Esszimmers blickte, das Essen für später anzurichten, nur für Mrs Petrie solle alles zur gewohnten Zeit bereit sein.

»Mrs Petrie darf unter keinen Umständen von dem Unfall etwas erfahren.«

»Nein», antwortete die Köchin; sie blieb in der Tür stehen und fragte: »Ist sie tot?«

Fanny sah Katie an, die wie betäubt dastand und sich mit bebenden Händen das Haar aus dem Gesicht strich. »Hoffentlich nicht«, antwortete Fanny ... »Gleich kommt der Arzt. Bringe mir ein nasses Handtuch, Hilda. Lieber heißes Wasser«, befahl Fanny. »Verbandszeug. Schnell! Gott, woher bist du denn so zerschrammt und schmutzig?«

»Ich bin durch den Park gelaufen.«

»Ja, bist du denn gefallen? Oder gegen die Bäume gerannt? Auf der Stirn hast du eine Beule. Und eine lange Schramme. Und sogar Öl. Ich muss etwas stärker reiben. Halt still! So, jetzt will ich es nur noch trocken tupfen. Nun zittere doch nicht so, Katie. Nimm dich doch zusammen. Hast du deinen Hut verloren – nein, da liegt er auf dem Boden. Sitz doch mal einen Augenblick still.«

Sie ging in das Esszimmer und kam gleich wieder. »Hier, Katie, trinke.« Sie hielt ihr ein kleines Glas an die Lippen, dem ein scharfer, beißender Geruch entströmte. Katie gehorchte; einen Augenblick glaubte sie, ihr würde schlecht; dann rieselte es ihr warm durch den Körper. »Es geht schon besser«, sagte Fanny. »Ja, das Zeug hat auch sein Gutes. Jetzt will ich noch einmal Steven anrufen.«

Sie ging an das Telefon.

Wie lieb Fanny ist, dachte Katie. Sie will mich ablenken. Weshalb sind sie noch nicht zurück? Charlotte ist tot – Charlotte ist tot! Sie kann nicht mehr leben. Der Wagen ist ja so schwer – so furchtbar schwer –, und er wollte nicht halten.

Über Fannys weißem Haar, über ihren baumelnden Ohrringen bewahrte der Spiegel sein Geheimnis. Er spiegelte grüne Farne und schwarze Rohrsessel und ein großes Esszimmer, das nun nicht mehr dunkel war, sondern im Licht eines Kristall-Leuchters strahlte, das auf das weiße Linnen, das Silber und die Blumen des gedeckten Tisches herabfiel. Er spiegelte das Teegeschirr, das auf dem kleinen Tisch in der Nähe der Farne stand. Er spiegelte Katies wirres, dunkles Haar, ihr bleiches Gesicht und ihre blauen Augen, in deren Tiefe das Entsetzen lauerte.

Er spiegelte so mancherlei Dinge, verbarg aber etwas, das er wusste.

Und ehe noch Fanny telefoniert hatte, spiegelte er ein anderes Bild.

Sich bewegende Gestalten ... eine in Decken gehüllte Last, die vorsichtig auf die Chaiselongue unten an der Treppe gelegt wurde. Männergesichter mit zuckenden Mündern; das vertraute Gesicht des Arztes, dessen Lippen sich deutlicher bewegten als die der anderen und der seinem Spiegelbild jetzt sehr nahe kam, als er an den Tisch trat und den Hörer des Telefons in die Hand nahm. Clarence stand plötzlich neben ihm, und auch sein Bild erschien in der geheimnisvollen Tiefe des Spiegels. »Die Polizei!«, sagte Clarence.

»Selbstverständlich«, erwiderte Dr. Mannsen kühl. »Sie muss sofort benachrichtigt werden. Miss Warren trifft keine Schuld. Das wird Paul Duchane bei der Leichenschau bezeugen.«

»Leichenschau«, sagte Katie mit erstickter Stimme.

»Formsache«, fuhr der Arzt fort. »Deswegen brauchen Sie sich gar nicht aufzuregen, Miss Warten. Unfälle passieren immer wieder. Und besonders in einer solchen Nacht. Hallo – Hallo! Sergeant vom Dienst? Hier Dr. Mannsen.«

»Nicht so laut«, warnte Fanny. »Mrs Petrie darf nichts hören.«

»Es ist ein Unfall passiert«, fuhr Dr. Mannsen fort. »Ich rufe vom Hause Petrie aus an. Wie bitte? Einen Augenblick; welche Nummer haben Sie hier?«

Clarence, Fanny und Jenks antworteten gleichzeitig. Katie sah zu Paul hinüber, der neben der Chaiselongue stand. Er hatte Mantel und Hut über das Treppengeländer gehängt; sein olivfarbenes Gesicht verriet große Erregung. In seiner Nähe stand Jenks, der Diener; seine Wange war geschwollen, sein weißer Rock zerlegen und schmutzig. Der Fahrer hielt sich im Hintergrund. Alle, Fanny, Paul, Clarence und die beiden Bedienten hatten seltsamerweise denselben Gesichtsausdruck. Sie alle blickten Katie, wie diese betroffen feststellte, mitleidig an. Nach einem Blick auf die leblose, in Decken gehüllte Gestalt wusste Katie weshalb.

»... und seien Sie vorsichtig, wenn Sie hierherfahren«, sagte der Arzt am Telefon. »Der Weg hat eine steile Kurve, dann kommt eine Brücke. Außerdem ist der Weg vereist. Der Unfall ereignete sich unterhalb der Brücke. Ja, ich warte so lange.«

Er hängte ein.

»Es ist wohl richtiger, wenn der Wagen aus dem Wege geschafft wird.«

»Ich hole ihn«, sagte Paul.

»Lassen Sie das doch den Fahrer besorgen. Bleiben Sie hier. Ich kümmere mich inzwischen um Miss Warren. Auch Sie bedürfen der Ruhe. Setzen Sie beide sich.«

Der Fahrer trat schüchtern vor.

»Soll ich den Wagen in die Garage fahren?«, fragte er.

»Lieber nicht«, antwortete Dr. Mannsen: »Fahren Sie ihn nur etwas aus dem Wege. Aber lassen Sie ihn sonst stehen, damit die Polizei sehen kann, was sich ereignet hat. Wo ist meine Tasche? Also, mein liebes Fräulein – hm, Puls ziemlich stark.«

»Ich habe ihr einen Schluck Branntwein gegeben«, sagte

Fanny und warf Clarence einen herausfordernden Blick zu. Fanny, die jeder Situation gewachsen war, und Dr. Mannsen, für den als Arzt der Tod alle Schrecknisse verloren hatte, halfen über die Zeit des Wartens hinweg. Clarence verschwand im Esszimmer. Paul ging an das dunkle Fenster, sah hinaus in die Finsternis und rauchte.

Und auf der Chaiselongue lag ein Etwas, das Charlotte gewesen war und doch Charlotte nicht sein konnte, denn Charlotte hatte nie Ruhe und Regungslosigkeit gekannt. Es war wie eine Erlösung, als die Polizei kam, und der Spiegel fremde Gesichter und breite, blaue Schultern mit funkelnden Schulterstücken in sich aufnahm. Dr. Mannsen erklärte kurz, was sich ereignet hatte.

»Und so, Herr Leutnant, hat sich der Unfall abgespielt«, schloss er.

»Sergeant, Sergeant Caldwell, bitte. Wir haben unterhalb der Brücke gehalten, um uns schon mal zu orientieren. Ihr Fahrer«, mit einem Blick auf Fanny, »war dort. Wir ließen unseren Wagen vor dem Tor stehen, damit keine Reifenspuren verwischt wurden. Darf ich wohl eben die Namen notieren?«

Müde blickte er auf das Notizbuch in der Hand. Caldwell war ein kleiner, breitschultriger Mann mit Doppelkinn und dicken, fahlen Augen. Er nahm aus der Innentasche seines Rockes einen Bleistift, befeuchtete ihn mit der Zunge und begann zu schreiben.

»Sie heißen?«

Katie erschrak. Seit einigen Augenblicken fragte sie sich, was die Polizei nun wohl tun würde, nachdem sie für einen kurzen Moment die Decke auf der Chaiselongue zurückgeschlagen hatte.

»Katie Warren«, antwortete sie mit einer Stimme, die jemand anders zu gehören schien.

»Wo wohnen Sie?«

»Hier, augenblicklich wohne ich hier.«

Er schrieb eifrig und fragte dann unvermittelt: »Seit wann?«

»Seit ein paar Monaten.« Ihre Stimme klang farblos.

»Sie wohnen also hier?«

»Ja«, antwortete Katie zögernd und erklärte dann hilflos: »Ja, mein Geschäft ging in die Brüche. Ich habe alles verloren. Tante Mina, ich meine Mrs Petrie, hat mich bei sich aufgenommen.«

»Was für ein Geschäft hatten Sie?«

»Hypotheken, Wertpapiere usw.«

Sergeant Caldwells fahle Augen sahen sie lange an. Diesen argwöhnischen Blick kannte Katie, seit das Geld bei ihr knapp geworden war, nur zu gut.

»Wie hieß die Firma?«

Sie sagte es ihm.

»Ist Mrs Petrie Ihre Tante?« Er zeigte dabei auf Fanny.

»Nein. Das ist nicht Mrs Petrie. Mrs Petrie ist oben. Meine Tante ist sie nicht.«

Sergeant Caldwell sah sie verständnislos an.

»Ich bin nicht Mrs Petrie. Ich bin Mrs Siskinson, Mrs Petries Kusine.«

»Ist Mrs Petrie hier?«

Ja, aber sie ist krank, sterbenskrank und darf unter keinen Umständen aufgeregt werden.«

»Wenn sie so krank ist, dann selbstverständlich nicht«, sagte der Sergeant langsam. Fanny kochte.

»Ist das denn alles notwendig, Sergeant? Müssen wir die arme Charlotte noch länger da so liegen lassen?«

»Der Krankenwagen ist schon unterwegs. Wie ist doch noch Ihr Name?«

»Fanny Siskinson, Mrs Clarence Siskinson.«

»Sind Sie mit der Verstorbenen verwandt?«

»Ja. Ich bin Mrs Petries Kusine mütterlicherseits. Charlotte Weimann stammt aus der andern Seite der Familie.«

Sergeant Caldwell wiederholte: »Char – lotte – Weimann«, feuchtete den Bleistift an und schrieb langsam.

»Miss Weimann«, fuhr Fanny fort, »ist – war – Mrs Petries Gesellschafterin. Das heißt, sie war ihre Sekretärin, Haushälterin und Freundin. Mrs Petrie ist schon lange krank.«

»Wie lange ist Miss Weimann schon hier?«

Das wusste Fanny ganz genau.

»Im Mai werden es sechzehn Jahre.«

»Danke sehr, Mrs Siskinson. Wenn Sie an Verwandte telegrafieren wollen, dann tun Sie es bitte jetzt, während ich noch einige Fragen an Miss Warren richte.«

»Ich bleibe hier«, entgegnete Fanny kurz. »Übrigens hatte Charlotte keine Verwandten.«

»Ganz wie Sie wollen«, meinte Sergeant Caldwell. »Also, Miss Warren, fuhren Sie Ihren eigenen Wagen?«

Nein. Er gehört Mrs Petrie. Sie sagte, ich sollte heute in die Stadt fahren. Ich war in einem Konzert.«

»Fahren Sie öfters?«

»Ja, ich fahre schon seit Jahren.«

»Haben Sie schon mal einen Unfall gehabt?«

»Nein, das heißt nichts von Bedeutung.«

»Sind Sie vor heute Nachmittag schon mal mit dem Wagen gefahren?«

»Ja. Er war immer leicht zu bedienen. Nur heute Abend nicht.«

Katie versuchte, das leichte Beben, das in den Händen anfing und ihren ganzen Körper zu erfassen drohte, zu meistern. Sie riss sich zusammen und sah Sergeant Caldwell fest in die fahlen Augen. Er war ja nur ein kleiner, dicker Mann mit Doppelkinn und einem kleinen, schwarzen Notizbuch. Seine Uniform verlieh ihm vielleicht etwas Würde. Unter seinem Blick fühlte sich Katie seltsam schuldig; sie hatte das Gefühl, als müsse sie sich gegen eine kalte, geheimnisvolle Drohung verteidigen. Jenks erschien im Zimmer und ging auf

Fanny zu. Er trug jetzt einen frischen Rock, aber die Wange war immer noch geschwollen.

»Der Krankenwagen ist eben gekommen«, sagte er.

Fanny sah den Sergeanten an.

»Ich gehe eben nach draußen«, sagte er.

Ein paar Minuten später war alles vorbei. Leise kamen zwei Männer herein und trugen auf einer mit Laken bedeckten Bahre fort, was vor kurzem noch Charlotte Weimann gewesen war. Trugen es aus dem Hause, in dem sie sechzehn Jahre lang unumschränkt geherrscht hatte.

Der Spiegel nahm die lange, weiße Bahre in sich auf. Nie wieder würde er, wie so oft in den vergangenen Jahren, Charlottes kleines, geschminktes und gepudertes Gesicht, ihre kunstvollen Locken, ihre stechenden Augen mit den runzligen Lidern, ihre kleine, sehnige Gestalt widerspiegeln. An der Tür der Anrichteküche kam der kleine Zug an einer Frau vorbei, die neugierig auf die Bahre blickte und dann verschwand, um das Essen zuzubereiten, das Charlotte noch angegeben hatte. An der Seitentür stand Jenks in der sauberen, weißen Jacke und ahnte nicht, dass die kleine heiße, schmerzende Geschwulst seiner Wange in der Folge der Ereignisse eine bedeutsame Rolle spielen sollte, der Ereignisse, deren Ablauf eben erst begonnen hatte.

Jenks schauderte leicht. Es war kälter geworden und graupelte jetzt. Er schloss die Tür, schob den Riegel vor und überlegte, ob wohl Gewürznelkenöl gegen seine Zahnschmerzen hülfe. Vielleicht hatte Miss Charlotte welches in der Apotheke. Nein! Nein! Miss Charlotte war ja tot.

Über die Terrasse eilte ein Mann, sah den kleinen Zug und die Bahre in der geisterhaften Dunkelheit, blieb einen Augenblick stehen und lief dann weiter; jetzt sprang er die Stufen hinauf und riss die Tür auf.

Die Menschen in der Diele fuhren zusammen und blickten nach der Tür. Es war Steven Petrie.

»Was iss passiert?«, rief er. Tante Mina?«

Niemand antwortete. Katie wollte sprechen, aber ihr versagte die Stimme.

Die Spannung, die den Raum füllte, ergriff auch ihn.

Langsam aber änderte sich der Ausdruck seines Gesichtes. Es wurde undurchdringlich und der Blick seiner Augen vorsichtig.

Er warf Hut und Mantel auf einen Stuhl. Ohne dass jemand es ihm sagte, schien er zu wissen, was sich ereignet hatte. Und doch wusste er nichts.

»Weshalb ist die Polizei hier?« fragte er.

4

Und dann sprachen alle zu gleicher Zeit. Nur Katie schwieg. Ganz still saß sie da und beobachtete Stevens Gesicht, der aufmerksam zuhörte und ein paar kurze Fragen stellte.

Dann ging er auf Katie zu.

Er sagte nichts und stellte sich neben sie. Und in dem Spiegel erschienen auf einmal ein schmales, junges, braunes Gesicht, blondes, vom Licht der Deckenlampe beleuchtetes Haar und tiefe, graue Augen unter geraden, fast strengen Brauen. Ein guter Kopf und ein gutes Gesicht; ein kluges Gesicht und ein Mund, der trotz seiner Sinnlichkeit Disziplin verriet. Ein Gesicht, das in jeder Muskel, in jeder Linie beherrscht war.

»Sind Sie sicher, dass Tante Mina noch nichts weiß?«, fragte er jetzt den Arzt.

»Falls sie von der Aufregung im Hause nichts gemerkt hat. Mrs Siskinson hielt es für besser, es ihr heute nicht mehr mitzuteilen. Und ich bin durchaus ihrer Meinung.«

»Wo ist sie?«

»Mina? Natürlich oben«, antwortete Fanny. »Wo warst du übrigens, Steven?«

»Zu Hause.«

»Aber ich habe doch verschiedentlich angerufen; niemand antwortete.«

Steven zögerte den Bruchteil einer Sekunde mit der Antwort. Dann erwiderte er: »Es hat ziemlich lange gedauert, bis ich endlich hier ankam. Die Wege sind furchtbar. Man sieht kaum etwas.«

Sergeant Caldwell unterbrach die Unterhaltung.

»Darf ich mit meinem Verhör fortfahren?«, fragte er.

»Aber gewiss.«

Hinter Katies Sessel stand an der Wand ein langer Diwan, auf den Steven sich setzte. Caldwell hustete.

»Nun erzählen Sie mir bitte, Miss Warren, wie sich das Unglück ereignet hat.«

»Ich ... ich konnte den Wagen nicht zum Halten bringen«, sagte Katie. »Ich sah Charlotte erst, als es schon zu spät war.«

»Nicht so schnell, Miss Warren«, sagte Sergeant Caldwell freundlich. »Fangen Sie bitte von vorn an. Sie fuhren also ins Konzert. War Mr Duchane auch im Konzert?«

»Nein. Ich traf ihn, als ich nach Hause fuhr.«

»Fahren Sie nicht auch, Mr Duchane?«

Paul wandte sich um und warf das Ende seiner Zigarette in den Aschenbecher.

»Natürlich, Sergeant«, sagte er. »Als ich erkannte, wie gefährlich die Heimfahrt wurde, erbot ich mich zu fahren. Aber Miss Warren wollte lieber selbst fahren. Sie hatte wohl das Gefühl«, fügte er hinzu, »den ihr anvertrauten Wagen selbst nach Hause fahren zu müssen. Mrs Petrie hatte ihn ihr und nicht mir geliehen.«

»Ja, Paul erbot sich, zu fahren«, sagte Katie. »Ich wollte nur, ich ...« Ihre Stimme wurde flackrig. Steven beugte sich vor, sodass seine Schulter fast die ihre berührte. Und sie fühlte seine Nähe und kämpfte tapfer die Tränen nieder.

»Sie fuhren also den Wagen, Miss Warren. Erzählen Sie

bitte von dem Augenblick an, als Sie in den Privatweg einbogen.«

»Das Tor war geschlossen. Ich hielt. Paul stieg aus und öffnete es. Es war dunkel und neblig, außerdem war die Windschutzscheibe vereist.«

»Schlossen Sie das Tor wieder?«

»Ja. Das heißt, Paul schloss es. Er versuchte dann, das Eis von den Scheinwerfern zu entfernen, aber umsonst. Dann stieg er wieder ein, und ich fuhr weiter nach der Schlucht und der Brücke.«

»Fuhren Sie langsam?«

»Ja. Ganz langsam. Ich fuhr mit dem ersten Gang. Aber der Wagen fuhr immer schneller, und ich wagte nicht, die Fußbremse zu benutzen, weil ich fürchtete, in die Schlucht geschleudert zu werden. Ich konnte kaum etwas sehen. Trotzdem kam ich sicher durch die Kurve und erreichte die Brücke.«

Wieder flackerte ihre Stimme.

»Nur keine Aufregung, Miss Warren, wir haben Zeit genug.« Sergeant Caldwell machte sich eifrig Notizen.

»Als ich dann von der Brücke durch die steile, kurze, gefährliche Kurve fuhr, da geschah das Unglück. Als ich die Brücke verließ, sagte Paul etwas – etwas über das Sommerhaus – und dann schrie er mir zu, ich sollte halten – und dann sah ich etwas Dunkles vor dem Wagen. Ich versuchte zu halten ... und konnte es nicht.«

Ihre Stimme bebte jetzt verzweifelt. Auch ihre Hände. Immer noch hielt sie Caldwells Blick aus, bis Steven sich vorbeugte und ihre Hände ergriff:

»Sieh mich an, Katie. Nein, nein, sieh mich an. Es ist schwer für dich, aber er muss alles wissen. Antworte mir. Kannst du sagen, wer sich im Lichtschein vor dem Wagen bewegte?«

»Nein. Nur, dass sich jemand bewegte.«

»Wusstest du, wer es war?«

»Nein. Alles ging so schnell, dass ich nichts erkannte.«

»Und was tatest du?«

»Ich versuchte zu halten.«

»Du tratest also auf die Bremse?«

»Ja, auf Kupplung und Bremse. Ich stand sozusagen auf beiden und stemmte mich gegen den Sitz. Paul versuchte, mir zu helfen. Er griff vor mir her nach der Handbremse.«

»Vor Ihnen her?«, fragte Caldwell schnell und antwortete selbst auf seine Frage: »Ja, richtig. Die Handbremse ist ja links.«

Stevens Augen ließen Katie nicht los, die versuchte, den Sergeanten wieder anzusehen.

»Hast du das Steuer herumgerissen, um das Unglück zu vermeiden?«, fragte Steven.

Katie erlebte diesen wahnsinnigen Augenblick wieder.

»Ich glaube, ja. Aber es war wohl schon zu spät.«

»Dann befand sich Charlotte also dicht vor dem Wagen?«

»Ja. Der Weg ist ja sehr schmal.«

»Kam sie dem Wagen entgegen, oder überholtest du sie?«

»Das weiß ich nicht. Ich erinnere mich nur an eine dunkle Gestalt gerade vor dem Wagen – ich weiß, dass sie sich bewegte – das ist alles.«

»Wie weit reichte deine Sicht? Ich meine, wie weit drangen die Scheinwerfer in den Nebel?«

Wenn sie das nur wüsste! Sie erinnerte sich nur, den Weg sozusagen ertastet zu haben.

»Ich weiß es nicht.«

Steven sah Paul an.

»Und was sagst du, Paul?«

Pauls Finger glitten über den schwarzen Schnurrbart.

»Ja, es war schon so, wie Katie sagt. Wir konnten nichts sehen. Nur den Lichtschimmer vor dem Wagen – auf dem nassen Weg. Ich sah Charlotte vielleicht ein oder zwei Sekunden, bevor der Wagen sie überfuhr. Es ist so, wie Katie sagt. Es bewegte sich etwas auf dem Wege; ich rief Katie zu, sie solle halten, und griff nach der Handbremse. Alles umsonst. Ehe wir den. Wagen zum Halten bringen konnten, war das Unglück geschehen; Katie fuhr sehr langsam und vorsichtig. Aber der Weg war abschüssig und ölglatt. Außerdem ist der Wagen sehr schwer.«

»Du hast also Charlotte auch nicht erkannt?« fragte Steven, der immer noch Katies Hände hielt.

Paul zuckte leicht die Schultern.

»Nein. Wir sahen nur, dass jemand auf dem Wege war.«

Sergeant Caldwell fragte plötzlich:

»War die Fußbremse in Ordnung, Miss Warren?«

»Ja«, antwortete Katie.

»Sie haben, sie wahrscheinlich auch auf dem Weg von der Stadt nach hier benutzt. Funktionierte sie noch, als Sie am Tor hielten?«

»Ja«, antwortete Katie hoffnungslos.

»Den Eindruck hatte ich auch, als ich den Wagen vorhin untersuchte. Auch die Steuerung war in Ordnung. Ein schöner Wagen«, sagte er verständnisvoll. »Was taten Sie, Mr Duchane, als der Wagen endlich hielt?«

»Ich lief zurück. Es war dunkel – ich fand auf dem Wege einen Menschen liegen. Ich erkannte gleich, dass er tot war.«

»Wieso?«

»Nun ...«, Paul steckte die Hände in die Tasche. Sein olivfarbenes Gesicht veränderte sich nicht, und seine Stimme blieb ganz unbefangen. »Sie rührte sich nicht. Und dann fühlte ich nach dem Puls. Kurzum, ich wusste, dass sie tot war. Es war Charlotte. Ihr Haar ... Und dann das Bändchen um den Hals.«

Katies Hände ruhten noch immer in denen Stevens; und sie versuchte nicht, sie zu befreien. Paul wurde unruhig; er zündete sich eine Zigarette an, und die kleine Flamme des

Feuerzeugs warf schwachen Lichtschein auf sein dunkles Gesicht und die halbgeschlossenen Augen.

Die Flamme zitterte ein wenig; plötzlich hustete Fanny, und ihr Husten klang wie Schluchzen.

»Und dann«, fuhr Paul fort, »schickte ich Katie nach Hilfe. Ich wartete. Charlotte regte sich nicht, gab auch keinen Laut von sich. Das ist alles. Katie konnte nichts dazu. Keine menschliche Gewalt hätte den Wagen aufhalten können.«

»Sie brachten den Wagen auf einer Strecke von sechzehn Fuß zum Halten«, sagte Caldwell und sah in sein Notizbuch. »Ich habe die Strecke nachgemessen.« Er wandte sich wieder an Katie. »Und das beweist, dass Sie sehr langsam fuhren und den Kopf nicht verloren.«

Er stand plötzlich auf, schloss das Notizbuch und steckte es in die Tasche. Wie ein Aufatmen ging es durch das Zimmer.

Steven nickte Katie aufmunternd zu, dann ließ er ihre Hände los und stand auf. Auch Dr. Mannsen erhob sich und griff nach seiner Tasche. Katie dachte ungläubig: Ist es schon zu Ende? Ist das alles?

»Das wäre vorläufig alles«, sagte Sergeant Caldwell. »Ich werde berichten, wie sich der Unfall zugetragen hat. Sie brauchen sich wirklich keine Sorgen zu machen, Miss Warren. Ein Unfall, der wohl kaum zu vermeiden war.«

»Sorge!«, sagte Katie verständnislos. »Ach – es ist doch furchtbar ...« Sie hatte ein Gefühl, als müsse sie ersticken; mit beiden Händen griff sie nach dem Halse.

Sergeant Caldwell sah sie erstaunt an.

»Nein, so meine ich es nicht«, sagte er freundlich. »Ich dachte an etwas anderes. In solchen Fällen wird manchmal Anklage wegen Totschlag erhoben.«

Katie sprang auf, durchforschte verzweifelt Caldwells bleiches Gesicht.

»Sie glauben doch nicht, dass ich es absichtlich tat. Das ist doch unmöglich.«

»Nein, nein. Ich sagte Ihnen doch, Sie sollten sich keine Sorge machen. Nun setzen Sie sich. Ich weiß, dass es ein Unfall war. Alles weist darauf hin. Ich werde das in meinem Bericht schon sagen. Natürlich muss ich das Gutachten des medizinischen Sachverständigen abwarten.«

Katie wandte sich wie Hilfe suchend nach Steven um. Später erkannte sie, dass sie wahrscheinlich die Einzige im Zimmer war, die das Flackern in seinen Augen bemerkte, das sich seltsam schnell von Furcht zu Entsetzen steigerte. Dann versank es wieder, und Stevens Gesicht war wieder beherrscht.

»Auch der Sachverständige wird nichts Besonderes feststellen«, sagte der Arzt zu ihr. »Ich lasse Ihnen ein Beruhigungsmittel hier. Und jetzt essen Sie etwas, nehmen ein Bad und dann zwei von diesen Pulvern und legen sich zu Bett. Morgen fühlen Sie sich dann wieder frischer.«

Dr. Mannsen wandte sich an Fanny. »Sorgen Sie dafür, dass sie auch tut, was ich sage. Ja, das wäre wohl alles …«

»Gewiss, Herr Doktor«, sagte Caldwell. »Gute Nacht und vielen Dank.«

Er begleitete den Arzt bis an die Tür, durch die es kalt und feucht hereinzog.

»Noch eins«, sagte Sergeant Caldwell, als er zurückkam, und sah sie der Reihe nach an. »Wohin wollte die Verunglückte? Weit wollte sie augenscheinlich nicht. Sie trug nur einen Mantel; keinen Hut, keine Handschuhe. Ich kann mir kaum vorstellen, dass sie bei diesem Wetter spazieren ging.«

Niemand antwortete.

Die grünen Farne, die dunklen Rohrsessel, die schwarzen Fenster waren nicht bewegungsloser als die Menschen in dem Zimmer.

Katie, die dicht neben Steven stand, fühlte, dass er kaum atmete. Fannys grüner Chiffon wallte nicht mehr; ihre funkelnden Augen starrten den Sergeanten an. Selbst Jenks, der in der Vorhalle einen Teppich zurechtlegte, lauschte regungslos.

Neben der Treppe stand einer der Polizisten und beobachtete seinen Vorgesetzten. Verdammt seltsam, dachte er. Die Frau mit den Perlen sieht erschrocken aus. Woher sie nur die Perlen hat? Und der junge Mann in dem grauen Anzug sieht auch aus, als hätte er Angst. Auch das hübsche Mädchen hat Angst. Weinen tut keiner. Ein seltsames Haus.

Wenn die reichen Leute so leben ... Er dachte an seine gemütliche Wohnung. An sein Radio, an das Abendessen und hatte nur den einen Wunsch, dass Caldwell hier bald fertig sei.

»Weiß niemand von Ihnen, wohin Miss Weimann wollte?«, fragte der Sergeant wieder. »Hat niemand gesehen, dass sie das Haus verließ?«

»Ich weiß es nicht. Wissen Sie etwas, Jenks?«, sagte Fanny.

Jenks legte den Teppich gerade und richtete sich auf. Aber auch er konnte keine Auskunft geben.

Niemand wusste etwas.

»Wir haben auch nicht wie sonst zusammen Tee getrunken«, fuhr Fanny fort. »Ich war am Strand und verspätete mich wegen des Nebels. Es war 5 Uhr, als ich nach Hause kam. Charlotte war nicht hier, und der Tee war kalt. Das heißt, sie war nicht in diesem Zimmer, wo wir sonst immer den Tee trinken. Ich weiß nicht, wo sie war. Jenks serviert den Tee immer zwischen halb fünf und fünf Uhr.«

Jenks, der im Hintergrunde stand, wollte etwas sagen, kam aber nicht dazu, denn Fanny fuhr fort:

»Ich bin dann, ohne Tee getrunken zu haben, in mein Zimmer gegangen und habe Charlotte nicht gesehen.«

Sergeant Caldwell ging wieder an den niedrigen Tisch, auf dem Tassen, eine Teekanne und eine verdeckte Schüssel mit Sandwichs standen. Hier blieb er einen Augenblick stehen, und Katie glaubte, leichtes Staunen in seinem Gesicht zu erkennen. Er wandte sich wieder an die im Zimmer Anwesenden.

»Das wäre vorläufig alles. Einer jener Unfälle, wie sie bei solchem Wetter immer wieder vorkommen. Beruhigen Sie sich, Miss Warren«, sagte er freundlich zu Katie. »Bei der Leichenschau werden Sie wahrscheinlich zugegen sein müssen.« Er tätschelte ihr ungeschickt den Arm, als wäre sie ein kleines Kind, »Vielleicht brauche ich noch weitere Auskunft. Vielleicht komme ich noch einmal wieder«, sagte er. Dann verließ er mit den Beamten das Haus.

Katie blickte wie betäubt um sich und setzte sich dann in den Sessel, der vor dem Tisch stand. In diesem Augenblick erschien Clarence Siskinson in der Tür des Esszimmers, blieb hier ein paar Sekunden lang stehen und kam dann leicht schwankend näher. Nur mit Mühe gelang es ihm, den Diwan zu erreichen.

»Wollte mit der Polizei nichts zu tun haben«, sagte er leise, »deshalb bin ich fortgegangen.«

»Clarence!«, sagte Fanny drohend:

»Was geht mich die Polizei an? Will mit ihr nichts zu tun haben.«

»Besonders nicht in einem derartigen Zustand!«

Fanny zerbiss förmlich ihre Worte.

»Höre mal, Fanny«, antwortete Clarence gut gelaunt, »nun rede doch nicht. Glaubst gar nicht, was ich gefunden habe.«

Seine Worte klangen irgendwie bedeutsam. Niemand sprach.

Endlich sagte Fanny:

»Was du gefunden hast, kann man dir leider nur zu deutlich ansehen, Clarence Siskinson.«

»Nenne mich doch nicht Clarence Sish-Sish-Sish ...« Er gab es auf. »Ein verdammt schwerer Name. Aber nenne mich nicht so. Nicht so! Und was ich gefunden habe, weißt du doch nicht. Aber ich weiß es. Und ich will es dir auch sagen. Weil du das wissen musst. Ich habe was gefunden. In einer von Charlottes Händen. Und habe es an mich genommen. Arme Charlotte! Ich weiß, dass du sie nicht ausstehen konntest, Fanny. Und mich konnte sie auch nicht leiden, die Charlotte!« Er seufzte. Aber einerlei, eine Gemeinheit ist es doch ...«

Hochspannung füllte den Raum. Fannys Augen sprühten blaues Feuer in Clarences freundliches Gesicht.

»Clarence, wovon redest du da?«

»Von Charlotte«, sagte er verdrießlich und würdevoll zugleich. »Und von dem Haar, das ich in ihrer Hand fand. Schwarzes Haar.« Er sah in ihre erstarrten, fahlen Gesichter und fügte dann tiefernst hinzu: »Wisst Ihr auch, was ich glaube? Ich glaube, dass Charlotte ermordet wurde. Das glaube ich. Ermordet.«

Wieder tiefes Schweigen. Wieder fing der Spiegel über dem Tisch eine Sekunde höchster Spannung ein und ließ sie in seiner geheimnisvollen Tiefe versinken.

Dann wirbelte Fanny herum nach dem Diwan, packte Clarence bei den Schultern und rief:

»Was für ein Haar? Wessen Haar? Wo ist es? Clarence Siskinson, du bist betrunken. Du weißt nicht, was du redest.«

»Ja, ich bin betrunken«, gab Clarence zu. »Aber ich weiß ganz genau, was ich sage. Lass das Schütteln sein, Fanny. Ich werde ja ganz schwindlig.«

»Höre, Clarence, um was handelt es sich?« Es war Paul; er sprach ganz gleichgültig, und doch klang es wie Angst durch seine Worte. Er hatte sich dem Diwan genähert. Seine dunklen Augen, die lange Wimpern verschleierten, wanderten hinüber zu Fannys glühendem Gesicht.

»Wie behandelst du ihn, wenn er in diesem Zustand ist?«

»Überhaupt nicht«, sagte Fanny gereizt. »Er ist vollständig betrunken, und weiß nicht, was er sagt.«

»Vielleicht hat er wirklich etwas gefunden. Höre mal, Clarence«; sagte Paul überredend, »hast du tatsächlich Haar in

Charlottes Hand gefunden? Mehrere Haare oder nur ein Haar?«

»Haare«, sagte Clarence. »Richtiges Haar. Ein ganzes Büschel.«

»Und es ist schwarz?«, fragte Paul ruhig; und wieder klang es wie Angst in den paar Worten.

»Ganz schwarz«, antwortete Clarence. »Tiefschwarz.« Zuerst schweigend und gedankenvoll, dann verwirrt und ängstlich sahen alle Clarence an, der seine Schuhe betrachtete.

Das Schweigen wurde immer drückender. Clarence hatte etwas gesagt, was jemanden schwer belastete.

»Zeige doch mal die Haare«, sagte Fanny plötzlich. »Hast du sie noch?«

»Hm«, antwortete Clarence. »Aber ich gebe sie dir nicht.«

»Er ist betrunken, Fanny«, sagte Steven, »er weiß wohl kaum, was er sagt.«

»Das weiß ich ganz genau, mein lieber Steven. Wirst es schon noch früh genug erfahren, dass ich die Wahrheit sage.«

»Soll ich ihn in sein Zimmer bringen, Fanny?« erbot sich Steven. Seltsam, dachte Katie, dass Steven so ruhig spricht und dabei so böse aussieht.

Fanny sah Steven unentschlossen an, was man bei ihr gar nicht kannte. Das sieht Clarence so recht ähnlich, sagte ihr Blick, sich in einer derartigen Situation zu betrinken.

»Und dann«, fügte sie laut hinzu, »hier von Mord zu reden.« Katie hörte sich sprechen. »Aber sie kann ja gar nicht ermordet worden sein«, sagte sie ganz ruhig. »Ich ... ich habe sie doch überfahren. Sie kann also gar nicht ermordet worden sein.«

»Katie, Katie«, sagte Steven freundlich. »Rege dich doch nicht über Clarences dummes Gerede auf. Natürlich wurde Charlotte nicht ermordet. Ein paar Haare in ihrer Hand haben gar nichts zu bedeuten. Wer sollte denn Charlotte ermordet haben?«

Wer sollte Charlotte ermordet haben? Die Farne hätten diese Frage beantworten können. Und auch die schwarzen Rohrsessel. Auch der Spiegel hätte es sagen können. »Steven«, begann Clarence einigermaßen verständlich und schüttelte wie bedauernd den Kopf, »du bist noch viel zu jung. Du und Paul, ihr beide seid noch viel zu jung. Ihr habt ja keine Ahnung. Ich habe das Haar gefunden. Sie hatte es in der Hand. Zusammengekrallt war die Hand ..., als ich ihr Handgelenk reiben wollte. Und wenn man mich fragt ...«, er sah plötzlich so verschlagen und wissend aus, seine Stimme klang auf einmal so geheimnisvoll leise – »wenn man mich fragt, – allerlei Leute hatten ein Interesse an Charlottes Tod.« Nachdenklich fügte er dann hinzu: »Die Frau musste einfach umgebracht werden.«

»Clarence!«, sagte Fanny mit erstickter Stimme.

»Pst«, zischte Paul. Er blickte die Treppe hinauf. Er ließ seine brennende Zigarette fallen und rief vorsichtig: »Tante Mina!«

»Tante Mina!« Steven flog herum und sah auch nach oben Fanny rief: »Du lieber Gott!« Klirrend lief sie durch den Raum und versuchte, die Kissen in Ordnung zu bringen und die Chaiselongue an ihren Platz zu schieben. Clarence versuchte vergeblich aufzustehen; Katie rührte sich nicht; sie fühlte sich seltsam unbeteiligt, als wäre sie hier nur Zuschauerin.

Schritt für Schritt kamen zwei schwarz gekleidete Gestalten die Treppe herab. Es war Mina Petrie, die sich schwer auf den Arm der schwarzen Dienerin Melissa stützte. Mina senkte den Kopf und achtete vorsichtig auf jede Stufe unter ihren langsamen Füßen. Die Dienerin aber warf dunkle Blicke, die halb wie Verteidigung, halb wie Herausforderung aussahen, auf die Gesichter unter ihr.

Katie fing diesen Blick auf, und wieder fühlte sie jenes leichte Unbehagen, das sie immer empfand, wenn sie Melissa ansah. Melissa war eine große, starkknochige Frau mit warmem, braunem Fleisch. Ihre langsamen Bewegungen waren voll stiller Anmut. Sie war von fast tierhafter Bescheidenheit; sie war einfach da, gehörte zum Haus, war still, ruhig, und wie Samt war ihr Schritt. Als hätte ein ruhiges, ernstes, bescheidenes, primitives Wesen schwarze Kleider angezogen, eine weiße Haube aufgesetzt und eine weiße Schürze umgebunden, um still die Hausarbeit zu verrichten – und zwar gut zu verrichten, denn sonst hätte Charlotte sie nicht im Hause behalten. Und dafür verlangte sie nur Nahrung und Unterkunft und ein bisschen Freundlichkeit.

Sie war wahrscheinlich eine Quarteronin, und infolge irgendwelcher Vermischung von Blutströmen war ihr warmes, braunes Gesicht mit Flecken übersät, waren ihr großen, sanften Augen leicht gerötet und ihr krauses, wolliges Haar, flammendes Rot.

Clarence blickte auf und vergaß in seiner Trunkenheit wieder einmal seine sonst so guten Manieren. Er zeigte nach oben und sagte kichernd:

»Genau so! Genau wie das Haar, das ich in Charlottes Hand fand. Kraus. Wie Melissas Haar. Nur schwarz. Ob ihr es glaubt oder nicht, ist mir ganz egal. Charlotte wurde ermordet.«

»Clarence«, zischte Fanny heiser. Sie krallte ihre starken Hände, als wollte sie Clarence an die versoffene Kehle fahren. In kalter Wut zischte sie wieder:

»Sei endlich ruhig!«

Aber es war zu spät. Die beiden schwarzen Gestalten blieben plötzlich stehen. Tante Mina hob den Kopf. Niemand rührte sich. Zu spät erkannte Clarence, was er angerichtet hatte.

Paul eilte Tante Mina entgegen und bot ihr mit der ihm eigenen Zuvorkommenheit den Arm. Aber Mina hob nur die dicke, weiße Hand, und er bemühte sich nicht weiter.

In ihrem blassen Gesicht mit den starken Backenknochen, der gespannten Haut und dem langen Kinn glühten fiebrige, schwarze Augen. Ihr schwarzes, straffes Haar wurde in einem schweren Knoten auf dem Kopf gehalten. Für gewöhnlich versank ihr Kopf ein wenig zwischen den dicken Schultern, die sich über einem rundlichen Rücken erhoben, als hätte sie zeitlebens schwer gearbeitet – was nicht der Fall war.

Ihr brennender, dunkler Blick glitt über die Gesichter unter ihr, als sie sagte:

»Warum sind hier vorhin so viele Leute aus- und eingegangen? Wovon redet Clarence? Was meint er?« Ihre Stimme war klanglos. Wie die Stimme eines Stocktauben, obwohl Mina Petrie sehr gut hörte. Sie fügte hinzu: »Weshalb sprach er eben von Mord?«

Fanny kam nach vorn und hätte beinahe auf Friquet, die große, blaue Perserkatze getreten, die schattenhaft hinter Mina die Treppe herabgekommen war und jetzt auf Samtpfoten durch das Zimmer strich. Erschreckt schrie die Katze auf; große, leuchtende Augen blitzten; ein großer, blauer Schwanz bewegte sich.

»Clarence ist betrunken«, sagte Fanny, »er weiß nicht, was er sagt. Steven wollte ihn gerade nach oben bringen.« Friquet strich durch das Zimmer, sprang auf den Tisch,und starrte Fanny böse an. Minas Augen ließen Fanny nicht los. Mit tonloser Verbissenheit fragte sie wieder: »Was meinte er, als er eben sagte, jemand sei ermordet worden?«

»Liebe Tante Mina«, sagte Paul und sprang in die Bresche, »es ist so, wie Fanny sagt, Clarence ist unanständig betrunken.«

Minas erhobene Hand gebot ihm Schweigen.

»Clarence«, sagte sie ganz ruhig, »wer ist ermordet worden?«

»Clarence«, fiel Fanny ein, ihre Armbänder klirrten, »Clarence, du wirst doch nicht ...«

»Sei still, Fanny!«, befahl Mina. »Also bitte, Clarence!«

Clarences Augen, deren Weiß leicht gerötet war, blinzelten nach oben. Er strich sich über das wellige, braune Haar und den gestutzten Schnurrbart. Er lächelte, versuchte aufzustehen, was ihm endlich gelang. Schwankend stand er jetzt da.

»Mina«, sagte er, »ich bin betrunken. Kümmere dich nicht um mich.«

Friquet warf ihm einen verächtlichen Blick zu und leckte sich dann die Pfoten. Fanny atmete erleichtert auf. Katie, die irgendeinem Gefühl der Sympathie gehorchte, stellte sich neben Clarence, der, ohne sie anzusehen, ihren Arm ergriff, an dem er sich festhielt.

Aber Mina ließ sich durch die ungewöhnliche Situation weder täuschen noch ablenken; trotz ihrer fast naiven Leichtgläubigkeit besaß sie doch ein gut Teil des bekannten, holländischen Scharfsinns. Außerdem war ihr das Benehmen von Herren, wenn sie sich in einem Zustand befanden, wie augenblicklich Clarence, nur zu bekannt. Sie hielt das Andenken an den verstorbenen Mr Petrie hoch, doch war sie immer der Ansicht gewesen, dass man am besten über manches in seinem Leben nicht sprach.

Sie sagte ganz ruhig:

»Ja, Clarence, du bist betrunken, aber du weißt noch ganz gut, was du sagst. Du willst mir jetzt nur ausweichen.«

Sie ließ Melissas Arm los und ging die letzten Treppenstufen allein und sicher herab bis in die Mitte des Zimmers.

Das Deckenlicht meißelte die Runzeln auf ihrer weißen Stirn und um die tief liegenden Augen noch tiefer. Das schwarze Kleid aus Seidenkrepp schleppte hinter ihr her; in der Taille wurde es durch eine schwarze Schärpe gehalten, wodurch ihr schwerer Busen und die breiten Hüften noch mehr hervortraten. Ihr kleines Gesicht sprang gleichsam hervor aus der Rundung der hohen Schultern; ihr schwerer Körper wurde durch ein Korsett gehalten, das für sie besonders angefertigt werden musste. Schweigend sah sie Clarence an, beherrschte mit ihrer Fülle den ganzen Raum. »Du bist betrunken«, wiederholte sie. »Aber du weißt, was du sagst. Um wen handelt es sich also?«

»Lass doch, Tante Mina. Ich meinte ja nur so.«

Sie machte eine Bewegung, die seltsamerweise keinerlei Ungeduld verriet. Ihre Augen durchforschten das Zimmer:

»Wo ist Charlotte?«

Fanny öffnete den Mund, schloss ihn, öffnete ihn wieder, ohne dass ein Laut hörbar wurde. Katie ergriff die Lehne des Sessels, neben dem sie stand; sie fühlte deutlich, dass sie sprechen, diesen forschenden, brennenden Augen begegnen musste. Aber was sollte sie nur sagen? Wie über das sprechen, was sie getan hatte?

»Charlotte ist nicht hier«, sagte sie. Sie holte jedes Atom ihres Willens aus sich heraus, damit nur ihre Stimme nicht bebte.

»Charlotte – ich muss dir etwas Schlimmes sagen, Tante Mina.«

»Und was? Sprich!«

Steven schob Tante Mina einen Stuhl hin.

»Ich will es dir erzählen, Tante Mina«, sagte er. »Setze dich.« Langsam wandte Mina ihre Augen auf Steven.

»Charlotte«, sagte sie. »Was hast du getan, Steven –?« Er unterbrach sie.

»Ein Unfall, Tante Mina«, sagte er sehr bestimmt. »Ein Unfall, für den niemand verantwortlich zu machen ist. Verstehst du? Charlotte lief direkt in den Wagen …«-Er war ganz ruhig.

Katie legte ihre Hand auf Stevens Arm.

»Halt, Steven. Ich tat es. Ich fuhr den Wagen, Tante Mina. Ich sah Charlotte erst, als es schon zu spät war.«

»Ist sie tot?«

»Ja.« Steven legte den Arm um Katie. Fast dankbar empfand sie das warme, starke Band seines Armes. »Ja, Charlotte ist tot, Tante Mina«, sagte er. Alles ereignete sich so schnell, dass sie wohl kaum etwas gefühlt hat. Katie trifft bestimmt keine Schuld.«

Schweigen.

Minas Gesicht war wie aus Stein, unbeweglich und bleich. Ihre Augen wichen Stevens Blick nicht aus; ganz ruhig lagen ihre dicken, weißen Hände in dem kleinen, schwarzen Kreppschoß.

›Nein, nein‹, jammerte etwas in Katies gequältem Inneren. ›Sie hing so sehr an Charlotte. Und jetzt kein Kummer, kein Schmerz, keine Tränen, nichts!‹

»Wann hast du es erfahren?«, fragte Mina.

Es war eine seltsame Frage.

Steven antwortete sofort:

»Es passierte vor ungefähr einer Stunde. Katie kam aus dem Konzert.«

Forschend glitten Minas Augen für einen Augenblick hinüber zu Katie, dann sahen sie Steven wieder an.

»Ja. Ich gab Katie den Wagen. Wo war Charlotte, als es passierte?«

»Dicht unterhalb der Brücke. Hättest schon längst eine neue Straße anlegen lassen sollen, Tante Mina. Heute Abend war der Weg wegen des Nebels besonders gefährlich. Katie konnte den Wagen einfach nicht zum Stehen bringen.« Er zögerte und fragte dann: »Verstehst du auch?«

»Ja«, antwortete Mina tonlos. »Ja, ich verstehe.«

Wieder Schweigen. Friquet gähnte und schnupperte an dem Löschblatt auf dem Tisch. Niemand bewegte sich; Katie lehnte müde in dem Arm, der sie so warm stützte. »Und weshalb redete Clarence von Mord?«, fragte Mina plötzlich.

Clarence stammelte ein paar unverständliche Worte. Steven unterbrach ihn.

»Clarence behauptet, er hätte in Charlottes Hand ein Büschel Haare gefunden. Daraus glaubt er schließen zu müssen, dass sie ermordet wurde. Ich bin der Ansicht, dass wir uns um sein Gerede gar nicht weiter kümmern.«

Mina wandte sich langsam Clarence zu.

»Hast du in Charlottes Hand Haare gefunden?«

»Ja«, sagte Clarence, der unter Minas Blick zu blinzeln anfing. Klirrend schoss Fanny vor; schwankend wandte Clarence sich um, und ehe Fanny noch ein Wort äußern konnte, stammelte er mit versuchter Würde: »Fanny, ich meine es schon so, wie ich sage. Mina will die Wahrheit wissen, und Mina soll die Wahrheit auch erfahren.«

»Gib es mir«, sagte Mina tonlos.

»Was?« Clarence starrte sie verständnislos an.

»Das Haar. Gib mir sofort das Haar, Clarence.«

»Ach so, das Haar. Richtig.« Er suchte in der Tasche. Dann streckte er die offene Hand aus, in der ein Büschel schwarzes Haar lag. Schwarzes, wolliges Haar. Wie Melissas Haar, nur dass es schwarz war.

Wie war das Haar in Charlottes Hand gekommen?

Wo war sie gewesen?

Ihr Gang durch den Nebel über den schlüpfrigen Weg war schon geheimnisvoll genug. Das wollige, schwarze Haar machte das Geheimnis noch undurchdringlicher.

»Es sieht aus«, sagte Clarence, »als wäre es ausgerissen worden, ausgerissen ...«

»Pst, pst«, zischte Fanny. Ja, ganz so sah es aus, als wäre es ausgerissen.

Katie sah vor sich einen Kampf, einen keuchenden, atemlosen Kampf, in dessen Verlauf eine Frauenhand – Charlottes sehnige, starke Hand dem Gegner das Büschel schwarzes Haar ausriss, das nun in Clarences zitternder Hand lag.

Nein, nein, so hatte sich das sicher nicht abgespielt.

»Aber das ist ja ganz unmöglich«, hörte Katie sich sagen.

»Paul und ich wissen, wie sich alles zutrug. Wir sahen, wie Charlotte auf den Wagen zukam.«

»Natürlich«, sagte Steven ein wenig betont. »Das Ganze ist ein Unfall. Dieses Haar hat wahrscheinlich gar nichts zu bedeuten: Von Mord zu reden, ist ja ganz sinnlos. Wir wollen das Haar ins Feuer werfen – und nicht mehr daran denken.«

»Eine gute Idee«, bemerkte Paul. »Wie Katie schon sagte, ist der Gedanke an Mord barer Unsinn. Wir beide haben gesehen, dass sie in den Wagen lief. Sie kann gar nicht ermordet worden sein.«

»Oder man müsste das, was ich getan habe, so nennen«, sagte Katie.

»Nein«, antwortete Steven bestimmt. »Es ist sinnlos, dieses auch nur anzudeuten. Also Schluss damit. Soll ich das Haar ins Feuer werfen, Tante Mina?« Während er das sagte, sah er Mina an, und Katie bemerkte, wie sein Blick seltsam starr wurde; dann fühlte sie, dass auch ihr Blick erstarrte; denn Mina tat etwas ganz Außergewöhnliches.

Sie stand regungslos da; ihr weißes Gesicht beugte sich vor aus den hohen, schwarzen Schultern, sodass es aussah, als ruhe ihr Kinn auf ihrem Busen. Ihre fiebrigen Augen betrachteten zuerst das Haar in Clarences Hand und wanderten dann von einem zum andern.

Furchtbar war dieser Blick kalten Forschens und Vergleichens: Langsam glitt er von einem zum andern, kehrte dann und wann, wie um sich zu vergewissern, in Clarences Hand zurück.

Er glitt auch hin zu Melissa, die noch immer im Dunkel der Treppe stand, und verweilte kurze Zeit auf dem sauber gekämmten, hellen Haar unter der kleinen, weißen, kleidsamen Haube.

Dann schüttelte Mina den Kopf. Nein, das Haar niemandes hier im Zimmer hatte auch nur die entfernteste Ähnlichkeit mit dem Haar in Clarences Hand.

›Und William‹, dachte Katie und lächelte innerlich bei diesem Gedanken. ›William ist fast kahl. Und Hildas, der Köchin, Haar sieht aus wie hellbrauner Kandiszucker.‹

Mina streckte die dicke, weiße Hand aus und ergriff die Haare. Langsam wickelte sie sie in ihr Taschentuch, faltete es und steckte dann das kleine, weiße Päckchen in ihren hohen Busen.

Einen Augenblick lang starrten ihre heißen Augen nach der Chaiselongue, als sähe sie dort etwas, was die andern nicht sahen. Dann sagte sie:

»Es war Charlotte. Die ganze Zeit über Charlotte, und sie wusste es nicht.«

Niemand verstand diese Worte. Niemand bewegte sich, niemand sprach. Langsam wanderten Minas Augen zu Fanny.

»Du sorgst wohl für das Begräbnis, Fanny? Oder nein. Vielleicht erledigt Chris das am besten. Die Trauerfeier in der Kapelle. Nicht hier. Sie wollte verbrannt werden«, fuhr sie fort. »Das muss Chris mitgeteilt werden. Und nun wollen wir essen. Jenks, sagen Sie der Köchin, dass wir in einer Viertelstunde essen wollen.«

Katie ging nach der Treppe. Eine Viertelstunde. Bis jetzt hatte sie sich beherrscht. Sie musste allein sein, musste sich wiederfinden, um ihnen bei Tisch begegnen zu können.

Steven hielt sie am Fuß der Treppe an.

»Katie«, sagte er, »Katie …«

Sie wandte sich müde um.

»Ja, Steven.«

Warum waren seine grauen Augen so voller Spannung? Warum war sein Mund so böse?

»Was sagtest du doch noch über das Sommerhaus?«

»Das Sommerhaus? Ja. Gerade als wir auf die Brücke fuhren, sagte Paul, es wäre Licht im Sommerhaus … Ich hörte es …«

Im Zimmer herrschte tiefe Stille. Mina drehte sich langsam

um. Massig, mit vorgestrecktem Kinn stand sie da. »Licht im Sommerhaus?« sagte sie. »Im Sommerhaus war kein Licht.«

5

Katie lehnte sich an den Treppenpfosten. Clarence versank in den Diwan.

Pauls Augen wanderten von Mina zu Katie; er zog ein Päckchen Zigaretten aus der Tasche und bot sie Steven an, der wie abwesend eine nahm, ohne Katie aus den Augen zu lassen. Paul sagte zu Mina:

»Aber, liebe Tante Mina, es war doch Licht im Sommerhaus; ich habe es selbst gesehen.«,

»Du kannst gar kein Licht gesehen haben, Paul«, entgegnete sie ganz ruhig. »Es brannte kein Licht im Sommerhaus.«

Stevens graue Augen flackerten. Er sah Mina an und sagte bestimmt:

»Das Sommerhaus ist doch immer verschlossen, nicht wahr, Tante Mina?«

»Ja«, antwortete sie. »Und die beiden Schlüssel habe ich in Verwahrung.«

»Aber – ich ...« Paul besann sich, zuckte kaum merklich mit den Schultern, als wolle er sagen: ›Ich weiß genau, was ich gesehen habe. Wozu weiter darüber reden?‹

»Bist du deiner Sache sicher?«, fragte ihn jetzt Steven leise.

»Ganz sicher«, antwortete Paul.

»War es vielleicht irgendein Widerschein in einem der Fenster?«

»Das weiß ich nicht«, entgegnete Paul. »Ich hielt es für Licht. Aber der Nebel täuscht. Es überraschte mich weiter nicht, und ich habe Katie meine Wahrnehmung auch mitgeteilt.«

»Hast du dich umgewandt und nach dem Sommerhaus gesehen?«, fragte Steven Katie.

»Nein, das glaube ich nicht. Sonst hätte ich ja …« Ein furchtbarer Verdacht wurde in ihr lebendig. »Sonst hätte ich ja Charlotte nicht gesehen:«

Sie empfand, wie ihre Stimme nach Gewissheit jammerte, und die gab ihr Steven:

»Nein. Wenn du den Weg auch nur einen Augenblick aus den Augen gelassen hättest, dann würdest du dich bestimmt erinnern, das Licht gesehen zu haben. Du brauchst dir keinerlei Vorwürfe zu machen. Gehe jetzt nach oben, wasche dich und mache dich etwas zurecht; das wird dir gut tun.«

»Ich sage noch einmal«, erklang Minas Stimme aus der Mitte des Zimmers, »im Sommerhaus war kein Licht. Wenn du dich zum Essen etwas zurechtmachen willst, Katie, dann tue das.«

Katie ging die ihr so vertraute Treppe hinauf, verschwand um die Ecke, ging durch einen langen getäfelten Flur und stand bald vor ihrem Zimmer. Sie trat ein und schloss hinter sich die Tür. Zum Glück klangen ihr Stevens Worte noch in den Ohren. Nein, sie wollte sich nicht länger gegen die Tür lehnen, deren Drücker ihre Hand umklammerte, wollte nicht länger durch die geschlossenen Lider den dunklen, fliehenden Weg und die Lichter sehen, die vergeblich versuchten, den schwarzen Nebel zu durchdringen, wollte die dunkle Gestalt nicht mehr sehen, die aus dem Nebel auftauchte und dann …: Nein! Nein!

Fünfzehn Minuten. Zeit genug, um zu baden und sich umzukleiden. Das warme, duftende Wasser erfrischte sie, vertrieb das nervöse Frostgefühl, gegen das sie bisher tapfer angekämpft hatte. Auch die ihr vertrauten Bewegungen beim Ankleiden beruhigten sie. Ihr Kamm glitt schnell durch das Haar, kämmte es aus der Stirn und den Schläfen zurück in weichen, kurzen Locken. Dann puderte sie das Gesicht. Wie weich und beruhigend! Sie beugte sieh etwas vor, betrachtete die roten Schrammen, die von irgendeinem Busch herrührten, in den sie in der Dunkelheit gefallen war. Seltsam, dass sich ihr Gesicht nicht verändert hatte, wo doch alles andere in der Welt für sie anders geworden war.

Unsagbare Kälte strömte aus diesem Gedanken; sie versuchte, sich ihm zu verschließen. Sie nahm einen Lippenstift und gab ihrem Mund Mut und Energie. Nun schnell die Kleider. Strümpfe und Schuhe mit hohen Absätzen und dann ein Kleid, das ein Schneider für sie entworfen hatte, und das tadellos saß. Ihre Hände entnahmen dem Schrank ein blaues Gewand. Es war so blau wie der See, wenn er gefroren ist. Sie streifte es über den Kopf, und anmutig fiel es herab, hielt sich fest an den Schultern und rieselte herab auf ihre Füße.

Zwölf von den fünfzehn Minuten waren vergangen. Die übrigen drei Minuten gebrauchte sie, sich zu entschließen, die schützende Tür zu öffnen.

Es war ein seltsames, trauriges Mahl.

Charlottes Platz war leer. Jemand hatte versucht, die Plätze um den Tisch anders zu verteilen; aber das betonte Charlottes Fehlen an einem Tisch, an dem sie so lange den Vorsitz geführt und geherrscht hatte, nur noch mehr.

Und dann nahm Mina Petrie an dem Essen teil.

Wenn sie auch in ganz unerwarteter Weise ihre im oberen Stockwerk gelegene Wohnung verlassen hatte und nach unten gekommen war, hatte weder Katie noch einer der anderen mit ihrer Anwesenheit bei Tisch gerechnet. Denn seit Jahren schon aß Mrs Petrie allein in ihrem Zimmer.

Jeder wusste, dass sie krank war und ihr Zustand sich dauernd verschlimmerte. Der ganze Haushalt war darauf eingestellt, jede Aufregung, jede geringste Verantwortung von ihr fern zu halten. Alles hatte Charlotte erledigt, und zwar gut und gründlich.

Fannys harte Augen funkelten, als sie Mina Petrie ansah;

dann wanderten sie nach dem Platz, auf dem sonst Charlotte gesessen hatte, und von dem aus ihre scharfen Augen alles beobachteten ... und beherrschten. Fanny war Mina gegenüber sehr aufmerksam; viel aufmerksamer, als es sonst ihre Art war.

Als Katie an Minas weißem Gesicht und dem hohen, schwarzen Busen vorbeiblickte, sah sie Friquet, die immer noch auf dem Tisch unter dem Spiegel saß und mit großen, leuchtenden Augen die Farne beobachtete und die schwarzen Fenster, als bewahrten sie ein Geheimnis, als ständen sie in Verbindung mit dem schwarzen Nebel, der gegen die Fenster drückte und ins Zimmer sah.

Eine Unterhaltung kam nicht auf. Das war ganz unmöglich, solange Minas weißes Gesicht mit dem vorstehenden Kinn am Kopfende des Tisches saß. Sie aß nichts; ihre schwarzen Augen aber beobachteten.

Es war ein seltsames furchtbares Mahl. Aber schließlich war es vorbei. Mina verschwand an Melissas Arm.

Fanny wandte sich an Katie.

»Du musst ins Bett, der Arzt hat's angeordnet«, sagte sie. Ihre Augen funkelten noch; streng sah sie ins Esszimmer, wo in der Hand des Dieners Porzellan klirrte. »Der Arzt hat's angeordnet; Katie, schnell ins Bett.«

Katie gehorchte. Es blieb ihr nichts anderes übrig.

Auf dem Treppenflur blieb sie. stehen und blickte noch einmal nach unten. Sie sah die Chaiselongue, auf der eine in Decken gehüllte, leblose Gestalt gelegen hatte.

»Gute Nacht, Katie«, rief ihr Steven zu. Seine grauen Augen unter den geraden Brauen lachten sie an, als wollten sie sie beruhigen: Groß und selbstsicher sah er aus, beherrscht und irgendwie vorsichtig. Dann kam Paul aus dem Esszimmer; er sah zu ihr hinauf und lächelte.

»Gute Nacht, Katie«, sagte er schmeichelnd.

»Gute Nacht«, antwortete Katie und ging weiter.

Es war immer einfacher und bequemer, Fanny zu gehorchen als ihr zu widersprechen. Zum Schluss ihrer eigenmächtigen Hilfe brachte sie zwei Wärmflaschen.

»Eine für die Füße«, sagte sie, »und eine für den Magen. Nichts hilft besser als eine Wärmflasche auf den Magen. Dass Mina unten blieb, kann ich noch immer nicht fassen.« Es war unverständlich.

»Sie hat nichts gegessen«, sagte Katie müde.

»Nein«, entgegnete Fanny. »Na – ich glaube, nun ist alles in Ordnung: Pulver, Fenster, Wärmflaschen. Und nun schlaf gut.« An der Tür blieb sie stehen.

»Soll mich mal wundern, wen Mina an Charlottes Stelle setzt. Sie ist sterbenskrank – lange dauert es nicht mehr. Ich glaube, sie lässt morgen früh gleich Chris Lorell kommen.«

»Chris?«

»Natürlich. Jetzt, wo Charlotte tot ist, wird sie ihr Testament ändern.« Fanny schwieg, überlegte und sagte dann: »Wenn sie schon eins gemacht hat. Na, gute Nacht, Katie.«

Mit übertriebener Vorsicht schloss sie die Tür; Zwei Wärmflaschen und ein Extrakissen flogen auf den Fußboden.

Nein, ob mit oder ohne Pulver, sie konnte einfach nicht schlafen. Aber staunend erkannte sie, dass sie nicht nur geschlafen, sondern auch geträumt hatte. Sie tastete sich aus dem Nebel betäubten Schlafes in die Wirklichkeit.

Im Hause war alles ruhig. Sie fühlte nach der Lampe auf dem Nachttisch, machte Licht und sah auf die kleine Uhr auf dem Kamin. Es war halb zwölf. Sie hatte also mehrere Stunden geschlafen.

Geschlafen und geträumt. Von einem Wagen geträumt, der nicht halten wollte. Geträumt, dass ihr Fuß mit aller Kraft auf die Bremse trat, und der Wagen trotzdem unaufhaltsam weitersauste mit unwiderstehlicher Gewalt.

Bebend setzte sie sich aufrecht, als der furchtbare Augenblick unterhalb der Brücke jetzt wieder über sie herfiel und mit ihm auch wieder das Gefühl elender Hilflosigkeit. Diesem abermaligen Geschehen in der Stille der Nacht die Stirn zu bieten, ging über ihre Kraft. Sie, kein anderer als sie, war schuld an Charlottes Tod.

Was hatte doch der Sergeant gesagt, als er das Haus verließ? Es sah so aus, als habe er Mitleid mit ihr. In der sie umgebenden Stille wurde ihr auf einmal klar, dass er sehr viel gefragt hatte. Seine seltsam forschenden und gründlichen Fragen standen auf einmal greifbar vor ihr.

Und zum Schluss hatte er gesagt, sie solle sich weiter keine Sorgen machen. In solchen Fällen wäre schon manchmal Anklage wegen Totschlag erhoben worden.

Der schwere Wagen hatte gestoßen, war über etwas hinweg gefahren. Zweimal hatte er gestoßen.

Katie strich sich aufgeregt das Haar zurück.

In der nächsten Sekunde stand sie vor dem Bett.

Dann schloss sie das Fenster, legte das Federbett auf das Bett und suchte nach ihren Kleidern. Sie wusste weder, was sie vorhatte, noch wohin sie wollte. Sie wusste nur eins: Menschen sehen, Menschenstimmen hören.

Bald darauf öffnete sie die Tür.

Der lange Flur war dunkel; an dem einen Ende, da, wo die Treppe anfing, brannte schwaches Licht.

Das ganze Haus schien schon zu schlafen. Vielleicht waren Paul und Steven noch auf und spielten in der Bibliothek Karten, wie sie es immer taten, wenn sie die Nacht in Tante Minas stillem, totem Hause verbrachten. Lautlos schritt Katie über den mit Teppichen belegten Flur. Die Schleppe ihres Samtkleides flüsterte hinter ihr her. Tiefe Stille, als wäre kein lebendes Wesen im Hause. Sie näherte sich der Tür von Charlottes Zimmer. Sie musste sich zwingen, an ihr vorbeizugehen. Und als sie langsam weiterging, hatte sie das Gefühl, als triebe sie etwas, stärker als bisher, schnell in Licht und unter Menschen zu kommen.

Die Tür. Geschlossen und schwarz und schweigend. Wenn sie die Hand ausstreckte, konnte sie sie berühren. Sie konnte sogar eintreten ... Ein Geräusch, als wenn Papier raschelte. Es kam aus dem Zimmer hinter der geschlossenen Tür. Katie stand das Herz still.

Jemand war in Charlottes Zimmer.

Getrieben vom Entsetzen dieses Gedankens, der alle ruhige Überlegung ausschloss, öffnete Katie die Tür. Der Drücker klinkte leise unter ihrer Hand. Sie hatte das Gefühl, als bewege sich etwas im Zimmer. Dann stieß sie die Tür in tiefste Finsternis.

»Wer ist da?«, fragte sie. Ihre Stimme klang so dünn, so seltsam.

Wo war das Licht? Hatte sie nicht einen Lichtschimmer gesehen, der verschwand, als sie die Klinke niederdrückte? Warum war es auf einmal so still? Wo war der Lichtschalter? Ihre Hand tastete nach der Wand.

Sie stand jetzt im Zimmer, und es war so still und so dunkel. Wenn jemand im Zimmer war, konnte es nur einer aus dem Hause sein – weshalb also Angst haben ... In diesem Augenblick flog, ohne dass irgendein Laut sie gewarnt hätte, etwas auf sie zu. Sie wurde gegen die Wand gestoßen und wehrte sich gegen etwas Weiches, Formloses, das plötzlich lautlos zu Boden fiel. Nach einem langen, furchtbaren Augenblick fanden Katies Finger den Lichtschalter.

Licht füllte das Zimmer; es war leer. Auf dem Boden, zu ihren Füßen, lag ein Kissen. Katie fühlte, wie ein Schrei ihr im Halse hochstieg. Sie unterdrückte ihn, beide Hände auf dem Mund.

Wer hier gewesen war, war in die Dunkelheit des Flurs entwichen und verschwunden. Nur eins im Zimmer verriet, dass jemand hier gewesen war: Die große, untere Schublade des Schreibtisches war aufgezogen; sie war vollkommen leer. Sonst war alles in Ordnung. Die Türen, von denen die eine in das anliegende Badezimmer und die andere auf einen schmalen Flur führte, über den man Minas Zimmer erreichte, waren beide geschlossen.

Katie atmete tief, knipste das Licht aus, ging auf den Flur zurück und schloss die Tür hinter sich. Dann ging sie nach der Treppe; das Gefühl, dass jemand sie beobachtete, war so stark, dass sie lief und den langen Rock hochnahm, um beim Laufen nicht behindert zu werden. Nur jemand von der Familie konnte im Zimmer gewesen sein. Und ein Daunenkissen ist keine gefährliche Waffe.

Was war aus der Schublade entfernt worden und weshalb? An der breiten Treppe brannte trübe das Licht. Sie ging die Treppe hinab.

Die Diele lag in geisterhaftem Zwielicht, aus dem hier und da ein Rohrsessel auftauchte; in den schwarzen Fenstern spiegelten sich die Farne. Durch die offene Tür der Bibliothek strömte warmes Licht und Zigarettenrauch in den Flur. Katie hörte Männerstimmen. Sie setzte sich auf die unterste Treppenstufe: Sie war am Ende ihrer Kraft. Der Klang der Stimmen beruhigte sie etwas.

Steven und Paul sprachen miteinander.

Als sie sich etwas beruhigt hatte, konnte sie ihre Worte ganz deutlich hören, denn die Bibliothek lag gerade neben der Diele, und das Haus war so still. Sie vernahm eine dritte Stimme, die in diesem Hause nicht fremd war: Chris Lorell. Er hatte von dem Geschehen gehört und war sofort gekommen. Der gute, alte Chris! Chris Lorell wohnte in nächster Nähe; er teilte sich mit Mina Petrie in den Besitz des Weges, der von der Landstraße abzweigte. Er war ein alter Freund der Familie und erledigte als Anwalt seit dem Tode seines Vaters, Christopher Lorell, der auch Anwalt und Berater der Familie Petrie gewesen war, alles Geschäftliche für Tante Mina. Er war ein großer Mann mittleren Alters; verheiratet war er nicht. Er hatte von seinem Vater nicht nur die Anwaltspraxis, sondern auch ein ziemlich großes Vermögen geerbt. Aber alle hiermit verbundene Arbeit brachte ihn nie aus der Ruhe. Er wurde im Laufe der Jahre immer dicker und kahler. Im letzten Jahr erschien er eines Tages mit einem braunen Toupet, das Silberhaar durchzog. Er sagte damals zu Katie, die Kahlheit mache ihm keine Sorge, er wolle sich nur nicht erkälten. Und dabei hatte er gelacht und gehustet, gehustet und gelacht, bis ihm die Tränen die Wangen herabliefen. Und Katie musste ihm auf den Rücken klopfen, und Charlotte hatte unwillig nach Jenks geklingelt, der ein Glas Wasser bringen musste.

Ob sie wohl immer, sobald sie an Charlotte dachte, das Gefühl haben würde, als griffe ihr eine harte Hand nach dem Herzen?

Chris sprach. Aber seine Stimme klang ganz anders als sonst. Alle Gutmütigkeit war aus ihr verschwunden.

»Wenn die Polizei nur nicht erfährt, wie Katie und Charlotte miteinander standen! Aber ich fürchte, dass sie das bald weiß«, sagte er.

Leicht klirrte ein Glas, das auf ein silbernes Tablett gestellt wurde.

»Auch die Geschichte mit den Wertpapieren liegt mir verdammt quer.« Das war Paul.

»Wieso?«, fragte Steven. »Was für Wertpapiere?«

»Ja, weißt du das denn nicht? Charlotte gab Katie einen Blankoauftrag für Ankauf von Wertpapieren. Katie kaufte die Papiere für sie, und sie stiegen; Charlotte war sehr zufrieden. Dann fielen sie zehn Punkte unter Einkaufspreis. Charlotte ging ans Telefon und beauftragte Katie, die Papiere zu verkaufen. Katie verkaufte sie. Nun behauptete Charlotte, auf einmal, sie hätte die Papiere nie gekauft. Katie musste den Verlust tragen. Sie verlor dabei – wie viel, Chris?«

Katie lauschte; ihr Puls ging schneller. Würde Chris verraten, dass sie das verlorene Geld von ihm leihen musste? Und dass sie es ihm nicht zurückzahlen konnte?

»Ein ganz nettes Sümmchen«,sagte er. »Aber das Schlimme dabei ist, dass Charlotte Katie seit dieser Zeit noch mehr hasste. Die ganze Situation ist denkbar ungünstig. Mina ist todkrank; ein Testament hat sie noch nicht gemacht, und dabei stand Mina unverkennbar unter Charlottes Einfluss. Verschwand Charlotte, dann erbte Katie vielleicht ein schönes Stück Geld. Bei der bisherigen Lage der Dinge hätte sie wohl kaum einen Cent von Minas Geld bekommen.«

»Höre mal, Chris« – es war Stevens Stimme, er sprach schnell und gequält. »Glaubst du, dass man gegen Katie Anklage wegen Totschlag erhebt?«

»Wenn's nicht noch schlimmer kommt«, antwortete Chris. »Die Polizei ist nicht blind.«

Plötzliches Schweigen füllte die Bibliothek. ›Bewege dich doch‹, dachte Katie. ›Sage ihnen doch, dass du hier bist.‹

Aber sie bewegte sich nicht. Wieder hörte sie Chris' seltsam kalte Stimme.

»Die Leichenschau wird sicher wegen begründeten Zweifels betreffs der Todesursache verschoben.«

»Was!«, sagte Steven. »Das hieße ja Mord! Chris, du bist nicht bei Sinnen.«

»Kannst du beweisen, dass Katie versucht hat, Charlotte nicht zu töten?«

6

Nie konnte Katie sich später erinnern, wie sie ihr Zimmer erreichte.

Nie vergaß sie diese schlaflose Nacht, die lang und furchtbar war, bis endlich der Morgen dämmerte.

Wie ein Tuch lag der Nebel über dem Haus, dem Park und dem dunklen, stillen See. Mit schweren Augen sah Katie durch das Fenster; durch wallenden, grauen Nebel erkannte sie undeutlich den Zaun am Ende des Rasens. Jenseits des Zaunes versank die Welt. Ihre Augen waren müde. Ihr Gesicht war weiß. Die vergangene Nacht hatte sie zerbrochen – sie war müde, unsagbar müde. Und nun kam der neue Tag, und sie konnte ihm nicht ausweichen.

Sie hatte Charlotte getötet. Man würde sie des Totschlags anklagen, vielleicht sogar des Mordes.

In jenem furchtbaren Augenblick unterhalb der Brücke hatte sich für Katie die Welt gewandelt. Wie unendlich weit lag hinter ihr die alte, in der sie gestern Morgen noch lebte. Gestern Morgen – als sie vor demselben Spiegel stand, an das Konzert dachte, und dass Tante Mina ihr den Wagen leihen wollte. Vielleicht auch unbewusst an ihre augenblickliche Lage. An Geld, das sie verdient und wieder verloren hatte. An Schulden, die sie gemacht hatte, bevor sie selbst oder ein anderer ahnte, wie es ihr bald ergehen würde. An die Jagd nach Arbeit, die sie nie fand.

An sich selbst – an all das Geld, das sie verloren hatte, das Geschäft, das zusammengebrochen war, an ihr erstaunliches Selbstvertrauen, das sie alle Hindernisse so freudig hatte überwinden lassen. Reich war sie gewesen an Geld und Erfolg. Konnte das schnell verdiente Geld ausgeben, wie und wo sie wollte; konnte ihren kostspieligen Neigungen frönen. Und nie versiegte das Geld; im Gegenteil, sie verdiente spielend immer mehr, immer mehr. Und dann kam auf einmal der Zusammenbruch. Das alles gehörte dem Gestern und damit einer Welt an, die nichts mehr mit der gemein hatte, in der sie seit jenem furchtbaren Augenblick lebte.

Sie stand immer noch vor dem hohen Spiegel, freute sich über das tadellos sitzende, grüne Jackenkleid, das sie trug, über die elfenbeinfarbene Bluse und die passende, karminrote Schleife. Sehr einfach war es, von kostspieliger Einfachheit. Gestern noch hätte sie der Gedanke, dass das Kleid nicht bezahlt war, bedrückt, heute war ihr das gleichgültig.

Sie verließ ihr Zimmer. Eine blaugraue Wolke glitt über ihre Füße, wandte sich um, warf ihr einen grünen, wissenden Blick zu, verschwand an der Treppenkrümmung und lief dann nach Minas Zimmer. Es war Friquet, argwöhnisch und selbstbewusst wie immer.

Oben an der Treppe stand groß und schweigend Melissa. Auch das Tablett, das sie in den braunen Händen trug, schwieg; still war das Silbergeschirr und still das Porzellan.

»Guten Morgen, Melissa«, sagte Katie und sah auf das Tablett. Vielerlei verdeckte Schüsseln, die wahrscheinlich Grütze, Eier, Toast, Wurst enthielten – Katie schnupperte; nein, keine, Wurst, Schinken – Obst und eine große Silberkanne mit Kaffee: Minas Frühstück. Seltsam, dass Mina, trotz der langen Krankheit und ihres augenblicklichen Zustandes, immer noch einen so gesunden Appetit hatte.

»Guten Morgen, Fräulein Katie«, entgegnete Melissa. Ihre Stimme klang samtweich. »Mrs Petrie bittet Sie, zu ihr zu kommen.«

Katie verlor allen Mut. Nun fängt es wieder an!

»Danke, Melissa. Geben Sie mir das Tablett. Ich bringe Mrs Petrie das Frühstück.«

»Ja, Miss Katie. Mr Chris ist bei ihr. Ich sollte Sie nicht wecken, wenn Sie noch schliefen, aber Sie sollten zu ihr kommen, sobald Sie aufgestanden wären.«

Minas Wohnung – ein großes Wohnzimmer, ein kleines Schlafzimmer und ein hässliches Badezimmer – war so unfreundlich wie Mina selbst. Sie enthielt nichts, aus dem man einen Schluss auf die Bewohnerin hätte ziehen können. Das Zimmer, das Katie betrat; war überheizt: Es roch nach feuchter Erde. Das kam von den dickblättrigen Pflanzen mit roten und weißen Rippen und dicken, schweren Stängeln, die vor den Fenstern standen. Nur ein Gegenstand im Zimmer war persönlich und bezeichnend: die Fotografie eines bärtigen, etwas dandyhaft gekleideten Mannes mit dicht zusammenstehenden Augen und etwas vorstehenden Backenknochen. Es ging ein Zauber von ihm aus, der selbst in der Fotografie lebendig war. Es war Pauls Vater, Claude Duchane, der schon viele Jahre tot und, wie man wohl annehmen konnte, längst vergessen war.

Wahrscheinlich war die Fotografie wirklich vergessen öder wenigstens anderswo aufbewahrt gewesen, denn erst seit einiger Zeit hing sie wieder an der Wand, als wäre in Minas krankem Herzen die alte Liebe noch einmal erwacht, als glühte ein sterbender Schimmer noch einmal geheimnisvoll auf. Ihre Haltung Paul gegenüber war in letzter Zeit freundlicher, voll beherrschter Zärtlichkeit, was Katie irgendwie reizte, wenn sie auch zugeben musste, dass Paul an dieser Wandlung Tante Minas ganz schuldlos war. Jedenfalls so weit sie wusste.

Dick und achtunggebietend saß Mina, die ein altes, rotes Flanellkleid trug, in einem großen Sessel in der Nähe des Tisches. Friquet saß auf ihrem Schoß, ein blaugrauer Schatten mit unergründlichen, glühenden, grünen Augen. Chris Lorell, der Katie die Tür geöffnet hatte, nickte ihr zu und sagte: Guten Morgen, Katie. Hoffentlich gut geschlafen. Tut mir furchtbar Leid ...«

Was ihm Leid tat, brauchte er nicht zu sagen. Katie erwiderte etwas, sprach dann mit Mina und kam mit dem Tablett näher. Mina sah aus wie sonst auch. Aber Chris wirkte so verstört; sein Gesicht sah verfallen aus. Seine kleinen Augen schauten vorsichtig aus den dicken Fleischfalten, die sie umgaben. Trotz seiner Schwere war Chris unendlich flink in seinen Bewegungen. Er ging jetzt mit elastischen Schritten zum Fenster. Wie auf Gummi, dachte Katie; ein aufgeblasener Ballon.

»Da bist du ja«, sagte Mina, »und bringst mir das Frühstück. Bist wirklich ein liebes Mädchen.« Sie schob die Katze hinter sich, wo diese ruhig liegen blieb. Katie stellte die kurzen, grünen Füße des Tabletts auf die Armlehnen des Sessels. Gierig griff Mina nach der Kaffeekanne. Chris und Katie beobachteten sie. Katie fühlte einen leichten Ekel hochsteigen, als Mina zwei Tassen Kaffee hintereinander trank. Sie sah Katie an und sagte: »Vielen Dank, Katie. Setz dich.« Dann fiel sie über das Obst her. Selbst in dem kalten Morgenlicht sahen ihre schwarzen Augen heiß aus.

»Ich habe dich zu mir gebeten, Katie«, begann sie, »um von dir über die gestrigen Ereignisse noch einmal alles ganz genau zu hören. Chris sagte mir, die Polizei würde wahrscheinlich weitere Nachforschungen anstellen.«

Die Polizei!

»Erzähle, wie es sich ereignet hat, Katie«, sagte Chris. Auch seine Stimme war anders geworden. Es war die Stimme, die sie vergangene Nacht in der Bibliothek gehört hatte – kalt und fremd.

Katie erzählte.

Schweigend hörte Mina ihr zu. Sie sah sie kaum an, beschäftigte sich nur mit dem Frühstück. Friquet, die auf die Rückenlehne des Sessels geklettert war, beobachtete jeden ihrer Bissen; ihre Augen hatten seltsame Lichter, und ihr Schwanz zuckte ungeduldig, als der Schinken, ein Stück nach dem andern, verschwand. Katie war mit ihrem Bericht fertig.

Chris sah aus dem Fenster. Seine breiten Schultern hoben sich ab gegen das graue Licht.

Endlich steckte Mina den letzten Bissen in den Mund. Sie goss jetzt etwas Sahne in die Untertasse, die sie Friquet hinhielt. Friquet schnupperte, wandte sich verächtlich fort und starrte auf die Schüssel, auf der der Schinken gelegen hatte. Mina stellte die Untertasse auf das Tablett und sah dann Katie an. »Danke, Katie«, sagte sie. »Clarence redete gestern so viel dummes Zeug, dass ich kaum begriff, was passiert war. Nun geh frühstücken.« Chris fuhr leicht zusammen. Er durchschritt das Zimmer und öffnete Katie die Tür.

»Bist ein liebes Mädel«, sagte er, als sie an ihm vorbeiging. Aber sie merkte wohl, dass er ihrem Blick auswich. Warum war sie gestern Abend eigentlich nicht in die Bibliothek gegangen, warum hatte sie ihnen nicht gesagt, dass sie ihr Gespräch hörte? War es Stolz? Oder Entsetzen? Die Diele war leer. Im Esszimmer war niemand; niemand war im Frühstückszimmer, bis Melissa kam und fragte, ob sie Orangensaft oder Pampelmusen wünschte, und wie die Eier gekocht sein sollten.

»Keine Eier«, sagte Katie. »Was fehlt denn Hilda?«

Hilda, der Köchin, war, wie sich herausstellte, nichts passiert, wohl aber dem Spiegel in der Dachkammer, die sie bewohnte. Er war heruntergefallen, wie Melissa erzählte, und in tausend Stücke zersprungen. Und dabei hatte ihn niemand berührt. Einfach von der Wand gefallen. Ganz von selbst.

Aber das war noch nicht alles. Während Hilda das Frühstück zubereitete, machte sie die aufregende Entdeckung, dass die Küchenuhr stehen geblieben war.

Sie war wie sonst aufgezogen worden und trotzdem stehen geblieben. Das war Hilda denn doch zu viel. Sie hatte ihren Koffer gepackt und, trotz aller Einwände von Jenks und Melissa, das Haus verlassen.

Jenks gegenüber hatte sie geäußert, sie glaube an keinen Unfall, und wenn Spiegel von selbst von der Wand fielen und Uhren stehen blieben, könnte sie kein Geld in der Welt hier halten. Sie hatte geheimnisvoll hinzugefügt, ein plötzlicher Tod wäre gerade genug.

Und dann war sie gegangen.

»Aber wohin denn?«

Melissa wusste es nicht.

»Ich kann auch kochen«, fuhr Melissa fort. »Mrs Petrie hat mir gesagt, ich solle vorläufig die Küche übernehmen. Mrs Fanny würde das Nähere mit mir besprechen.«

»Hast du auch Angst, Melissa?«, fragte Katie.

Melissa schüttelte den Kopf mit dem hellen, wolligen Haar, das eigentlich schwarz sein sollte.

»Nein«,antwortete sie. »Ich habe keine Angst. Ich will etwas Toast für Sie fertig machen, Miss Katie.«

Die große Gestalt bewegte sich auf leisen Füßen nach der Tür der Anrichteküche und verschwand ebenso leise. Irgendetwas stimmte nicht. Es ging nicht mit rechten Dingen zu, dass eine phlegmatische, weiße Köchin den Kopf verlor, während von der Wand fallende Spiegel, stehen gebliebene Uhren und ein plötzlicher Tod auf eine Negerin keinen Eindruck machten.

Katie frühstückte. Wann kam wohl die Polizei? Nach der langen Nacht zweifelte sie nicht mehr, dass sie kommen würde.

Dass sie Charlotte getötet hatte, war schon schlimm genug. Schlimm genug war es, dass sie den großen Wagen gefahren hatte, als er ein Leben vernichtete. Schlimm genug war alles das, aber viel schlimmer war, was vielleicht schon unterwegs war!

Von der Straße her ertönte Lärm. Katie blickte aufgeschreckt durch das Fenster. Sie sah einen kleinen Wagen mit der Aufschrift: Andrews, Reinigungsanstalt. Sie atmete tief auf. Gott sei Dank, noch nicht die Polizei.

Sie aß etwas Toast.

Als sie die Diele wieder betrat, war diese immer noch leer. Sie wollte an den Strand gehen.

Der Spiegel über dem Tisch nahm eine schlanke Gestalt in grünem Kleid mit roter Schleife und einen Blick aus blauen, verwirrten Augen in sich auf.

Dann wurde die Tür nach dem See geöffnet, und Katie ging über die Steintreppe hinab zu dem Rasen.

Immer noch Nebel. Immer noch grau. Immer noch kalt, wenn es auch nicht mehr graupelte: Nebel und Schweigen. Wie lange der Nebel wohl anhalten würde? Manchmal hatte er drei, vier Tage lang hier gehangen, hatte das Haus umschlossen und aus ihm, dem Rasen, dem Strand, der Schlucht und dem Park eine unheimliche, graue Insel gemacht.

Sie ging über den Rasen und erreichte den Zaun, wo der Rasen steil abfiel hinter nebelverhangenem Buschwerk. Sie folgte dem Zaun und stand bald an der kleinen Holztreppe, die an den Strand führte.

Das war ihr Lieblingsspaziergang. Den Strand auf und ab, mit See, Himmel und Sand. Im Süden die Türme Chicagos; fern, traumhaft, schimmernd. Und vielleicht ein paar schreiende, dahingleitende Möwen, und Strandläufer, die gespensterhaft über ihren Weg flogen.

Aber heute keine Türme in der Ferne, keine Möwen, keine Strandläufer.

Nur der graue See, der graue Nebel und das Klatschen unsichtbarer Wellen.

Sie ging bis dicht an den See, wo der Sand feucht war, und sah an den frischen Spuren, dass sie nicht allein am Strand war. Plötzlich tauchte Steven vor ihr aus dem Nebel auf. Er nahm die Pfeife aus dem Mund und sagte:

»Du hier, Katie?«

Er kam näher. Seine schnellen Augen, Augen, die daran gewöhnt waren zu sehen, durchforschten ihr Gesicht.

»Hast du schlafen können?«, fragte er. Der Ton seiner Stimme stand im Widerspruch zu dem Blick seiner Augen.

»Es ging«, log Katie.

»Du siehst abgespannt aus.«

Katie berührte ihre Wangen.

»Ein Künstler sieht immer zu viel. Ich dachte, ich hätte es heute Morgen besonders gut gemacht.« Sie rieb die eine Wange mit dem Taschentuch und betrachtete dann die rote Schminke an dem zarten Linnen.

»Ich meinte deine Augen«, sagte Steven: »Hast schöne Augen, Katie. Aber sie sehen aus, als hätten sie nicht viel geschlafen. Und dann rede nicht in diesem Zusammenhang von Künstler. Ich bin Maler. Ein Maler, der arbeitet, schwer arbeitet und nichts verdient.

Er sah hinaus in das geheimnisvolle Grau des Sees und des Nebels. Katie hatte das Gefühl, als müsse sie ihm irgendwie helfen.

»Verkaufe doch Bilder«, sagte sie.

»Oder Wertpapiere!«, entgegnete Steven mit kurzem Lachen. »Na, solange Tante Mina uns gut gesonnen ist, wird es uns ja wohl an nichts fehlen. Aber höre mal«, er sah sie plötzlich wieder an. »Etwas ...« Er sprach nicht weiter, als könne er das, was er dachte, nur schwer in Worte kleiden.

»Ist es so schwer zu sagen?«, fragte Katie. Jetzt kam es: jetzt würde er sie warnen, ihr sagen, dass sie wegen Totschlags angeklagt würde. Oder wegen Mordes.

»Welches ist der Unterschied zwischen Totschlag und Mord? Ich meine, der sachliche Unterschied.«

»Überlegung«., antwortete Steven kurz. »Weshalb fragst du danach?«

»Nimm nur keine Rücksicht auf mich, Steven«, sagte Katie müde. »Ich habe euer Gespräch in der Bibliothek gehört. Ich hätte nicht weggehen können, und wenn es mich das Leben gekostet hätte.« Sie sprach nicht weiter, erschrak über ihre eigenen Worte; vielleicht kostete es sie das Leben. Das Leben!

Sie schauderte zusammen und zitterte plötzlich am ganzen Körper. Es war eine seltsam demütigende Erfahrung. Die Knie versagten ihr den Dienst; der Hals war ihr wie zugeschnürt. Sie ballte die Fäuste, vergrub sie tief in den Taschen, um ihr Zittern zu verbergen, biss die Zähne aufeinander und versuchte, ihren Körper wieder in die Gewalt zu bekommen, damit Steven nichts merkte: Und die ganze Zeit über zwang sie sich, seinen Blick auszuhalten. Aber er sah es doch. Lange und forschend sah er sie an. Dann sagte er:

»Katie, liebe Katie …«

Sie wollte antworten. Schnippisch antworten. Sie versuchte, sich zu erinnern, dass sie Katie Warren war, die viel versprechende, junge Geschäftsinhaberin, die erfolgreich Wertpapiere verkauft hatte … in einer längst vergangenen, sorglosen Zeit.

Aber sie konnte nicht sprechen; die Kehle war ihr wie zugeschnürt. Und wenn sie den Mund geöffnet hätte …

»Ach, Katie«, sagte Steven wieder. Dann streckte er die Arme aus und zog sie an sich. Er griff in ihre Taschen, zog die geballten Hände heraus und drückte sie gegen sein Gesicht.

»Katie, beruhige dich doch«, sagte er, »Beruhige dich, Liebling.« Er hielt sie fest und warm, als könne er das stumme Beben nicht ertragen.

Wie ein ängstlicher Vogel, dachte Katie. Oder ein junger Hund. Hilflos, von Angst geschüttelt.

Wie warm ruhte sie in seinen Armen; wie warm lehnte sie an seiner Schulter. Etwas war anders geworden.

Katie hörte auf zu zittern. Auch Steven rührte sich nicht. Wusste auch er, dass etwas anders geworden war? Für immer, für immer anders geworden war. Seine Arme umschlangen sie fester. Nicht mehr zart und tröstend, sondern drängend und stark. Sein Gesicht drängte sich gegen das ihre, und er stieß hervor:

»Deinen Mund, Katie!«

Irgendwoher aus einer fernen, vergessenen Welt klangen seltsam dumpfe Laute. Schritte auf einer Holztreppe. Dumpf klangen sie durch grauen Nebel und über Sand. Steven hob den Kopf.

»Da kommt jemand«, sagte er, und sofort trat Katie von ihm fort. Ihr Atem ging schneller. Sie legte die Hände auf den Mund, als wären seine Küsse sichtbar. Sie wusste, dass Steven sie ansah, und dass seine Augen leuchteten, als brennten helle Lichter in ihrer Tiefe.

»Katie … Katie …«

Sie versuchte ruhiger zu atmen.

Wer kam über den Strand auf sie zu? Hatte er etwas gesehen? Sie musste ruhiger atmen. Steven, Steven, Steven! Aus dem Nebel tauchte eine Gestalt auf.

»Katie …« sagte Steven wieder. In seiner Stimme und den leuchtenden Augen lag wildes Drängen, etwas, das gesagt werden musste. Aber dann stand Paul neben ihnen. »Schönen guten Morgen«, sagte er leichthin. »Vielleicht interessiert es dich zu erfahren, dass die Polizei da ist. Will Genaueres über gestern Abend feststellen:« Er sah Katie scharf an. »Wie schön du bist heute Morgen, Katie! Gestern Abend sahst du geradezu jämmerlich aus. Was hast du? Du glühst ja förmlich. Du …«

Seine Augen glitten zu Steven hin. Sein Blick war schnelles, geheimes Forschen. Dann sagte er mit fast brüsker Ungeduld:

»Wir werden im Hause erwartet. Sie schnüffeln überall herum. In ihrer Begleitung ist ein Mann, der aussieht wie der leibhaftige Teufel. Kommt jetzt mit.«

Die drei gingen über den Strand; Katie ging zwischen den beiden Männern. Der kühle, graue Nebel berührte ihre heißen Wangen. und ihren Mund. Was hatte Paul gesehen? Aber das war ja ganz gleichgültig. Die Polizei war wieder da. Sie wartete auf sie, denn sie hatte Charlotte getötet. Charlotte, die sie gehasst hatte.

Jetzt gingen sie hintereinander die kleine Holztreppe hinauf. Steven blieb stehen, legte Katie die Hände auf die Schultern und sah ihr tief in die Augen. Pauls verschleierte Blicke beobachteten ihn genau. Steven sagte ernst:

»Habe keine Angst, Katie. Sage, was sie wissen wollen. Bleibe ganz ruhig. Chris ist da. Wenn du nicht weiterkannst, verlasse dich auf ihn. Er weiß schon, was er zu sagen hat.«

Paul lächelte.

»Diesen Rat gibst du Katie, die so kühl die größten Finanzoperationen vornahm!«, sagte er. »Weißt du denn nicht, Steven, dass Katie so leicht nichts aus der Fassung bringt?«

In der Diele wartete Caldwell mit mehreren uniformierten Beamten. Auch Fanny war da. Sie war ganz ruhig, nur ihre Armbänder klirrten dann und wann wütend; Clarence sah müde und etwas verfallen aus. Mina Petrie saß in einem Sessel. Sie war todblass; ihre dunklen Augen aber brannten, und Friquet bildete eine blaugraue Wolke auf ihrem schwarzen Schoß. Chris ging schweigend im Hintergrund auf und ab. Er wandte sich um, als die drei eintraten, sah Katie an und ging dann zu Mina, der er etwas zuflüsterte. Und dann sah Katie den Mann, der mit der Polizei gekommen war und sie gleich fragen würde. Der sie, Katie Warren, fragen würde, um festzustellen, ob sie eine Frau, die ihre Feindin war, absichtlich getötet hatte.

Es war ein kleiner, sehniger, brauner Mann mit dicken, lederartigen Lippen und Augen, die wie Topase leuchteten. Er hieß Crafft. Er zog eine Brille mit Schildpattfassung und breitem Band aus der Tasche, setzte sie auf und sah Katie an. Katie hasste ihn instinktiv. Sergeant Caldwell aber schätzte ihn. Das taten auch die andern Polizisten. Das erkannte man immer deutlicher. Crafft war ein hässlicher Mann, der aussah, als könne er jedes Verbrechen begehen. Er war Detektiv. In seinem Beruf war er von untadelhafter Ehrlichkeit.

»Dies hier«, sagte Sergeant Caldwell nüchtern, »ist die Dame, die sie tötete. Ich meinte die Dame, die den Wagen fuhr.«

»So«, sagte Crafft. Er hielt ein kleines, schwarzes Notizbuch in der Hand – wohl Sergeant Caldwells Notizbuch –, warf einen Blick hinein und wandte sich dann an Katie. »Miss Warren? Hm. Holen Sie auch die Dienerschaft herein, und dann wollen wir beginnen, Sergeant.«

»Setze dich, Katie!«, sagte Steven, und Katie setzte sich auf den Diwan. Steven nahm neben ihr Platz. An der andern Seite saß Clarence; er blickte auf und nickte ihr kurz zu. Seine Augen waren geschwollen; er stützte den Kopf mit beiden Händen.

Qualvolles Warten! Katie wurde ganz kalt vor Erregung. Mir wird gleich schlecht, dachte sie. Sie hatte in der Magengrube jenes Gefühl, das man empfindet, wenn man im Aufzug siebzehn Etagen hinuntersaust. Daran war natürlich nur, so sagte sie sich, der Solarplexus schuld. Zu dumm, dass er gerade dem Organ gegenüberliegt, das die Speisen verdaut. Aber wo hätte er sonst wohl liegen können?

Steven bewegte sich, und sein Arm berührte ganz leicht den ihren. Da fühlte sie sich gleich wieder stark und sicher. Einfach würde es nicht werden.

Aber sie hatte ja nicht die Absicht gehabt, Charlotte zu töten. Und solange Steven neben ihr saß, fühlte sie sich stark, stark durch das, was sie eben am Strand erlebt hatte, und das sie bisher noch nicht hatte durchdenken und überprüfen können. Von diesem Morgen an datierte bei Katie das Gefühl, dass Crafft eine Art bösen Geistes war, ein Wesen, das mit einer andern, fremden Welt in Verbindung stand. Er war ein geheimnisvoller, unberechenbarer, kleiner, brauner Mann, der zu viel wusste. Nie sollte sie erfahren, wie und woher er alles wusste. Er war wie ein böser Dämon, der alles böse Wissen sein Eigen nannte, der schlau und verschlagen war wie ein Teufel. Keinen Augenblick, so dachte Katie, durfte man ihm trauen. Aber an diesem Morgen war er seltsam freundlich. Ruhig, braun und hässlich stand er da, seine dicken Lippen lächelten, und seine Augen glichen denen eines hungrigen Tigers, nur waren sie in ihrer Topastiefe ebenso wissend wie gierig.

Wegen der Dunkelheit brannte das Deckenlicht. Es ließ die Gesichter aller besonders scharf erkennen, was, wie Katie annahm, dem Detektiv nicht unangenehm war.

Grauer Nebel drückte gegen die Fenster hinter den Farnen. Paul zündete sich eine Zigarette an; die Flamme des Feuerzeugs flackerte. Chris blieb endlich stehen. Crafft sprach leise schnell, eindringlich. Er bedauere, dass sich eine weitere Untersuchung des bekannten Unfalls infolge verschiedener Umstände als nötig erwiesen habe. Es handele sich dabei um eine alltägliche Maßnahme. Sie wären sich ja wohl klar darüber, dass eine wahrheitsgemäße Beantwortung seiner Fragen einer schnellen Erledigung nur dienlich sein könne. In jedem Falle eines unnatürlichen Todes müsse festgestellt werden, ob der Tod infolge eines Unfalls eingetreten sei oder ob Mord vorliege. Er schwieg, als wolle er das Wort besonders auf sie wirken lassen. Ganz ruhig, sachlich, absichtlich gebrauchte er dieses Wort.

Später dachte Katie, dass sie alle es erwartet hatten; dass sie alle darauf vorbereitet waren.

Denn niemand verriet Überraschung oder Bestürzung. Alle waren auf der Hut.

Das erkannte auch Craffts wissender Blick. Sein Lächeln erstarrte. Er sprach weiter.

Würde Miss Warren wohl die Güte haben, ihnen über den Tod der – er machte eine Pause, setzte die Brille auf, sah in das Notizbuch des Sergeanten Caldwell – der Charlotte Weimann, das, was sie wusste, zu erzählen.

Einen Augenblick herrschte Schweigen.

Die Katze auf Minas schwarzem Schoß reckte sich, gähnte und zeigte ihre scharfen, weißen Zähne und die rote Zunge.

Dann begann Katie zu sprechen.

Es ging viel besser, als sie erwartet hatte. Was sie sagte, war klar. Nur fühlte sie wieder den kalten Griff nach dem Herzen, fühlte das Stoßen des schweren Wagens, als sie jetzt erzählte, wie Charlotte überfahren wurde. Aufmerksam folgte Crafft ihrem Bericht. Als sie ihn beendet hatte, stellte er keinerlei Fragen an sie, sondern wandte sich an Paul. Paul erzählte seinerseits, wie das Unglück sich ereignet hatte. Er sprach ganz ruhig und unbefangen. Zum Schluss fügte er hinzu, dass es Miss Warren ganz unmöglich gewesen sei, den Wagen zum Halten zu bringen, bevor er die Frau, die ihm entgegenkam, überfuhr.

»Danke«, sagte Crafft. »Sie sagten eben, die Windschutzscheibe sei vereist gewesen?«

»Ja, die beiden Wischer funktionierten nicht mehr. Es war kaum noch etwas zu sehen.«

»Und die Scheinwerfer?«

Sergeant Caldwell kam näher.

»Das steht im Notizbuch, Mr Crafft«, sagte er. »Sie waren auch vereist.«

Crafft sagte ruhig: »Danke Sergeant. Ich habe Ihr Notizbuch zur Hand.«

»Und was sagen Sie, Mr Duchane?«, fuhr Crafft fort. »Waren die Scheinwerfer sehr vereist?«

»Ganz bestimmt. Ich versuchte, sie zu säubern«, antwortete Paul. »Wir sahen sozusagen nichts mehr. Und außerdem ...«

Er sprach nicht weiter.

»Und außerdem?«

»Ich wollte nur sagen, dass sie so vereist waren, dass ihr Licht kaum zu sehen war, und – Miss Weimann ... einfach ...«

Chris räusperte sich, hustete und sagte dann, dass man sich bei Nebel in Bezug auf Entfernung sehr leicht täuschte.

»Vielleicht hat sie die Scheinwerfer gesehen«, meinte er, »sich aber in der Entfernung geirrt und nicht erkannt, wie nahe der Wagen war.«

»Das ist durchaus möglich«, meinte Crafft. »Vielleicht hat sie sogar auf einen Wagen gewartet. Vielleicht hat sie geglaubt, den erwarteten Wagen vor sich zu haben, und ist ihm entgegengegangen, um sich bemerkbar zu machen.«

Wieder Schweigen. Dann sagte Katie:

»Auf mich hat sie aber nicht gewartet.«

Ja«, fuhr Crafft fort, »damit kämen wir zu einem andern, sehr interessanten Punkt. Weshalb ging Miss Weimann hinaus in die Kälte und den Nebel? Sie war nicht danach angezogen, wie Sie alle wissen. Trug weder Hut noch Handschuhe. Nur einen Mantel. Weit wollte sie sicher nicht. Sollte jemand von Ihnen wissen, wohin sie wollte, und weshalb sie das Haus verließ, so sage er es bitte. Das würde uns viel Mühe ersparen.«

Er schwieg. Niemand antwortete.

Crafft, dessen funkelnde Topasaugen immer noch ihren harten, tigerhaften Blick hatten, zuckte kaum merklich die Schultern.

»Schade, dass keiner von Ihnen hierüber Auskunft geben kann. Hoffentlich verschweigt niemand etwas.« Und bevor noch Fanny ihrer Empörung Luft machen konnte, fuhr er fort:

»Über etwas anderes möchte ich jetzt gern Genaueres erfahren. Kurz vor ihrem Tod schrieb Miss Weimann einen Brief. Weiß jemand von Ihnen etwas über diesen Brief?«

Wieder Schweigen.

Mina, deren weißes Gesicht mit dem vorstehenden Kinn zwischen den schwarzen Schultern versank, sagte eintönig, während ihre Augen brannten: »Um was für einen Brief handelt es sich, Mr Crafft?«

Der Detektiv sah sie an.

»Das weiß ich nicht«, antwortete er. »Am Mittelfinger der rechten Hand der Toten befinden sich Tintenflecke: Und ich habe allerlei Grund, anzunehmen, dass diese Flecke kurz vor ihrem Tode an den Finger kamen. Es wäre wichtig zu wissen, was sie geschrieben hat. Wissen Sie es, Mrs Petrie?«

Bei dieser direkten Frage änderte sich Minas Gesichtsausdruck nicht im Geringsten.

Nein«, antwortete sie. »Aber ich möchte Sie doch darauf

aufmerksam machen, dass ich, meine Angehörigen und meine Dienerschaft zu jeder Auskunft durchaus bereit sind. Miss Weimanns Tod hat mich sehr ergriffen und aufgeregt. Und dass sich die Polizei zu weiteren Nachforschungen gezwungen sieht, ist nicht gerade beruhigend. Es ist ein sehr, sehr bedauerlicher Unfall. Ein Unfall und kein Mord. Niemand, niemand von uns hätte Charlotte ermordet.«

So viel hatte Katie Mina noch nie sprechen hören. Vielleicht waren ihre Worte durchaus aufrichtig, wenn sie auch infolge ihrer Eintönigkeit wenig überzeugend klangen. Der Detektiv hatte ihr mit allergrößter Aufmerksamkeit zugehört und machte, als sie jetzt schwieg, eine kleine Verbeugung.

»Ich danke Ihnen, Mrs Petrie. Ich glaube kaum, Ihnen besonders versichern zu müssen, dass uns alles daran liegt, Ihnen jede Unannehmlichkeit und jeden Verdruss zu ersparen.« Er verbeugte sich wieder.

Vorgefecht, dachte Katie. Die Hauptschlacht wird bald beginnen.

»Ich möchte nun«, fuhr Crafft fort, »einige Fragen stellen, die nur Sie mir beantworten können, Mrs Petrie.« Er warf einen Blick in das Notizbuch, schien einen Augenblick zu überlegen und sagte dann: »Ich werde mich ganz kurz fassen, um Sie nicht zu ermüden.« Vielleicht hat er in dem Notizbuch gelesen: Mrs Petrie sterbenskrank, dachte Katie.

»Bitte sehr«, sagte Mina und streichelte die Katze.

»Sie kannten Miss Weimann schon längere Zeit?«

»Seit ihrer Kindheit. Sie war meine Kusine.«

»Ja, kannten Sie sie genau?«

»Wir wohnten seit sechzehn Jahren zusammen«, antwortete Mina fast böse.

»Sie war wohl Ihre Gesellschafterin?«

»Ja. Sie führte außerdem den Haushalt. Sie war ungeheuer tüchtig.«

»Sie bedeutete für Sie also eine große Entlastung?«

»Ja.«

»Eine große Entlastung«, wiederholte der kleine, braune Mann. »Sie werden wohl nur schwer Ersatz für sie finden.«

Fanny schluckte krampfhaft, ihr Gesicht blieb aber ruhig.

»Darüber habe ich noch nicht nachgedacht«, sagte Mina. »Ich trauere um die Freundin und Kusine und nicht um die Haushälterin.

»Gewiss, gewiss«, sagte der Detektiv beruhigend. Katie hatte das Gefühl, als spiele leichter Spott um seine Lippen. »Miss Weimann war wohl sehr klug?« Mina schien zu überlegen.

Sie schwieg.

»Ich sagte eben«, wiederholte Crafft, »dass Miss Weimann wohl sehr klug war.«

»Ja«, entgegnete Mina, »das habe ich gehört.«

Clarence öffnete die Augen und sah interessiert auf; bei der schnellen Bewegung des Kopfes verzog er schmerzhaft das Gesicht, schloss die Augen und stützte den Kopf wieder in die Hände.

Crafft lächelte immer noch.

»Wissen Sie, Mrs Petrie, ob Miss Weimann einen Feind hatte?«

»Ich kenne niemanden, der Charlotte Weimann ermordet hätte«, antwortete Mina sehr bestimmt.

Crafft schloss die Augen.

»Ist Ihnen bekannt geworden, dass sich während der letzten Monate im Leben der Toten etwas Ungewöhnliches ereignete?«

»Nein, nichts.«

Clarence öffnete wieder die Augen.

»Doch, Mina«, sagte er ganz unerwartet. »Das war doch …«, er stöhnte und schloss wieder die Augen. »Damals, vergangenen Sommer«, fügte er mit leidender Stimme hinzu.

»Clarence!«, zischte Fanny erschrocken.

Craffts gelbgrüne Augen sahen Clarence an.

»Wie bitte, Mr Siskinson?«, fragte er. Fanny machte eine ungeduldige Bewegung.

»Hören Sie doch nicht auf ihn, Mr .... Detektiv«, sagte sie. »Er redet immer so dummes Zeug.«

Clarence riss die Augen auf und stöhnte.

»Wie kannst du nur so etwas sagen, Fanny?«, sagte er vorwurfsvoll. »Die Polizei glaubt schließlich noch ...«, er schloss die Augen und hielt sich den Kopf mit beiden Händen, »ich sei nicht zurechnungsfähig.«

»Und da hätte sie durchaus Recht«, fauchte Fanny. Sie sah Crafft nervös an. »Kann mein Mann nicht entlassen werden? Er weiß über den Unfall nichts.«

»Gleich, Mrs Siskinson«,antwortete der Detektiv. »Was wollten Sie eben erzählen, Mr Siskinson? Es war wohl etwas, was Miss Weimann im vergangenen Sommer passierte.«

»Ach«, antwortete Clarence, ohne die Augen zu öffnen. »Es war ein kleiner Unfall – weiter nichts.«

Unfall. Wie hässlich das Wort auf einmal klang.

Unruhiges Schweigen. Chris hatte sein schweigsames Auf- und Abwandern aufgegeben, er sah wie alle anderen Clarence an.

»Ja, ein ganz seltsamer Unfall«, sagte Clarence plötzlich. »Hat niemand von euch Aspirin?«

»Und was für ein Unfall?«, fragte der Detektiv.

»Schwimmgürtel«, sagte Clarence erschöpft und nahm den Kopf wieder in die Hände. Er schien große Beschwerden zu haben.

»Es war ...«, fiel Fanny ein; sie sprach nicht weiter, als Crafft sie ansah.

»Schwimmgürtel?«, wiederholte der Detektiv.

»Nun ja«, sagte Clarence. »Und dabei wusste doch jeder, dass sie nicht schwimmen konnte.«

»Miss Weimann konnte also nicht schwimmen?«, fragte Crafft.

Clarence öffnete die Augen.

»Ja. Das habe ich doch gerade gesagt. Muss ich denn alles wiederholen?«

»Ich glaube, ich weiß, was er sagen will, Mr Crafft«, fiel Chris Lorell plötzlich ein.

»So, Mr Lorell? Dann bitte ...«

»Die Sache ist ganz einfach«, fuhr Chris fort. »Miss Weimann trug beim Baden immer einen Schwimmgürtel aus Gummi. Sie konnte nicht schwimmen. Vergangenen Sommer platzte das Ding, als sie ziemlich weit draußen im See.war, wo es tief ist. Ich glaube, Jenks – er sah Jenks an und Jenks nickte –, hat sie schreien hören und ans Ufer geholt. Das ist alles.«

»Waren Sie denn damals hier, Mr Lorell?« fragte Crafft.

»Nicht, als die Sache sich ereignete«, antwortete Chris, »ich habe gesprächsweise von ihr erfahren.«

»Wer war damals hier im Hause?«

»Ja, das weiß ich nicht«, antwortete Chris langsam. »Ich glaube, wir waren zum Essen alle hier.«

»Wir waren alle hier«, fiel Paul ein. »Es war Ende der Woche während der heißen Tage. Tante Mina hatte Steven, mich und Katie nach hier eingeladen.«

»Erinnern Sie sich des Unfalls auch?«

»Gewiss. Charlotte war sehr aufgeregt.«

»Erschrocken war sie«, sagte Clarence, »Wieso, Mr Siskinson?«

»Ja, erschrocken war sie. Sie glaubte, einer von uns hätte die Dinger angestochen, Und das glaube ich auch ... Ganz gewiss! ...«

Fanny schoss das Blut ins Gesicht, ihre Hände umkrallten die Armlehnen ihres Sessels. Niemand rührte sich. Dann sagte Chris: »Charlotte ärgerte sich vor allem, dass man ihr einen schadhaften Schwimmgürtel verkauft hatte. Ich glaube nicht, dass sie auch nur auf den Gedanken kam, jemand hätte ihr einen schlechten Streich gespielt. Meiner Überzeugung nach war es ein Unfall.« Wieder dieses hässliche Wort!

»Von Streich habe ich auch nichts gesagt«, entgegnete Clarence.

»Glauben Sie, behaupten zu können, es habe sich um einen wohl überlegten Anschlag auf Miss Weimann gehandelt?«, fragte der Detektiv. Lächeln und Freundlichkeit waren aus seinem Gesicht verschwunden.

»Genaueres weiß ich nicht«, antwortete Clarence mit sichtbarem Unbehagen. »Ich weiß nur, dass die Sache damals passierte, und dass sie mir sehr seltsam vorkam. Im Bootshaus pumpte sie die Dinger mit der Fahrradpumpe auf ... und da waren sie noch ganz in Ordnung. Und sie hielten die Luft bis sie das tiefe Wasser erreicht hatte. Und dann«, Fanny hustete. »Das ist alles. Wahrscheinlich nichts. Und doch mehr als seltsam.«

»Ja, ja«, sagte der Detektiv nachdenklich. Alle atmeten erleichtert auf, als seine nächste Frage erkennen ließ, dass er vorläufig wenigstens diesen Punkt fallen ließ. Er wandte sich an Katie.

»Sie sprachen vorhin von einem Licht im Sommerhaus, Miss Warren. Erzählen Sie mir das doch noch einmal.«

»Als wir auf die Brücke fuhren, sagte Paul etwas von einem Licht im Sommerhaus. Weiter weiß ich hierüber nichts.«

»Haben Sie denn nicht hingesehen?«

Nein, ich habe gerade hierüber genau nachgedacht. Nein, ich habe nicht hingesehen.«

»So, so«, sagte Crafft lauernd. Seine Augen waren halb geschlossen und gierig, er neigte den hässlichen Kopf leicht zur Seite und sah Paul an.

»War Licht im Sommerhaus?«, wandte er sich drohend an ihn.

»Ja, ich …« Paul zögerte einen Augenblick und fuhr dann fort: »Genau weiß ich das auch nicht. Ich meine aber, Licht gesehen zu haben. Ich habe auch bestimmt irgendetwas Licht gesehen. Damals glaubte ich, es sei im Sommerhaus. Ich meinte, ein Fenster zu sehen, hinter dem Licht brannte. Aber alles ging ja so schnell. In Bezug auf das Sommerhaus kann ich mich irren, aber ein Licht habe ich bestimmt gesehen. Vielleicht dachte ich in diesem Augenblick gerade an das Sommerhaus, das, wie ich wusste, in der Richtung, aus der das Licht kam, lag.«

»Das Sommerhaus liegt ungefähr zwanzig Schritte von der Brücke«, sagte Crafft. »Und der Nebel war sehr dicht. Unter den Bäumen und in der Nähe des Sees war er sicher besonders schwer. Wie erklären Sie es, Mr Duchane, dass Sie Licht im Sommerhaus sahen und die Frau, die direkt in den Lichtkegeln des Autos lief, nicht erkannten?«

Pauls olivfarbenes Gesicht wurde langsam rot.

»Ich sagte Ihnen schon, dass ich hierzu Genaueres nicht aussagen kann. Ich sah ein Licht in jener Richtung. Vielleicht habe ich daraus geschlossen, dass es sich im Sommerhaus befand. Ein Licht habe ich ganz bestimmt gesehen.«

»Ich möchte das Sommerhaus besichtigen, Mrs Petrie. Heute Morgen war es verschlossen.«

»Im Winter ist es immer verschlossen«, sagte Mina langsam.

»Haben Sie den Schlüssel?«

»Ja.«

»Würden Sie ihn mir nachher geben?«

»Gern.«

»Danke. Hatten Sie auch gestern den Schlüssel?«

»Selbstverständlich.«

Die Katze reckte den Hals und schob den gierigen Kopf an Minas weiße Hand, bis diese sie wieder langsam streichelte.

»Aber weiter.« Der Detektiv ließ seine Blicke durch das

Zimmer schweifen; er wandte sich dann an den teilnahmslosen Jenks.

»Sie sind Jenks?«

»Ja, Adonijah Jenks.«

»Adon ...« Der Detektiv sah ihn erstaunt an. »Wie?«

»Adonijah«, wiederholte Jenks. »Ton auf dem i. Es ist ganz einfach. Versuchen Sie es nur mal.«

»Jenks genügt«, sagte Crafft. »Sagen Sie mal, Jenks, hat Miss Weimann gestern irgendwelche Nachricht erhalten?«

Meinen Sie Briefe? Mit der Morgenpost kam einer, die Nachmittagspost brachte nichts.«

»Können Sie mir vielleicht Genaueres über den Brief sagen, z. B. wie der Umschlag aussah?«

Jenks machte ein verlegenes Gesicht. Er war ein kleiner, magerer Mann, der dauernd an Verdauungsstörungen litt. Er war ehrlich und gewissenhaft. Mit der andern Dienerschaft kam er sehr gut aus. Für die Angelegenheit seiner Herrschaft hatte er immer ein lebhaftes, wenn auch zurückhaltendes Interesse gezeigt.

»Ja, ich glaube, mich des Umschlags zu erinnern. Er trug den Namen einer Firma. Vielleicht war es eine Rechnung.«

»Eine Rechnung?«, fragte Crafft. »Dann muss sie in ihrem Schreibtisch liegen. Andere Briefe kamen also nicht an?«

»Nein.«

»Wurde auch keiner durch Boten gebracht?«

»Nein.«

»Kein Telegramm?«

»Nein.«

»Na, dann bliebe nur noch das Telefon.« Jenks Adamsapfel wurde aufgeregt. Aber Jenks sagte nichts.

»Wurde sie angerufen?«, fragte der Detektiv.

»Ich – ich hatte Zahnschmerzen und war in mein Zimmer gegangen. Es liegt im dritten Stock.«

»Vermutlich ist auch dort Telefonanschluss?«

»Ja.«

Katie fragte sich, weshalb Jenks auf einmal so unsicher wurde und sie so erschrocken ansah.

Crafft bemerkte diesen erschrockenen Blick.

»Es wurde also angerufen. Wer rief an? Heraus mit der Sprache, Jenks!«

Jenks schluckte, sah Katie wieder an und sagte dann: »Ich hörte das Telefon klingeln und ging an den Apparat. Aber unten wurde schon gesprochen. Ich hängte ein und ging wieder in mein Zimmer.«

»Hörten Sie, was gesprochen wurde, und wer sprach?«

»Miss Charlotte sprach«, antwortete Jenks verzweifelt.«

»Und was sagte sie?«

»Sie sagte: ›Also an der Brücke, aber sei pünktlich, Katie.‹ Dann habe ich eingehängt.«

7

Katie sah, dass Steven aufsprang. Sein bleiches Gesicht war verzerrt. Er schrie Chris an:

»Wie kannst du dulden, dass Katie in die Sache hineingezogen wird, ohne auch nur die Möglichkeit zu haben, sich verteidigen zu können? Du bist ja ein großartiger Anwalt! Katie hatte mit Charlotte keine Verabredung an der Brücke! Jenks ist nicht bei Trost.«

»Du machst die Situation nicht besser, Steven«, antwortete Chris müde. Seine Augen waren kleine Schlitze geworden. »Höre mal, Katie«, sagte er, »du brauchst nur zu antworten, wenn du willst. Willst du nicht lieber vorher mit jemandem sprechen? Mit mir?«

»Nein«, antwortete Katie wie betäubt. »Ich habe nicht mit Charlotte telefoniert. Ich habe auch keine Verabredung mit ihr gehabt.«

Tiefe Stille herrschte im Zimmer. Selbst Fannys Perlen und Armbänder schwiegen. Mit weißem, bösem Gesicht saß sie da, wie ein wildes Tier, das sich zum Sprung sammelt. Minas Augen weiteten sich. Clarence hielt sich den Kopf und sah Katie traurig an. Melissa stand im Hintergrund. Paul rauchte und blickte auf Katie, seine Augen und sein Mund waren hart. In ihrer Mitte stand Crafft; er neigte den Kopf zur Seite, seine hungrigen Augen, sein lederartiges, braunes Gesicht verrieten Ungläubigkeit.

Ungläubig! Das waren sie alle. Katie stöhnte leicht auf. Weshalb hatte er das eigentlich gesagt? Es war ja so nutzlos. Alle glaubten Jenks. Seine Worte hatten so einfach geklungen. So ehrlich. So überzeugend. Selbst sein erschrockener Blick und seine zögernde Antwort waren überzeugend. Auch Steven hatte diesen Eindruck. Sonst wäre er nicht so wütend aufgesprungen, um sie zu verteidigen.

Katie wandte sich an Jenks.

»Warum haben Sie das gesagt?«, fragte sie. Ihre Stimme bebte, sie versuchte vergeblich ihre Erregung zu meistern. Wie zugeschnürt war ihr auf einmal die Kehle.

»Ich habe nicht mit Charlotte gesprochen«, stieß sie hervor. Steven hatte ihre Hände ergriffen.

»Habe keine Angst. Wann wurde denn angerufen, Jenks?«

»Um die Teezeit. Gegen 5 Uhr. Entschuldigen Sie, Miss Katie.«

»Na, siehst du, Katie. Um diese Zeit fuhrst du mit Paul nach Hause. Jenks hat sich irgendwie verhört.«

»Was sagen Sie dazu, Mr Duchane?«, fragte der Detektiv. »Vermutlich hatte Miss Warren gar keine Gelegenheit zu telefonieren, als Sie vom Loop nach hier fuhren.«

Paul betrachtete seine Zigarette.

»Nein«, sagte er sofort. »Wir waren die ganze Zeit über zusammen.«

»Aber nein, Paul –« Katie sprach nicht weiter. Wenn Paul

log, um Jenks' Aussage zu entkräften, weshalb sollte sie da eingreifen?

Aber es war schon zu spät.

»Wo haben Sie sich getroffen?«, fragte der Detektiv.

»War es nicht in der Nähe von Washington, Katie?«, fragte Paul. Katie zögerte. Sie vergegenwärtigte sich alles.

»Nein. Einen Augenblick. Ich hatte in der Nähe von Monroe geparkt. Ich parke immer dort. Von der Orchestra Hall ging ich zu Fuß zum Parkplatz und fuhr dann nach Michigan, und bei der ersten Kreuzung traf ich dich. Das muss also bei Madison gewesen sein.«

»Und von da an waren Sie immer zusammen? Oder hielten Sie aus irgendeinem Grunde? fragte Crafft.

»Ja«, antwortete Katie. »Paul wollte Zigaretten kaufen.«

»Wo war das?«

Sie beantwortete seine Frage.

»Also Ihrer Wohnung gerade gegenüber, Mr Petrie?«

»Ja«, sagte Steven und runzelte die Stirn. Katie lief es kalt über den Rücken. Was wusste der Detektiv über jeden von ihnen? Chris hatte gesagt: »Wenn die Polizei nur nicht erfährt, wie Katie und Charlotte miteinander standen.«

»Und Sie haben dann im Wagen auf Mr Duchane gewartet, Miss Warren?«, fragte der kleine, braune Mann weiter.

»Nein«, erwiderte Katie verzweifelt. »Ich überquerte die Straße und klingelte bei Steven.«

Steven rührte sich nicht. Aber irgendwie wusste sie, dass sie einen Fehler, einen schweren Fehler gemacht hatte.

»Antwortete jemand auf Ihr Schellen?«, fragte der Detektiv weiter.

War es das? War das der Fehler? Wo war Steven gewesen? ... Sie musste antworten.

»Nein, niemand.«

Ach, Steven, vergib mir, wenn ich nicht das Richtige gesagt habe.

»Ist Telefon in der Halle?«

»Ja.« Der Portier. Er kannte sie. Hatte er gesehen, wie sie einhängte? Natürlich würde die Polizei auch ihn vernehmen. Und dabei wollte Steven verheimlichen, dass er nicht zu Hause gewesen war. Immer enger wurden die Maschen! Sie sagte: »Ich versuchte, mit Steven zu telefonieren, erhielt aber keine Antwort. Ich hängte gerade ein, als der Portier kam.«

Sie wusste, dass ihre Worte hinterhältig klangen.

»Hat der Portier Sie erkannt?«

»Ja.«

»Haben Sie ihn gefragt, wo Mr Petrie war?«

»Ja.»

»Wusste er es?«

»Nein.«

»Und was taten Sie dann?«

»Ich ging wieder zu dem Wagen und wartete auf Mr Duchane.«

»Wo waren Sie gestern Nachmittag, Mr Petrie, zwischen sagen wir mal, vier und sechs Uhr? Das können Sie uns doch wohl ohne weiteres sagen?«

»Kaum«, antwortete Steven. Seine Stimme klang ganz ruhig. Starr und fast atemlos saß Katie da, als könnte die leiseste Bewegung ihn bei einer schweren und gefahrvollen Arbeit stören.

»Einen Augenblick ... Als Paul fortgegangen war, ging ich in die Stadt. Ich wollte mir einige neue Spatel bestellen. Es war sehr neblig ... wenn Sie ein Alibi von mir verlangen, so kann ich das nicht beibringen; Nebel und die durch ihn hervorgerufenen Lichteffekte interessieren mich, und ich bummelte weiter ... wie lange, kann ich nicht sagen. Dann fuhr ich mit meinem Wagen hierher. Ich kam nur langsam voran. ich ließ den Wagen draußen vor dem Tor ...«

»Wann war das, Mr Petrie?«

»Gegen halb sieben. Der Krankenwagen fuhr gerade fort, als ich das Haus erreichte.«

»Weshalb ließen Sie den Wagen vor dem Tor stehen?«

»Weil ich bis zum Hause gehen wollte. Außerdem war es gefährlich, bis an das Haus zu fahren.«

»Und von dem, was sich ereignet hatte, wussten Sie noch nichts?«

»Nein.«

»Gar nichts?«

»Nein.«

»Weshalb telefonierten Sie dann gegen halb sechs so dringend mit dem Arzt?«

»Weil ich ihn sprechen wollte«, antwortete Steven kühl. »Vermutlich hat Ihnen das Telefonfräulein das gesagt.«

»Woher ich das weiß, Mr Petrie, spielt keine Rolle«, lächelte der Detektiv. »Wollen, Sie mir jetzt bitte sagen, weshalb Sie Dr. Mannsen so dringend sprechen wollten?«

»Von dringend kann nicht die Rede sein«, antwortete Steven. »Was ich wollte, ist kein Geheimnis. Ich machte mir Sorge wegen meiner Tante und wollte von Dr. Mannsen wissen, wie er ihren Zustand beurteilte. Ich persönlich hatte den Eindruck«, fuhr Steven seltsam nachdrücklich fort, »dass es Tante Mina seit Wochen besser ging, wenn Charlotte auch gegenteiliger Meinung war.«

»Ja«, fiel Fanny ein, »Charlotte war der Meinung, dass Tante Mina …« Sie hielt erschrocken inne und sah Mina an. »Das heißt«, fuhr sie dann fort und machte alles noch schlimmer, »Charlotte befürchtete das Schlimmste.«

»Das beweist nur Charlottes Sorge um Tante Mina«, sagte Paul, »Du fühlst dich doch ganz wohl, Tante Mina?« Minas weißes Gesicht blieb regungslos. Ihre schwarzen Augen aber brannten.

Der Detektiv fuhr fort: »Aber weshalb war Ihr Anruf denn so dringend, Mr Petrie?«

»Der Grund, weshalb ich anrief, rechtfertigt durchaus diese Dringlichkeit«, antwortete Steven.

Der Detektiv wandte sich plötzlich an Paul.

»Haben Sie in dem Zigarettenladen telefoniert?«

»Nein«, antwortete Paul. »Er hatte Telefon. Dass ich nicht telefoniert habe, kann ich kaum beweisen. Ich habe jedenfalls Charlotte nicht angerufen, wenn Sie darauf hinauswollen.«

Crafft sah Jenks an.

»Hatten Sie, als Sie einen Teil des Gesprächs hörten, den Eindruck, dass Miss Weimann von Miss Warren oder mit Miss Warren sprach? Ich meine, sprach sie …«

»Ich weiß schon, was Sie meinen«, sagte Jenks. »Aber das kann ich nicht sagen. Ich hörte nur die paar Worte – weiter nichts. Ich nahm an, dass Miss Katie sprach. Aber vielleicht habe ich mich geirrt. Ich habe Miss Katies Stimme nicht gehört. Nein, bestimmt nicht.«

»Wo liegen die einzelnen Telefone im Hause?«, fragte Crafft plötzlich. »Hängen alle an einer Leitung?«

Keiner antwortete. Dann sprachen Jenks und Chris und Fanny zu gleicher Zeit.

»Wir haben drei Telefone«, sagte Fanny, »eins in der Küche, eins in Mrs Petries Wohnung. Das dritte ist das allgemeine Telefon, es steht auf dem Tisch neben Ihnen – es hat auf jedem Flur einen Nebenanschluss.«

»Danke«, sagte der Detektiv und betrachtete das Telefon.

»Wie viel Hausschlüssel haben Sie? Sie haben doch einen Hausschlüssel, Miss Warren?«

»Natürlich«, antwortete Katie.

»Und Sie, Mr Petrie?«

»Gewiss!«

»Wir haben mehrere Hausschlüssel, Mr Crafft«, fiel Tante Mina ein. »Mein Neffe ist sehr oft hier. Ebenso Katie und Paul. Jeder hat natürlich einen Hausschlüssel. Und seit Mr und Mrs Siskinson hier sind, haben auch sie jeder einen Schlüssel.«

»Und Mr Lorell?«, fragte der Detektiv.

»Ich auch«, antwortete Chris. »Dieses Haus ist sozusagen meine zweite Heimat. Schon seit vielen Jahren.«

»Wo waren Sie übrigens gestern Nachmittag, Mr Lorell? So zwischen vier und sechs Uhr?«

Chris' Augen versanken noch tiefer. »Das will ich Ihnen sagen, Mr Crafft. Aber ein Alibi ist es nicht. Ich besuchte einen Klienten in Riverside, traf ihn aber nicht an und fuhr zurück. Beeilt habe ich mich bei der Rückfahrt nicht.«

»Haben Sie sich nicht bei jemandem nach Ihrem Klienten erkundigt?«

»Nein. Ich ging direkt zu seinem Büro, das verschlossen war. Er heißt Frank Ellin, wenn Sie den Namen wissen wollen.«

»Danke, Mr Lorell. Und Sie, Mr Siskinson, gingen wohl bis gegen fünf Uhr am Strand spazieren?«

»Wie bitte?« Clarence hob verwirrt den Kopf.

»Nach dem, was Ihre Frau dem Sergeanten Caldwell sagte«, wiederholte der Detektiv, »gingen Sie mit Ihrer Frau bis gegen fünf Uhr am Strand spazieren.«

»Wenn Fanny das gesagt hat, wird es schon stimmen.«

»Sie waren doch am Strand?«, fragte leicht drohend der Detektiv.

»Aber natürlich«, antwortete Clarence.

»Und gegen fünf Uhr kamen Sie nach Hause?«

»Wenn Fanny – ja natürlich.«

»Haben Sie Miss Weimann gesehen?«

Clarences Blicke wanderten hilflos zwischen dem Detektiv und Fanny hin und her.

»Nein«, antwortete er.

»Wissen Sie noch etwas über ihren Tod?«, fragte der Detektiv plötzlich ernst und streng.

»Nein, nein, gewiss nicht –«, stammelte Clarence aufgeregt. Er sah den Detektiv an und sagte dann ganz unvermittelt: »Ja, aber seltsam ist es doch.«

»Wieso?«

»Ja, verflucht seltsam. Als Charlotte den Wagen auf sich zukommen sah, musste sie doch eigentlich beiseite springen. So war Charlotte. Immer auf dem Sprung. Ja, wenn sie was getrunken hätte, dann könnte ich es noch verstehen, dann ist man ja vielleicht ein bisschen wirr im Kopf und weiß nicht genau, was man tut.«

»Clarence«, rief Fanny, »lass endlich dieses Geschwätz.«

»Ich meine doch nur, dass Charlotte nicht betrunken war. Charlotte trank nie einen Tropfen. Charlotte war gegen jeden Alkohol. Ich kann es einfach nicht kapieren, dass sie mitten im Wege stehen blieb und sich von Katie totfahren ließ.«

»Sehr interessant«, meinte der Detektiv.

Der kleine, braune Dämon wandte sich wieder an Katie, »Haben Sie inzwischen überlegt, Miss Warren, ob Sie mit Miss Weimann telefoniert haben?«, fragte er lächelnd.

Steven beugte sich vor, wollte sprechen, aber Katie kam ihm zuvor.

»Das brauche ich weiter gar nicht zu überlegen, Mr Crafft«, sagte sie wütend. »Ich habe nicht telefoniert. Und außerdem ...« Katie atmete tief. »Ach, das alles hat ja keinen Sinn. Charlotte wurde nicht ermordet. Sie konnte ja gar nicht ermordet werden. Verstehen Sie das denn nicht? Sie kam auf uns zu. Ich habe sie gesehen: Sie kam auf uns zu. Auf den Wagen zu. Sie war allein. Sie wurde von dem Wagen zu Boden geworfen. Das war kein Mord.«

Wieder fühlte sie zu ihrem Entsetzen Ungläubigkeit in dem Schweigen, in das ihre Worte fielen. Nein, Mina glaubte ihr. Und auch Steven, obwohl etwas Seltsames, Unergründliches in seinem Gesicht lag. Aber kalt und steinhart stand sie geschrieben in den Gesichtern der Beamten. In dem braunen Gesicht des Detektivs, das immer noch so starr lächelte.

»Ich wünschte nur, Sie hätten Recht, Miss Warren«, sagte er jetzt. »Leider sind Sie Partei.«

»Ach ...«, stöhnte Katie.

Steven sagte ärgerlich: »Chris, ist so etwas erlaubt?«

Chris Lorell sah den Detektiv einen Augenblick schweigend an. Der kleine, braune Mann wich seinem Blick nicht aus. Darin sagte Chris gequält:

»Ich fürchte, ja, Steven. Wir haben die Sache nicht mehr in Händen.« Er wandte sich plötzlich um.

»Was wird hier eigentlich gespielt?«, rief er.

Fanny wurde unruhig. Mina rührte sich nicht, ihre glühenden Augen durchforschten Chris' Gesicht. Seine plötzliche Wut war so unerklärlich. Als hätte ihn ein Schlag getroffen, auf den er nicht vorbereitet war. Als wäre er von irgendetwas überfallen worden, als wolle er, Chris Lorell ... Clarence murmelte etwas vor sich hin. Fanny warf ihm einen nervösen Blick zu. Dann wandte sie sich an Chris.

»Wie kannst du nur so etwas sagen, Chris Lorell. Nichts wird hier gespielt. Ich verstehe gar nicht, weshalb du auf einmal auf Seiten der Polizei und gegen uns bist. Als wären wir alle Verbrecher. Charlotte kam durch einen Unfall ums Leben und ...«

»Die Haare«, sagte Clarence ganz deutlich. »Vergiss nicht ...«

»Sei still, Clarence Siskinson«, zischte Fanny. Dann wandte sie sich wieder an Chris. »Du kennst uns alle ganz genau. Auch du gehörst sozusagen zur Familie. Falls hier etwas – was du meinst, weiß ich nicht – gespielt wird, dann weißt du es genau so gut wie jeder andere auch.« Ihre Stimme war immer lauter und schriller geworden, als wolle sie Clarences Gemurmel übertönen. Als sie atemlos einen Augenblick schwieg, wurden aus dem Gemurmel deutliche Worte.

»… schwarz und wollig. Ja. So war es. Und ich habe immer gesagt, es wäre Mord. Mord. Das wusste ich von Anfang an. Schwarz. Und wollig.«

Verzweiflung und Wut kämpften miteinander in Fannys rotem Gesicht. Sie wollte gerade losbrechen, als Crafft sie ansah.

»Was meinen Sie, Mr Siskinson?«, fragte Crafft.

»Das Haar«, stöhnte Clarence.

»Und was ist damit?«

»Nichts. Aber es ist schwarz und wollig.«

»Aber weshalb glauben Sie, dass es sich hier um einen Mord handelt?«, fragte Crafft weiter. Seine Stimme war hart.

»Ach …« Clarence sah ihn hilflos an. »Wenn Sie es denn wissen wollen: Charlotte hatte es in der Hand. Und ich habe es nun gefunden.«

Es war nicht so einfach, aus Clarence Genaueres herauszubekommen. Als das endlich gelungen war, erhöhte Minas Äußerung, sie habe das Haar verloren, die allgemeine Spannung.

Einen Augenblick lang bebten Craffts braune Nasenflügel. »Aber, Mrs Petrie«, sagte er mit leichtem Vorwurf, »wie kann man denn etwas so Wichtiges verlieren?«

»Das Finden ist wohl wichtiger als das Verlieren«, antwortete Mina.

Chris machte große Augen, und Crafft schien einen Augenblick betroffen. Mina sagte ganz ruhig und klar:

»Ja, es war nur sehr wenig Haar. Ich wickelte es in mein Taschentuch und legte es, wenn ich mich recht erinnere, auf den Tisch im Badezimmer. Heute Morgen war das Taschentuch verschwunden. Melissa und ich haben überall vergeblich danach gesucht.«

»Steht das Badezimmer mit Ihrem Wohnzimmer in Verbindung?«

»Nein. Es geht auf einen kleinen Flur hinaus, der meine Zimmer mit dem Charlottes – Miss Weimanns verbindet.«

»War in der vergangenen Nacht jemand in diesem Zimmer?«

Dünne, weiße Lider senkten sich plötzlich über Minas Augen.

»Nein«, sagte sie.

Schweigen breitete sich aus, ohne dass jemand zu sagen gewusst hätte, warum das Verschwinden des Haares so wichtig schien. Mina atmete ruhig, und Crafft ließ die Augen, gleichsam erwartungsvoll, rundum gehen. Dann räusperte er sich verhalten.

»Wenn der, der das Haar aus dem Badezimmer genommen hat, uns hierüber Näheres sagte, so würde uns das viel Zeit und Mühe ersparen«, sagte Crafft, ohne dabei jemanden anzusehen.

Katie dachte an den nächtlichen Besucher in Charlottes Zimmer, an die leere Schublade und das Kissen. Sollte sie das jetzt sagen? Fanny hatte sicher in dem Zimmer herumgeschnüffelt. Nein, damit gab sie nur zu, dass sie in Charlottes Zimmer und damit in der Nähe des verschwundenen Haares gewesen wäre. Nein, lieber nicht. Sie würden nur alle wieder ein ungläubiges Gesicht machen, und keiner würde es wagen, sie anzusehen, wenn sie erzählte, dass sie in dem Zimmer gewesen war. Chris unterbrach das Schweigen.

»Das ist doch keine Untersuchung eines Unfalls. Sie haben mir doch gesagt ...« Er sprach nicht weiter.

Crafft fragte:

»Was habe ich Ihnen gesagt?«

»Sie gaben mir zu verstehen ...«

»Sie haben ganz Recht. Es handelt sich hier um die Untersuchung eines Mordes.«

8

Einen Augenblick lang sah es so aus, als wäre der Spiegel das einzig Lebendige im Zimmer. Während alles andere erstorben schien, nahm er allerlei in seine geheimnisvolle Tiefe auf: Minas fiebrige Augen und Katies weiße Zähne, die sich in die rote Unterlippe gruben, Pauls verschleierte Augen und olivfarbenes Gesicht und den blauen Rauch seiner Zigarette.

Alle, die im Zimmer waren, auch den alles beherrschenden, kleinen, braunen Dämon.

Chris fragte heiser:

»Woher wissen Sie, dass Charlotte ermordet wurde?«

Wie leichte Bewegung glitt es über sie hin. Und auch sie nahm der Spiegel in sich auf. Es war, als hätte jeder Chris' Frage wiederholt: »Woher wissen Sie, dass Charlotte ermordet wurde?«

Fanny beugte sich vor. Ihre Armbänder klirrten, ihr Gesicht war fahl und die Nasenflügel etwas verkniffen.

»Deuten die Verletzungen darauf hin?«, fragte sie.

»Nein; die Verletzungen stammen wohl von dem Wagen«, antwortete Crafft. »Und doch war es Mord.«

»Aber warum?«, fragte Chris wieder. »Warum ...«

»Miss Weimann wurde ermordet«, sagte der Detektiv. »Ich muss den Schuldigen finden. Miss Warren ...«

Plötzlich kam Leben in Katie.

»Sie kann gar nicht ermordet worden sein. Ich sah, wie sie sich bewegte. Wie sie ging. Ich weiß, dass ich sie tötete. Aber ich hatte nicht die Absicht, sie zu töten. Mord setzt Überlegung voraus. Und ich habe Charlottes Tod nicht vorher geplant.«

Aus dem irren Gefühl heraus, sie irgendwie überzeugen zu müssen, hätte sie vielleicht diese Worte wiederholt. Aber wieder türmte sich vor ihr die Wand aus Schweigen und Ungläubigkeit auf. Niemand schien sie zu hören:

Crafft sah plötzlich auf von Caldwells schwarzem Notizbuch. »Jenks, haben Sie gestern Nachmittag Tee serviert?«

»Nein. Wie ich schon sagte, hatte ich Zahnschmerzen. Ich war in meinem Zimmer.«

»Wer servierte dann den Tee?«

»Vermutlich Melissa.«

»Melissa?« Respektvoll kam Melissa näher. Ihr dunkles Gesicht war ruhig.

»Ich räumte oben die Leinenschränke auf«, sagte sie mit samtweicher Stimme: »Vielleicht hat Hilda den Tee zubereitet.«

»Hilda?«, fragte der Detektiv. »Wer ist Hilda?«

»Sie ist, oder besser, war die Köchin«, antwortete Fanny. »Sie verließ heute Morgen das Haus, weil plötzlich ein Spiegel von der Wand fiel und die Küchenuhr stehen blieb. Niemand weiß, wohin sie gegangen ist. Sie heißt Hilda Hansen. Aber Sie werden sie sicher schnell ausfindig machen.« Fanny schien überzeugt.

Crafft sah den Sergeanten an.

»Schaffen Sie sie herbei.«

»Wen – Hilda Hansen?«

»Ja – wen denn sonst.«

»Aber – diese Hilda Hansen ...«

»Na?«

»Es gibt so viele Hansen ...«

»Sie ist wahrscheinlich in Chicago. Schaffen Sie sie sofort zur Stelle.«

»Gewiss.«

Caldwell wandte sich an einen der Polizisten. »Schaffen Sie Hilda Hansen zur Stelle.«

»Woher stammt sie? Seit wann war sie bei Ihnen? Was wissen Sie über sie?«

Mina Petrie erwiderte:

»Sie war sieben oder acht Jahre bei mir in Stellung. Sonst weiß ich nichts über sie. Jenks!«

»Ja, bitte.«

»Sagen Sie dem Polizisten alles Notwendige.«

Jenks folgte dem Beamten in die Vorhalle. Er konnte wohl nur wenig Auskunft geben, denn er kam schon sehr bald zurück. Der Polizist verließ das Haus. Er sah ganz so aus, als könne er ein ganzes Dutzend Hilda Hansen ausfindig machen.

Crafft hielt mit der einen Hand das Notizbuch, mit der andern seinen Kneifer.

»Es ist doch sehr seltsam«, sagte er, »dass der Tee nicht angerührt wurde. Ja, ja.«

Das Notizbuch und die Brille verschwanden in seiner Tasche. Er schien das Verhör abbrechen zu wollen.

»Ich danke Ihnen, Mrs Petrie«, fuhr er sehr liebenswürdig fort. »Ich danke Ihnen für Ihre Geduld. Aber wir stehen erst am Anfang der Untersuchung. Vermutlich werden Sergeant Caldwell und ich Sie alle einzeln vernehmen müssen, vielleicht sogar öfters. Leider muss ich Sie alle bitten, sich zur Verfügung der Polizei zu halten; Sie können natürlich Ihrer Arbeit wie bisher ungehindert nachgehen. Nur dürfen Sie die Stadt nicht verlassen.«

Mina stand auf. In blaugrauem Bogen sprang die Katze auf den Fußboden. Mina sagte sehr würdevoll:

»Seien Sie versichert, Mr Crafft, dass wir Ihnen nach besten Kräften helfen werden. Ich wäre Ihnen sehr verbunden, wenn Sie mich über Ihre weiteren Erhebungen auf dem Laufenden hielten. Verfügen Sie bitte ganz über mein Haus und meine Dienerschaft, falls Sie sich davon eine Klärung des Falles versprechen.«

Sie sagte das genau so leidenschaftslos, als hätte sie um ein Glas Wasser oder etwas Salz gebeten. Und doch brannte irgendwie in der Tiefe dieser heißen Augen ein Feuer. Als stürbe Mina, so dachte Katie, nicht an einem körperlichen Leiden sondern als würde sie von einem inneren Brand verzehrt. Als wäre nicht körperliche Schwäche, sondern diese gefräßige Glut ihr Todfeind.

Dann legte Mina ihre weiße, dicke Hand auf Melissas Arm und begann, die Treppe hinaufzugehen. Und auf einmal war sie wieder die holländische Hausfrau mit arbeitsmüden Schultern, deren scharfe Augen in den Ecken und auf den Möbeln nach Staub suchten. Eine Frau, die daran denken musste, recht bald ihr Haus zu bestellen. Aber Katies Mitleid verebbte, und wieder durchbebte sie ein seltsames Angstgefühl. Chris stand plötzlich neben ihr. Ein älterer Chris – müde und mit leerem Blick.

»Crafft bittet uns, in der Bibliothek auf ihn zu warten. Er will vor allem dich noch weiter fragen, Katie. Augenblicklich vernimmt er Jenks und den Fahrer im Esszimmer. Mag der Himmel wissen, was die beiden aussagen …«

An der Flurtür blieb Katie stehen und schaute zurück. Steven, Paul und Caldwell standen in einer kleinen Gruppe in der Mitte des Zimmers. Caldwell sprach. Stellt sicher Fragen, dachte Katie, denn er hatte ein Notizbuch mit rotem Rücken in der Hand.

Clarence und Fanny saßen ziemlich nervös auf dem Rand ihrer Stühle und warteten; und durch die große Tür, die in das Esszimmer führte, sah Katie Williams schmales, ängstliches Gesicht, sah, wie er die Mütze in den Händen drehte, als er die Fragen des Detektivs beantwortete.

Steven sah über Caldwells gesenkten Kopf zu ihr hin. Es war ein Blick so voll leuchtender Glut, dass Katie auf einmal Wärme und Glühen in sich fühlte, als hätte er sie wieder geküsst.

Seltsam.

Wie betäubt folgte sie Chris in die Bibliothek. War es

denn möglich, dass sie sich, trotz des wilden Wirbels der Ereignisse, in den sie hineingeraten war, verliebt hatte? Es war ein so gewaltiges Gefühl, aufrührend und so unendlich süß – und doch irgendwie von Traurigkeit durchschwungen. Jetzt war sie verwundbar, jetzt konnte das Schicksal sie leichter treffen.

Sie hatte Charlotte getötet. Und irgendwie war es Mord. Die Bibliothek war vielleicht der einzige gemütliche Raum in Mina Petries Haus. Es war ein kleiner, achteckiger, mit Eichenholz getäfelter Raum mit hohen Bücherregalen, die bis unter die Decke reichten. Schwere Teppiche bedeckten den Boden, und antike Möbel, Sessel und Sofas erhöhten die Gemütlichkeit. Meist drang durch die verbleiten Fenster schwaches, gelbliches Licht. Heute aber war der Raum dunkel, obwohl die Tischlampe brannte. Im Kamin brannte kein Feuer; und Jenks hatte, wohl infolge der allgemeinen Aufregung, das Zimmer noch nicht aufgeräumt. Die Aschenbecher waren noch nicht geleert, auf dem Tisch lagen verschiedene Zeitungen, und die Stühle standen nicht an ihrem Platz.

Chris öffnete eins der Fenster, und die kalte, feuchte Luft trieb widerwillig in den Raum.

»Was soll ich tun, Chris?«, fragte Katie verzweifelt. »Charlotte wurde nicht ermordet. Sie lief in den Wagen hinein. Ich habe sie nicht absichtlich überfahren. Nein, nie und nimmer, Chris.«

Chris schloss das Fenster wieder; dann ging er mit leichten Schritten zwischen dem Lichtschein der Tischlampe und den Bücherregalen auf und ab, sodass sein großer, schweigsamer Schatten an den Bücherregalen hin und her wanderte.

»Hör mal, Katie, wie standest du mit Charlotte?«, fragte er endlich.

Katie griff sich müde an die Stirn und setzte sich auf das Sofa. Wie waren ihre Gefühle der Toten gegenüber gewesen?

Der Toten, die sie so gehasst hatte; die, wo sie nur konnte, ihre Feindin gewesen war.

»Ich meine, habt ihr beide irgendwelche Auftritte miteinander gehabt? Böse Worte oder dergleichen, die die Dienerschaft hätte hören können?«

»Nein, nie«, antwortete Katie.

»Auch nicht wegen der Wertpapiere?«

»Nein. Sie behauptete nach wie vor, sie nie gekauft zu haben. Ich hatte ihren Auftrag telefonisch entgegengenommen und ihr keine schriftliche Bestätigung geschickt, weil es doch Charlotte war. Nein, es hatte gar keinen Zweck, deswegen eine Szene mit ihr heraufzubeschwören. Aber wie soll ich nur meine Schulden bei dir bezahlen? Ich besitze augenblicklich keinen Pfennig.«

»Deswegen mache dir keine Sorgen, Katie. Charlotte ist tot, und Mina wird dich sicher in ihrem Testament bedenken. Charlotte fürchtete dich immer, Katie; sie glaubte, dass du sie aus Minas Gunst verdrängen wolltest. Aber es ist und bleibt seltsam …, dass du den Wagen fuhrst.«

»Sage so etwas nicht, Chris. Das ist brutal. Ich hatte nie und nimmer die Absicht, sie zu töten.«

»Das weiß ich. Aber es ist und bleibt eine verdammte Geschichte, Katie.«

»Das klingt nicht gerade beruhigend.«

Er warf ihr einen schnellen Blick zu und fuhr sich mit der großen Hand über das braune Haar. Seine Augen lagen so tief in den Fleischfalten, dass sie wie kleine, dunkle Punkte wirkten.

»Ich habe allerlei Befürchtungen, Katie. Ich weiß nicht, was hier vor sich geht. Ein Unbekanntes, das in irgendwelcher Tiefe schlummert, macht mir Angst. Mord …« Er sprach nicht zu Ende. »Aber da kommt Crafft. Ich will versuchen, dir zu helfen«, versprach er; er setzte sich Katie gegenüber.

Aber es bot sich heute Morgen nur wenig Gelegenheit, Katie zu helfen. Denn Crafft wusste genau, was er fragen wollte, – – – wusste das ganz genau.

Er wusste, wie er Katie kurz sagte, dass Charlotte Weimann die Absicht Tante Minas, Katie zu adoptieren, hintertrieben hatte. Auch die Geschichte mit den Wertpapieren war ihm bekannt. Nach ein paar geschickten Fragen an Chris Lorell wusste er, dass die todkranke Mina ihr Testament noch nicht gemacht hatte. Und diese Kenntnis handhabte er so meisterhaft, mit einer derartigen Geschicklichkeit, dass Katie sich unsicher und bedroht fühlte.

»Erkannten Sie Miss Weimann, als sie auf den Wagen zukam?«

»Nein … Ich sah nur eine sich bewegende Gestalt.«

»Bewegte sie sich denn wirklich? Ging sie oder lief sie? Versuchte sie, dem Wagen auszuweichen?«

»Das weiß ich nicht. Ich sah nur, dass die Gestalt sich bewegte.«

»Und wann erkannten Sie, dass es Miss Weimann war?«

»Nachdem der Wagen endlich hielt. Paul stieg aus und lief den Weg zurück, und ich folgte ihm. Er sagte, es wäre Charlotte.«

»Traten Sie auf die Bremse, als Sie die Gestalt sahen?«

»Ja, und mit dem andern Fuß trat ich die Kupplung.«

»Sofort?«

»Ja.«

»Innerhalb von zwei bis drei Sekunden?«

»So schnell ich konnte, Mr Crafft. Ich tat das ganz instinktiv.«

Crafft schien die Antwort, die schnell gekommen war, zu überlegen, – er war selbst Fahrer und wusste, dass alle Bewegungen am Steuer instinktiv erfolgen. Und doch war er noch nicht zufrieden …

»Reagierte der Wagen sofort?«

»Nein. Der Weg war abschüssig und schlüpfrig, wie ich ja schon sagte.«

»Aber die Schnelligkeit des Wagens wurde doch wohl geringer? Das haben Sie doch bemerken müssen.«

»Nein«, antwortete Katie zögernd. »Dessen erinnere ich mich nicht. Alles ging ja so schnell.«

»Fuhr der Wagen plötzlich langsamer?«

»Nein – nicht plötzlich.«

»Oder fuhr er etwa noch schneller?«

»Halt, Katie«, fiel Chris ein. »Beantworte diese Frage nicht.«

»Aber, Mr Lorell, wollen Sie uns etwa Schwierigkeiten in den Weg legen?«, sagte Crafft lächelnd. »Ist es vielleicht möglich, Miss Warren, dass Sie anstatt auf die Bremse auf den Gashebel getreten haben?«

»Nein – nein – nein ...«

»Katie!« Wieder unterbrach Chris sie warnend.

»Nein. Ich weiß genau; dass ich auf die Bremse getreten habe«, sagte sie. »So leicht verwechselt man Bremse und Gashebel nicht.«

»Von einer Verwechslung ist auch gar nicht die Rede«, entgegnete Crafft. Chris wurde unruhig. Der Detektiv fuhr fort: »Wussten Sie, Miss Warren, dass Mrs Petrie noch kein Testament gemacht hatte?«

»Ich glaube, ja«, antwortete Katie.

»Wussten Sie, dass Miss Weimann Ihre Interessen nicht vertrat?«

»Ich weiß, dass Charlotte mir nicht freundlich gesinnt war.«

»Wussten Sie, dass sie ihren Einfluss auf Mrs Petrie gegen Sie ausnutzte?«

»Diese Frage brauchst du nicht zu beantworten, Katie«, sagte Chris wütend.

»Ich habe hierfür allerlei Beweise«, sagte der Detektiv. »Jedenfalls war Miss Weimanns Tod für Miss Warren von ganz besonderer Bedeutung. Es ist ein mehr als eigenartiger Zufall, dass gerade Miss Warren es war, welche Miss Weimann überfuhr.«

»Das beweist gar nichts«, sagte Chris. »Den Mord?«

»Sie sagten, Sie hätten Beweise dafür, dass Mord vorliegt.«

»Höchstwahrscheinlich, Mr Lorell, höchstwahrscheinlich ...« In der Tür erschien Sergeant Caldwell, der unbedingt mit Crafft sprechen wollte. Der Detektiv stand auf und verschwand mit dem Sergeanten im Flur.

Der kleine, getäfelte Flur hatte eine vorzügliche Akustik.

»Der Wagen ist identifiziert worden«, begann Caldwell: »Der Wagen, der gestern Nachmittag so lange draußen stand und den der Autobusfahrer gesehen hat.«

»So?«

»Er gehört dem Neffen, Steven Petrie, dem Künstler.«

»Dann war er also hier, als der Mord begangen wurde. Sonst noch etwas?«

»Ja – der Beamte, der das Zimmer der Weimann durchsuchte, fand diesen Brief in ihrem Tisch. Er trägt das Datum von gestern. Vermutlich der Brief, den Sie suchen. Es ist ...« Der Detektiv unterbrach ihn. Man hörte nichts mehr. Katie lauschte gespannt. Auch Chris lauschte. Was für einen Brief hatten sie gefunden? Aus der leisen Unterhaltung der beiden im Flur hörte sie nur das Wort »Sommerhaus«.

Und das war ein bedeutsames Wort.

Sie musste Steven warnen, musste ihn sofort warnen. Dann wurde Caldwells Stimme wieder deutlicher.

»Ich finde ihn schon«, versprach er. »Er ist vor kurzem erst weggefahren. Wahrscheinlich ist er in seinem Atelier. Wir haben ihn, ehe er auch nur ahnt, dass wir hinter ihm her sind.«

Dann kam Crafft wieder in die Bibliothek. Er lächelte; leicht bebten seine Nasenflügel. In der einen Hand hielt er den Brief.

»Ja«, sagte er zu Chris. »Ich glaube, wir haben den Brief gefunden, den Miss Weimann kurz vor ihrem Tode schrieb. Er war in einem Umschlag; adressiert, postfertig.« Er nahm den Brief und begann ihn langsam zu lesen. Er schien ganz in den Brief vertieft, aber Katie fühlte deutlich, dass er sie und Chris scharf beobachtete. Es war ein ganz außergewöhnlicher Brief. Er begann ohne jede Anrede und war sehr kurz:

»Du kannst diese gemeine Maskerade nun nicht länger leugnen. Ich habe Beweise dafür, dass Du Minas Zuneigung in der gemeinsten Weise missbrauchst. Ich habe Beweise und werde sie Dir auch zeigen. Sie kennt ihr Schicksal zu genau, als dass sie sich durch Geister täuschen ließe. Du versuchst, sie zu beeinflussen, das weiß ich schon lange. Ich kann dich jeden Augenblick verraten. Aber weshalb wollen wir uns streiten? Ich schlage Dir einen Waffenstillstand bis nach dem 26. vor. Meine Bedingungen sind ganz klar; für mein Schweigen verlange ich einen Teil Deines Erbes. Du versprachst mir eine Zusammenkunft. Ich schreibe diesen Brief, damit er, gleich zur Post gegeben werden kann, falls Du auf die vereinbarte Zusammenkunft doch noch verzichten solltest.«

Crafft sah sie an.

»Er ist ›Charlotte Weimann‹ unterzeichnet und an Steven Petrie gerichtet. Als sie ihren Namen schrieb, muss etwas sie erschreckt haben, denn die Feder blieb im Papier hängen. Sie wollte also mit Steven Petrie zusammentreffen. Wir müssen Mr Petrie über diese ›gemeine Maskerade‹ befragen.«

Katie saß wie versteinert da. »Ein Irrtum – ein Irrtum – ein ganz furchtbarer Irrtum.« Sie glaubte, sie spräche laut, aber das war wohl nicht der Fall, denn weder der Detektiv noch Chris Lorell sahen sie an.

»Miss Weimann war durchaus bereit, die ›Maskerade‹ mitzumachen, falls sie dabei auf ihre Kosten kam … Ich muss jetzt vor allem feststellen, was Miss Weimann selbst vorhatte. Weshalb wird z. B. der 26. genannt? Wirklich, ein höchst interessanter Brief.«

Seine wissenden Augen schienen zu erkennen, dass Katie ihm keinerlei Auskunft geben konnte.

»Wir sehen uns später noch einmal«, sagte er und verließ das Zimmer. Auch Chris ging, ohne Katie anzusehen oder ein Wort an sie zu richten. Sie musste Steven finden. Die Diele war leer. Katie sah, wie Crafft und ein Polizist im Auto davonfuhren.

Ein kleiner, brauner Dämon, der. im Auto davonjagt.

Aus dem Esszimmer kam Clarence. Er sah elend aus. Er sah sie irr an und antwortete auf ihre Frage, Paul und Steven seien, so viel er wüsste, in die Stadt gefahren. Die Polizei habe sie nicht daran gehindert. Er fügte hinzu, der Lunch wäre im Esszimmer serviert; dann ging er müde nach oben. Auch Fanny war verschwunden. Sie äße mit Mrs Petrie, sagte Jenks, der auch sehr mitgenommen aussah.

»Hat Mr Steven gesagt, wohin er fährt?«, fragte Katie Jenks.

»Nein.«

Vielleicht erreichte sie Steven telefonisch in seinem Atelier. Aber es antwortete niemand. Sie versuchte es immer wieder, und nie erhielt sie Antwort.

Sie aß etwas und versuchte, Charlotte zu vergessen; sie telefonierte wieder und wieder umsonst.

Es war ein langer, dunkler und einsamer Nachmittag, und der Nebel wurde immer dichter. Katie versuchte, sich auszuruhen, versuchte zu lesen. Aber immer wieder kreisten ihre Gedanken um Charlottes Tod und die Gefahr, in der sie schwebte.

Unbegreiflich, unfassbar! Aber Charlotte war tot.

Und sie hatte sie getötet. Und hatte sie doch wieder nicht getötet, denn Charlotte war ja ermordet worden, und sie hatte sie nicht ermordet:

Es war ein furchtbarer Kreis, in dem sie sich drehte, und alles war dabei so sinnlos. Sie fühlte wieder, wie die Angst herankroch und nach ihr griff, und das Haus war so kalt und voller Schweigen, und der Nebel drückte gegen die Fenster. Sie versuchte wieder, Steven telefonisch zu erreichen. Wenn sie doch nur wüsste, was die Polizei vorhatte. Wo und wann sie zum Schlage ausholte.

Vielleicht hatte es gar keinen Sinn, immer wieder zu telefonieren. Aber das Telefon lockte sie, lockte sie mit unwiderstehlicher Gewalt.

Wie still war es im Hause geworden! Und wie dunkel waren die gelblichen Scheiben in der Bibliothek! Nun wird es draußen unter den Bäumen dunkel, dachte sie erschaudernd, dunkel wird es auf dem schlüpfrigen Wege in der Nähe der Schlucht. Dunkel und neblig.

Sie stand auf; sie hatte auf einmal Angst vor ihren eigenen Gedanken. Sie ging durch den kleinen Flur in die Diele. Sie war leer. Die Lampen im Esszimmer brannten nicht mehr. Nur das Licht der Tischlampe in der Diele kämpfte lässig gegen die graue Dämmerung. Katie ging ans Fenster, sie sah nichts als grauschwarzen Nebel.

Das Haus war so still.

Sie setzte sich an den Tisch, von dem sich ein blaugrauer Schatten erhob. Katie erschrak, dann erkannte sie, dass es die Katze war. Friquet reckte sich und setzte sich wieder; ihre großen, leuchtenden Augen beobachteten Katie. Ein hässlicher Name, dachte Katie. Warum die Katze nur nach der Treppe und dem Fenster starrte? Katie griff wieder nach dem Telefon. Warum hatte Stevens Wagen vor dem Park gestanden, als Charlotte ihren geheimnisvollen Gang antrat? Und was bedeutete der Brief?

Wie lange Katie an dem Tisch saß und Fragen zu beantworten versuchte, auf die es keine Antwort gab, wusste sie selbst nicht. Es war noch dunkler geworden; die Tischlampe verbreitete schwaches Licht. In den Ecken aber lag tiefes Dunkel, und dunkel war die Türöffnung, die ins Esszimmer führte. Die Katze war wieder eingeschlafen. Katie blickte auf und sah im Spiegel ihr weißes Gesicht, das sich gegen das Dunkel der Diele abhob. Sie sah die große, weite Tür, die ins Esszimmer führte, das gleichsam ein tiefer, dunkler Brunnen war. Es musste gegen 5 Uhr sein.

Ihre Hand griff müßig nach einer Feder; sie betrachtete sie. Was hatte der Detektiv doch noch über Charlottes Finger gesagt? Dass er mit Tinte befleckt war. Dass sie irgendetwas geschrieben hatte. Vielleicht hatte der Spiegel ihr kleines, gepudertes Gesicht mit den runzligen Augenlidern und den kalten, berechnenden Augen widergespiegelt. Die Katze bewegte sich, dann stand sie auf und spitzte die Ohren. Ihre Augen starrten in die Finsternis des Esszimmers. Auch Katie lauschte. Sie war wie betäubt, kalt und starr, nur das Herz schien noch zu leben; sie konnte sich nicht umwenden, und der Spiegel zeigte nur schwarze Tiefe.

Aus dem Esszimmer kam ein leichter Laut. Ein ganz feines Klirren. Als klirrte Porzellan.

Vielleicht war es Jenks, der den Tee brachte. Die Augen der Katze funkelten, sie öffnete das rote Maul und zeigte die weißen, scharfen Zähne. In diesem Augenblick rasselte das Telefon. Scharf, dringend, zerriss die tiefe, unheimliche Stille.

9

Wieder rasselte das Telefon.

Die Katze regte sich nicht. Katie streckte die Hand aus, nahm den Hörer und hielt ihn ans Ohr.

Sie sprach nicht. Ihre Augen starrten in den Spiegel. Seltsam, kein Licht, keine Bewegung in der schwarzen Tiefe.

Sie fühlte, dass jemand auf ihre Stimme wartete. Sie fühlte das ganz deutlich.

»Hallo! Hallo!«, sagte sie endlich.

Die Katze regte sich nicht; regungslos lag die gespiegelte Finsternis hinter ihr.

Eine leise Stimme antwortete: »Bist du es, Katie?«

»Steven!«

»Katie – ich muss dich sprechen, es ist ungeheuer wichtig. Hör zu.«

»Warte. Es ist jemand im Esszimmer. Warte …«

Seine Stimme hatte sie aufgerüttelt; sie warf die lähmende Angst von sich. Sie wandte sich um, aber sie sah niemanden. Sie legte den Hörer auf den Tisch und drehte das Licht an. Licht flutete durch die Diele und schlug einen hellen Pfad in die Dunkelheit des Esszimmers. Und sie ging über diesen Pfad und griff nach dem Lichtschalter im Esszimmer; die Dunkelheit floh, und Licht füllte das Zimmer. Niemand. Auf dem Tisch stand kein Teebrett. Katie sah nach der Tür der Anrichteküche. Sie bewegte sich nicht.

Steven wartete.

Sie kam wieder an den Tisch. Als sie den Hörer aufnahm, sah sie, dass Friquet immer noch auf dem Tisch saß und das Esszimmer beobachtete. Katie setzte sich auf den Tischrand, sodass auch sie das Esszimmer überblicken konnte.

»Steven, seit heute Mittag versuche ich schon, dich zu erreichen …«

»Sprich leise, Katie. Wie geht es dir? Hat sich irgendetwas ereignet? Deine Stimme klingt so aufgeregt!«

»Nein, nichts.« Ihre Stimme wurde ein Flüstern. »Man will dich verhaften, Steven.«

»Mich verhaften?«

»Ja. Es handelt sich um Charlottes Brief. Ein furchtbarer Brief! Und dann dein Wagen. Sie haben festgestellt, dass es dein Wagen war.«

Kurzes Schweigen.

Dann wieder Stevens Stimme.

»Und weiter, Katie, schnell!«

»Sie behaupten, dein Wagen hätte gestern Nachmittag vor denn Haus gestanden. Um die Zeit, als Charlotte das Haus verließ. Und dann schrieb Charlotte einen Brief an dich. Drohte dir, und als hättest du sie bedroht …«

»Katie – rede doch vernünftig. Sprich langsam. Um was handelt es sich denn eigentlich?«

»Um einen Brief.« Katie schluchzte fast in ihrer Angst. »Er lautet ungefähr folgendermaßen …« Sie versuchte, ihm den Wortlaut des Briefes möglichst genau wiederzugeben: »Was meint sie denn mit ›Maskerade‹, Steven? Ich fühle genau, dass hier ein furchtbarer Irrtum vorliegt; du musst mir die Wahrheit sagen, Steven.«

»Katie …« Wie Stöhnen klang es in seiner Stimme. »Könnte ich dich doch nur sehen, Katie; du musst mir glauben, Katie. Tust du das auch?«

»Aber gewiss, Steven. Ich glaube dir.«

»Katie, liebe, liebe Katie … Ich habe keine Ahnung, was der Brief zu bedeuten hat. Ja; es war mein Wagen. Und ich war auch draußen im Park. Das stimmt alles. Aber von dem Brief weiß ich nichts.«

»Ach …«

»Was soll das bedeuten? Wenn ich dich doch nur sehen könnte …«

»Weshalb warst du hier, Steven? Du kamst erst ins Haus, als …«

»Pst … jemand könnte dich hören. Als ich mich ganz sicher fühlte. Warum, das kann ich dir noch nicht sagen. Höre mal …« Er schwieg einige Augenblicke, und Katie fühlte, dass er nach der Uhr sah. »Ich muss mich beeilen. Ich habe nur einen Augenblick Zeit. Und nun, Liebling, pass auf. Ich muss dir etwas sagen.«

»Ja, ja. Der Brief, Steven. Ich glaube dir. Aber der Brief, den Charlotte schrieb, ach Steven, sage es mir doch.«

»Katie, ich glaube bestimmt, dass ich richtig handle.«

»Ja, ja …«

»Trau niemandem. Niemandem, verstehst du, Katie? Einerlei, wer es ist.«

Er schien von ehrlicher banger Sorge erfüllt. »Was meinst du?«, ihre Stimme flackerte.

»Beruhige dich doch. Ich muss so handeln … es bleibt mir kein anderer Weg.« Er schwieg wieder. Dann fuhr er fort: »Tue um Gottes willen, was ich dir sage. Es mag noch so verrückt klingen, aber tue es. Pass genau auf! In Onkel Petries Schreibtisch in der Bibliothek liegt in der unteren, rechten Schublade ein Revolver. Den verstecke. In dem hinteren Wohnzimmer hängen zwei alte Schwerter über dem Kamin. Erinnerst du dich?«

»Ja, aber, du lieber Gott …«

»Auch die verstecke. Verstecke alles, wodurch jemand verletzt werden könnte.«

»Ich … du …« Katie bebten die Knie. Die Stimme versagte ihr. »Brauchst keine Angst zu haben, Katie. Das ist nur so ein Gedanke von mir. Ich bin nun mal Künstler, und die haben bekanntlich ganz seltsame Einfälle.«

Ein leises Lachen klang aus dem Telefon.

»Weshalb lachst du denn?«

»Habe ich gelacht? Verzeih! Meine Nerven. Aber …« Seine Stimme wurde ernst, fast böse: »Aber tu, was ich dir gesagt habe. Tust du das auch, Katie?«

»Ja, ja, aber Steven, was …«

»Und dann noch eins: Tu alles, was Tante Mina dir sagt. Widerspreche ihr in nichts.«

»Ja, Steven. Aber erkläre mir doch … Du hast mich so erschreckt. Ich verstehe nicht. Ich …«

»Katie, eins will ich dir sagen: Ich habe Charlotte nicht getötet. Aber ich wusste, dass alles so kommen würde. Ich …« Er sprach nicht weiter.

»Steven!«, flüsterte Katie verzweifelt. »Was soll das heißen? So rede doch!« Sie horchte plötzlich auf. Klickte es nicht im Apparat? »Steven! Steven! Wo bist du?«

Wieder ein leichtes Klicken! Dann sagte eine Stimme:

»Bitte die Nummer.« Eine amtliche teilnahmslose Stimme.

»Sie haben mich unterbrochen. Verbinden Sie mich wieder.«

»Welche Nummer?«

»Die Nummer, mit der ich eben sprach. Ich muss die Verbindung unbedingt wieder haben. Ich …«

»Bitte die Nummer«, sagte die Stimme wieder.

»Ich weiß die Nummer nicht, Sie unterbrachen …«

»Verzeihung!«, und wieder klickte es im Telefon.

Katie ließ die Hand mit dem Hörer sinken. Sie setzte sich in den Sessel vor dem Tisch.

Steven war also hier gewesen; war zu der Stunde in dem dunklen Park gewesen, als Charlotte getötet wurde. Wollte er Charlotte treffen? Handelte es sich um die Begegnung, die Charlotte in ihrem Brief erwähnte?

Und er war erst später ins Haus gekommen. Viel später. Und er hatte gewusst – hatte er das wirklich gesagt?

Ja, er hatte es gesagt. Unfassbar! Er hatte gewusst, dass es so kommen würde. Sie dachte an den Augenblick, als sie in der Halle des Hauses stand, in dem er wohnte, und klingelte, klingelte …

Und sie dachte auch an das, was Paul gesagt hatte. Er war kurz vorher bei Steven gewesen. Falls er sich nicht unterwegs aufgehalten hatte, hatte er vielleicht fünfzehn Minuten bis zur Rettungsinsel gebraucht, wo sie ihn traf und er zu ihr in den Wagen stieg. Bei dem stockenden Verkehr waren sie dann mindestens zwanzig Minuten gefahren, bis sie wieder in die Nähe von Stevens Wohnung kamen. In diesen dreißig bis vierzig Minuten hatte Steven seine Freunde nach Hause geschickt, seine Wohnung verlassen und war zu Tante Mina hinausgefahren. Infolge der Verzögerung durch den Einkauf der Zigaretten und ihres langsamen, vorsichtigen Fahrens hatte Steven den Petrieschen Besitz wohl eine Stunde eher erreicht als sie.

Aber Steven hatte seinen Wagen irgendwo draußen stehen lassen. Warum? Hierfür gab es nur eine Erklärung: niemand sollte von seiner Anwesenheit etwas wissen. Ja, nur so konnte es gewesen sein. Sonst hätte er doch wohl nach seiner Ankunft im Hause etwas davon gesagt. Aber das hatte er nicht getan. Er fragte nur – was hatte er doch noch gefragt? Ja. Er kam durch die Vorhalle und sagte: »Was ist passiert? Tante Mina?«

Und dann hatte er sie alle angesehen; sein Gesicht war plötzlich so seltsam beherrscht geworden, und er hatte mit ganz fremder Stimme gesagt: »Warum ist die Polizei hier im Hause?« Und später der Brief, den Charlotte geschrieben hatte. Und Steven hatte gewusst, dass alles so kommen würde. Er hatte Charlotte nicht getötet, wie er sagte, aber er hatte gewusst, dass sie getötet würde.

Warum hatte er das Furchtbare denn nicht verhindert? Warum hatte er nicht verhindert, dass Katie Charlotte tötete? Und wo war Steven?

Katie presste ihre schmalen Hände an die Schläfen.

Der Gedanke an das schwarze Haar in Charlottes Hand ließ sie nicht los. Wie war es in Charlottes Hand gekommen? Ein namenloses Böses lauerte grinsend hinter diesem Fund, wurde noch drohender dadurch, dass es so plötzlich wieder verschwunden war. Was hatte dieses Haar zu bedeuten; welche Schlüsse ließ es zu?

Friquet sprang plötzlich vom Tisch und machte ein paar Schritte nach dem Esszimmer. Die großen, funkelnden Augen der Katze schienen durch die dreidimensionale Welt in eine andere, unbekannte Dimension zu schauen. Dann ging sie mit steifen Hinterbeinen vorsichtig weiter. Katie beobachtete die Katze, bis sie die Pendeltür nach der Anrichteküche erreichte, wo sie stehen blieb und am Boden schnupperte.

Sie schnupperte, schnupperte, vorsichtig, aber immer intensiver. Katie beobachtete das Tier gespannt. Es beschnupperte den Boden unmittelbar vor der Tür nach der Anrichteküche.

Dann wurde es auf einmal steif und still.

Die Tür öffnete sich, und Melissa erschien mit einem Tablett und ging ins Esszimmer. Sie sah die Katze nicht. Aber instinktiv ging sie dem Tier aus dem Wege. Als sie in die Diele kam, fragte Katie:

»Melissa, wer war denn eben im Esszimmer? Waren Sie es?«

Melissa stellte das Tablett vorsichtig hin und wandte sich um.

»Nein.«

Katie sah sie zweifelnd an.

»Aber es war doch eben jemand im Zimmer; ich meinte, Sie wären es.«

»Ich war oben, Miss Katie. Ich bin eben erst über die Hintertreppe nach unten gekommen.«

»Wer ist in der Küche?«

»Niemand, Miss Katie, niemand.«

»Und wo ist Jenks?«

»Das weiß ich nicht, Miss Katie. Miss Katie …«

Sie zögerte, wurde anscheinend unruhig. Katies Spannung wuchs.

»Ja, Melissa.«

»Es handelt sich um das Essen. Mrs Fanny schrieb mir das Menü auf; und da steht was von Crêpes Suzettes. Und ich weiß nicht, wie die gemacht werden.«

»Ach!« Katies Spannung löste sich. Sie ging an den Tisch und goss sich eine Tasse Tee ein. Dann fiel ihr ein, dass Melissa noch da war. Sie sagte: »Pfannkuchen. Eier, Wasser, Mehl, ganz dünn. Dann etwas Süßes, Obst darüber und dann rollen. Ich zeige es Ihnen.«

»Das ist nicht nötig, Miss Katie. Vielen, Dank.« Melissa verschwand geräuschlos. Katie aß etwas Toast und trank noch eine Tasse Tee. Es war doch jemand im Esszimmer gewesen. »Traue niemandem«, hatte Steven gesagt. Und er hatte wiederholt: »Niemandem.«

Und noch etwas anderes hatte er von ihr verlangt. Und das wollte sie erledigen, bevor die Polizei wiederkam. Wenn die erst wieder im Hause war, hatte sie vielleicht keine Gelegenheit mehr dazu. Immer noch war das Haus so unheimlich still.

Onkel Petries Schreibtisch stand in der Bibliothek. Katie drehte das Licht in dem kleinen Flur und in der Bibliothek an. Die Helligkeit betonte die Leere und Stille des Hauses noch mehr.

Sie griff nach der unteren, rechten Schublade. Bevor sie sie öffnete, sah sie instinktiv über die Schulter nach der Tür. Niemand.

Unter alten Geschäftsbüchern fand sie den Revolver: Ein altes Ding mit langem Lauf und hölzernem Kolben. Katie sah vorsichtig die Kammer nach. Der Revolver war geladen. Sie wusste nicht, wie man ihn entlud. Sie legte ihn auf den Tisch und betrachtete ihn. zweifelnd. Was sollte sie weiter damit tun?

Sie dachte sofort an die geheimnisvolle, graue Tiefe des nahen Michigan-Sees. Später fragte sie sich, warum sie diesen Gedanken nicht ausgeführt hatte. Nach kurzem Überlegen ging sie mit dem Revolver in die Garderobe neben der Vorhalle. Auf dem Wege dorthin drehte sie noch mehrere Lampen an. Sie sah niemanden. In der Garderobe ging sie sofort auf den Schirmständer, einen bronzenen Götzen mit plumpen Armen und Beinen, zu. Er hatte einen doppelten Boden, in dem sich das von den nassen Regenschirmen abtropfende Wasser sammelte.

Katie warf wieder einen Blick nach der Tür, dann fasste sie in den Bronzegötzen und stieß den Boden heraus. Ja, hier konnte sie den Revolver verstecken: Einen Augenblick später war der Boden wieder eingesetzt. Katie richtete sich auf und lächelte zum ersten Mal in ihrem Leben den Götzen an.

Sie dachte plötzlich an einen hellen Sommertag in ihrer Kindheit, als der bronzene Götze noch in der Vorhalle stand. Die Sonne funkelte auf ihm. Charlotte, mit hoher, schwarzer Pompadour-Frisur, enger Taille, langem, tadellos sitzendem Rock, war in der Nähe. Sie hielt etwas in der Hand. Charlotte wich nicht von Minas Seite. Und immer trat sie zwischen Mina und das Kind mit den schlanken Beinen und den großen, klugen Augen; und dieses Kind war Katie. Sie dachte an dieses Kind, als wäre es ein anderes Wesen, das mit der Katie Warren, die eben den Revolver versteckt hatte, nichts zu tun hatte. Mit Katie Warren, die Charlotte getötet hatte. An Einzelheiten dieses Tages erinnerte sie sich nicht. Ein Sommertag, der schon wieder in den tiefen Schächten der Erinnerung versank. Wenn nun Charlotte, so dachte sie, in die Zukunft blicken konnte, wenn sie wusste, was dieses Kind ihr einst antun würde! Und plötzlich hatte sie ein Gefühl, als wäre Charlotte in der Nähe. Wenn sie jetzt die Garderobe verließ und durch die Vorhalle ging, dann saß Charlotte am Tisch in der Diele, wo der Spiegel ihre kunstvolle Lockenfrisur widerspiegelte.

Charlotte war natürlich nicht in der Diele. Aber Fanny saß seltsam erregt in einem der Rohrsessel. Sie sah nach den schwarzen, glänzenden Fenstern. Sie wandte sich nicht um, als Katie in die Diele trat, sagte auch kein Wort. Als Katie in den Flur einbog, erkannte sie erschreckt, dass Fannys funkelnde Augen ihr Spiegelbild in den schwarzen, glänzenden Scheiben, vor denen die Farne standen, beobachteten.

Es ist ja nur Fanny, beruhigte sie sich. Und sie hatte bestimmt nicht gesehen, dass sie den Revolver versteckte, denn die Tür zur Garderobe lag hinter der Treppe und war nur von der Vorhalle aus sichtbar. Katie ging in das Wohnzimmer. Es war nicht so einfach, die Schwerter von der Wand zu nehmen. Sie kletterte auf einen wackligen Tisch. Auf einmal hatte sie das Gefühl, dass hinter dem dunklen Fenster ein Gesicht sie bei ihrem Tun beobachtete. Die Schwerter sahen an der Wand plump und schwer aus, waren aber in der Hand leicht und biegsam, als wären sie lebendig.

Sie versteckte die Schwerter im Kamin. Der schwere Kaminschirm verbarg, wenn er richtig stand, den ganzen Rost. Sie kam sich so albern vor, als sie an der Tür stehen blieb und nach der leeren Stelle an der Wand sah. Aber plötzlich hörte sie wieder Stevens Worte, und das Gefühl der Lächerlichkeit versank wieder in ihr. Sie ging zurück in das kalte Wohnzimmer mit den dicken Teppichen, den vielen Sesseln und Tischen und nahm einen kleinen Zierdolch mit Onyxgriff, sah schnell zum Fenster und versteckte auch ihn im Kamin. Und dann ging sie nach oben in ihr Zimmer. Als sie durch die Diele kam, war Fanny verschwunden.

Essenszeit kam, und noch immer rührte sich nichts in dem düsteren Haus.

Clarence blickte von der Zeitung auf, als Katie langsam die Treppe herabkam.

»Fanny bleibt oben, sie isst mit Mina. Paul und Steven sind noch nicht wieder zurück. Ich schlage vor, wie warten nicht länger.«

Katie sah wohl, dass er versuchte, die Zeitung in der inneren Rocktasche verschwinden zu lassen.

»Zeige mir doch bitte die Zeitung, Clarence«, sagte sie.

»Nein, Katie, das ist nichts für dich.«

»Ist es denn so schlimm?«

»Das gerade nicht. Aber sie bringt dein und Charlottes Bild.«

»Gib sie mir«, wiederholte Katie.

Es war nicht so schlimm, wie sie befürchtet hatte. Was hatte sie während des furchtbaren Tages und der furchtbaren Nacht schon an Hässlichkeit und Gemeinheit erlebt!

Sie aßen schweigsam.

Katie lauschte nach draußen. Nein, kein Wagen kam, Steven kam nicht durch die Diele!

Jenks, der Melissa half, kam und ging schweigend. Er bediente Katie mit besonderer Sorgfalt, als müsse er etwas gutmachen. Sie wollte Jenks, so dachte Katie, wegen des Telefongesprächs noch einmal sprechen. Sie beobachtete ihn forschend. Er hatte so aufrichtig gesprochen. Ehrlich und mit aufrichtigem Bedauern.

Wo war Steven?

Und was tat die Polizei?

Clarence war unruhig.

Wieder strich er sich über das Kinn, und dann beugte er sich plötzlich vor:

»Katie«, sagte er, »es ist was ganz Seltsames passiert.«

Katie sah ihn an. Clarence sah wohl zum ersten Mal in seinem Leben etwas ungepflegt aus. Etwas war nicht in Ordnung. Vielleicht nur eine Kleinigkeit.

»Katie –« Clarence. blickte schnell nach der Tür der Anrichteküche, um sich zu vergewissern, dass Jenks hinter ihr verschwunden war; dann sagte er leise über den weißen Damast, das Silber und Porzellan hinweg: »Katie, mein Rasiermesser ist verschwunden.«

10

Der Revolver lag im Schirmständer versteckt, und der hässliche Bronze-Götze bewachte ihn; auch die Schwerter und der Dolch mit dem Onyxgriff waren verborgen.

Clarence hatte sich nicht rasiert, sein Kinn schimmerte schwärzlich, er sah unsauber aus. Und Steven hatte gesagt ... Katie wusste genau, was Steven gesagt hatte.

Sie nahm ein Glas und führte es an den Mund. Sie sah Clarence fest an. Sie fühlte das kalte Wasser an ihren Lippen. Dann stellte sie das Glas vorsichtig wieder auf den Tisch und sagte: »Das hast du verlegt.«

»Nein, Katie, kommt gar nicht in Frage. Seit Jahren schon habe ich dieses Rasiermesser. Ein gutes, altmodisches Messer. Und herrlich scharf.«

Kalt kroch es Katie über Rücken und Arme. Sie wiederholte: »Du hast es verlegt.«

»Nein«, protestierte Clarence. »Ich weiß genau, wo meine Sachen sind. Hätte man mir gestern Abend das Haar nicht abgenommen«, sagte er beleidigt, »dann könnte ich es jetzt der Polizei zeigen; Und dieses wollige Haar hätte schon zur Entdeckung des Mörders geführt.«

Ein leichtes Klirren von der Tür her. Fanny kam auf sie zu.

»Was redest du schon wieder von Mord? Bleib sitzen, Clarence, ich wollte mit euch zusammen den Nachtisch essen. Mina macht sich ja nichts daraus.« Während sie das sagte, setzte sie sich.

Fanny war merkwürdig gut gelaunt. Das sah man sofort. Ihre Kobaltaugen funkelten; tiefe Zufriedenheit lag auf ihrem Gesicht.

»Ich bin den ganzen Nachmittag über bei Mina gewesen. Habe ihr was vorgelesen. Ich glaube, das tat Charlotte nie. Hat Melissa die Crêpes Suzettes fertig bekommen?«

Ihre Stimme klang etwas herrschsüchtig, als sie von Melissa sprach, als leite sie schon Tante Minas Haushalt.

»Melissa machte sich große Sorgen wegen des Essens«, sagte Katie. »Sie versteht von der Küche wohl nicht viel.«

Fanny warf ihr einen stechenden Blick zu.

»Meine liebe Katie«, sagte sie bissig, »ich habe schon einen Haushalt geführt, als du noch nicht geboren warst. Wo ist Paul?«, fuhr sie fort. »Ich dachte, Steven würde ein paar Tage hier bleiben. Wenigstens bis nach dem Begräbnis und der Untersuchung. Ist das alles nicht fürchterlich, Katie? Du tust mir wirklich Leid.«

»Katie passiert schon nichts«, sagte Clarence. Seine Finger spielten mit dem Stiel des Glases, das mit Wasser gefüllt war; seine Bewegung war ebenso vielsagend wie die Blicke, die er erst auf das Büfett und dann auf Fanny warf. Er seufzte. »Die Polizei, ist immer noch nicht wieder da. Mag der Kuckuck wissen, was sie tut.«

»Wahrscheinlich allerhand.« Fannys Augen sahen Katie forschend an. »Sage mal, Katie, warum hast du mit Charlotte telefoniert und sie aufgefordert, dich an der Brücke zu treffen?«

Katie atmete tief durch, bevor sie antwortete.

»Ich habe nicht telefoniert.«

»Wäre es nicht klüger, du gäbest das Leugnen auf und sagtest die Wahrheit?«

»Ich habe die Wahrheit gesagt«, antwortete Katie drohend.

»Natürlich hat sie das«, sagte Clarence leise, der seinen eigenen Gedanken nachging. »Warum geht ihr nicht in die Diele oder die Bibliothek? Da ist es doch viel gemütlicher.«

Fannys harte Augen sahen ihn wieder an.

»Damit du allein im Esszimmer bist«, sagte sie und wandte sich dann wieder an Katie.

»Katie, du steuerst einen sehr gefährlichen Kurs. Die Polizei bekommt doch alles heraus. Alles!«

Sie schwieg, um ihre Worte wirken zu lassen. Katie antwortete aufgebracht:

»Auch das Werfen mit Kissen, Fanny?«

Katie konnte nicht erkennen, ob Fannys plötzlich leerer Blick Unverstehen bedeutete oder ein Geheimnis enthielt. Sie wusste ja nicht, ob Fanny in der vergangenen Nacht in Charlottes Zimmer gewesen war. Sie vermutete es nur.

»Ich verstehe dich nicht«, sagte Fanny.

Aus der Diele kam ein Geräusch; sie wandte sich schnell um. »Chris und Paul. Nun werden wir ja Neues erfahren.«

Aber sie erfuhren nichts. Nach den ersten Fragen Fannys wollte niemand mehr von der Sache sprechen. Chris sank in einen Sessel und rauchte eine lange Zigarre; er hatte die Augen halb geschlossen, und sein Gesicht ermutigte nicht zu weiteren Fragen. Auch Paul rauchte; er hätte sicher gesprochen, wenn er Neues gewusst hätte. Clarence ging gedankenvoll im Zimmer auf und ab; er wagte es unter Fannys Blick nicht, ins Esszimmer zu gehen.

Die Polizei arbeitete geheimnisvoll weiter. Chris wusste nur, dass sie Steven suchte. Er sah Katie an, als er das sagte. Bisher hätte sie ihn noch nicht gefunden.

»Ich möchte nur wissen, wo er ist«, sagte Paul. »Ich habe ihn verschiedentlich angerufen und bin auf dem Wege nach hier in seinem Atelier gewesen. Aber es war dunkel; auf mein Klingeln antwortete niemand. Vor dem Eingang machten sich ein paar Polizisten in Zivil ungeheuer unauffällig«, fügte er lächelnd hinzu.

»Hast verdammt keinen Grund zu lachen«, sagte Chris. »Hättest du Untersuchungen und Verhandlungen in Mordfällen erlebt wie ich, würde dir das Lachen schon vergehen. Von den Detektiven ist dir übrigens einer den ganzen Tag überallhin gefolgt.«

»Das bezweifle ich keinen Augenblick«, antwortete Paul.

»Jedenfalls hat der Mann einen sehr erbaulichen Tag verbracht. Ich habe den ganzen Tag im Büro gesessen und auf Kunden gewartet. Aber weshalb werde denn ich beobachtet?«

»Das gehört zu den Vergnügen einer Untersuchung wegen Mord.«

»Meiner Meinung nach«, sagte Fanny, »ist die Polizei sehr rücksichtsvoll. Den ganzen Nachmittag über war niemand hier.«

»Das ist es ja eben«, antwortete Chris ungeduldig. »Es ist ein sorgfältig ausgearbeitetes System. Ihr habt ja keine Ahnung von der Ausdauer, Energie und Hartnäckigkeit, die dahinter steckt. Aber wozu darüber reden?« Er stand auf; sein großer Schatten fiel gegen die Bücher. »Wie erträgt denn Mina alles?«

»Überraschend tapfer«, sagte Fanny. »Sie hat noch nie so gut ausgesehen. Nicht wahr, Katie?«

»Ich weiß es nicht. Ich habe sie seit Mittag nicht gesehen. Was haben wir von der Polizei zu erwarten, Chris?«

»Ich habe nicht die leiseste Ahnung, Katie. Morgen um 1 Uhr ist die Leichenschau. Ihr müsst alle hin.«

Das schwere, dunkle Haus, das der graue Nebel umgab, war so still, wie es den ganzen Nachmittag über gewesen war. Wohl brannten jetzt einige Lampen, wohl waren in ihm ein paar Menschen – und trotzdem war es von bedrückender Leere. Als wenn es lauschte, lauschte und wartete. Und von draußen drückte grauer Nebel gegen die schwarzen Fenster; und auch der wartete und lauschte.

Jeder vermied es, Katie anzusehen. Vermied es so sorgfältig, dass sie sich nur umso mehr beobachtet fühlte. Sie hob den Kopf und zwang Chris, ihr ins Gesicht zu sehen.

»Wie verläuft eine Leichenschau, Chris?«, fragte sie. Sie bemühte sich, ganz ruhig zu sprechen. »Was haben wir dabei zu tun?«

»Vermutlich nur eine Formalität«, antwortete Chris. »Kein

Grund zu irgendwelcher Sorge. Wahrscheinlich wird die Sache vertagt. Aber erscheinen müsst ihr alle. Ich will William Bescheid sagen; er soll den großen Wagen bereithalten. Ich werde ihm auch sagen, wohin er fahren soll. Ich gehe jetzt zu Mina. Ist der Arzt heute schon hier gewesen, Fanny?«

Fanny ging mit ihm bis zur Treppe. Clarence verschwand im Esszimmer; Paul kam langsam auf Katie zu. »Eine Zigarette, Katie? Mache dir wegen der Leichenschau doch keine Sorgen.« Er setzte sich neben sie. Das Licht fiel auf sein olivfarbenes Gesicht und das schwarze, glatte Haar.

Er lächelte, und seine weißen Zähne schimmerten unter dem seidigen, schwarzen Schnurrbart. Das gleiche verführende Lächeln, das vor so vielen Jahren Minas Herz gewonnen hatte. Er glich dem Bild seines Vaters, das die Wand in Minas Zimmer schmückte. Kein Wunder, dass Mina ihm in letzter Zeit so zugetan war.

Er lächelte auf einmal nicht mehr.

»Was hast du?«, fragte er barsch. »Weshalb siehst du mich an?« Aber er lächelte schon wieder. »Nun sei doch nicht so traurig. Deine Augen sind – ich weiß nicht wie – tragisch. Du bist an Charlottes Tod doch schuldlos. Warst du heute schon draußen?«

»Ja, heute Morgen.« Morgen. Morgen war die Leichenschau: Eine Leichenschau in der Mordsache Weimann, und sie, Katie, war die Hauptzeugin. Die Verdächtige …

Wo war nur Steven?

Paul stand ungeduldig auf.

»Du siehst so streng und ernst aus wie einer unserer puritanischen Vorfahren«, sagte er. »Hast überhaupt manchmal was Puritanisches an dir, Katie. Es hat doch keinen Sinn, alles so schwer zu nehmen. Sollen wir nicht ein wenig hinausgehen? Das Wetter ist ja nicht gerade einladend, aber ein kleiner Spaziergang tut dir sicher gut.«

»Ja. Paul … Lass dir doch von Tante Mina den Schlüssel

zum Sommerhaus geben. Ich hole mir inzwischen bloß mein Cape.«

»Zum Sommerhaus?«

»Ja. Ich glaube nicht, dass die Polizei schon dort war.«

Aber warum ...?«

»Ich will es selbst untersuchen. Warum, das weiß ich nicht. Frage mich also nicht. Ich bin sofort wieder hier.«

Er war von ihrem Vorhaben offensichtlich wenig erbaut. Aber als Katie in dem langen Cape mit der rotgefütterten Kapuze die Treppe hinunterkam, hatte er den Schlüssel geholt. Die Polizei, sagte er, hätte das Sommerhaus schon durchsucht.

»Sie hat den andern Schlüssel«, sagte er und öffnete die große Haustür, durch die die kalte, feuchte Luft hereinströmte. »Tante Mina hat ja zwei Schlüssel. Dies ist der andere.«

Katie zog die Kapuze über den Kopf.

Sie gingen die Stufen hinunter. Jenseits des Lichtscheins der Lampe über der Haustür bildete wallender, undurchdringlicher Nebel eine schwarzgraue Mauer.

Katie zögerte einen Augenblick. Wozu wollte sie eigentlich in das Sommerhaus, wenn die Polizei schon dort gewesen war? Sie musste hin.

Leicht knirschten ihre Schritte auf dem Kiesweg vor dem Hause. Das Licht über dem Eingang wurde immer schwächer und verschwand dann vollständig; sie gingen durch feuchte Finsternis. Aber es war nicht schwer, auf dem Wege zu bleiben. Als sich Katies Augen an die Dunkelheit gewöhnt hatten, sah sie Paul undeutlich neben sich ... Sie verließen den Kiesweg und gingen über den alten Teil der Straße und kamen schnell der Schlucht und der Brücke näher. Sie sprachen wenig, ihre Schritte klangen hart; unheimliche Laute in dieser verwirrenden Finsternis, die sie verschlang. Trau niemandem, hatte Steven gesagt.

Niemandem. Also auch Paul nicht.

»Was gibt es, Katie?«, erklang neben ihr Pauls Stimme gespensterhaft aus der Dunkelheit.

»Nichts«, antwortete Katie, »wieso?«

»Ich glaubte, du hättest etwas gesagt. Wie dunkel es ist hier draußen.«

Er blieb plötzlich stehen, streckte eine Hand aus und berührte ihren Arm. Auch Katie blieb stehen, sie fühlte, dass Paul lauschte.

Auch sie lauschte. Nein, nichts! Paul lachte kurz auf.

Katie fühlte, wie ihr das Herz im Halse klopfte.

»Der Nebel ist etwas Seltsames«, sagte sie mit einigermaßen fester Stimme. »Man hört allerlei seltsame Laute.«

»Ja«, antwortete Paul.

»Selbst die eigene Stimme klingt ganz anders«, fuhr Katie fort, die fühlte, dass sie sprechen musste. »Klingt so merkwürdig, dumpf ... Paul, was ist Krepp-Haar?«

»Ja.«

»Pst ...«

Er blieb wieder stehen; auch Katie ging nicht weiter und lauschte hinein in den Nebel. In weiter Ferne dröhnte, gedämpft durch die Nebelwände und die schwarze Weite des Parkes, der Verkehr der Stadt. So fern, so schwach, dass die Einsamkeit, in der sie sich befanden, nur noch greifbarer wurde.

»Seltsam«, sagte Paul leise, als könnte in dieser einsamen Finsternis jemand ihn hören. »Ich hätte darauf schwören können, dass ich eben Schritte hörte. Aber gehen wir weiter. Hier muss doch irgendwo die Brücke sein. Was fragtest du eben?«

»Was Krepp-Haar ist?« Sie erzählte, was sie auf der Rettungsinsel gehört hatte.

War außer ihnen noch jemand hier draußen im Nebel?

»Das weiß ich auch nicht«, sagte Paul kurz. »Pass auf, hier muss irgendwo der Zaun sein. Hierher, Katie.«

Über die Brücke, auf der ein großer Wagen ins Gleiten geraten war. Dann seitwärts hinein in tiefere Dunkelheit und einen kleinen, schlüpfrigen Abhang hinauf.

Paul strauchelte. »Verdammt«, fluchte er. »An die Stufe habe ich gar nicht gedacht. So, da wären wir endlich, Katie. Einen Augenblick, ich mache die Tür auf. Halte mal mein Feuerzeug.«

Die kleine Flamme war nur ein winziger, leuchtender Punkt. Dann quietschte die Tür; die Finsternis war noch tiefer; modrige Feuchtigkeit drang aus dem Sommerhaus. Das Sommerhaus hatte elektrisches Licht; Paul suchte nach dem Schalter. Er fand ihn und machte Licht. Der Raum war kalt und feucht und wenig einladend. An der Decke hingen Spinngewebe. Unter dem Fenster stand ein Tisch, und ein paar Gartenstühle lehnten an der Wand. Ob ich hier wohl etwas finde, dachte Katie, was Licht in das Geheimnis bringen könnte?

Nichts deutete darauf hin, dass kürzlich oder vor längerer Zeit jemand hier gewesen war.

»Nichts Interessantes zu finden«, sagte Paul und trat von dem dunklen Fenster, durch das er nach draußen gesehen hatte, zurück. »Hoffentlich bist du nun zufrieden. Ich könnte beschwören, dass ich gestern Abend hier Licht sah. Es war ein seltsam starker Eindruck. Und doch – ich werde mich wohl geirrt haben. Wir wollen wieder nach Hause gehen.«

»Ja, ich glaube, wir gehen«, antwortete Katie widerstrebend.

Als Paul die Tür öffnete, ließ er den Schlüssel fallen.

Während er in der Nähe der Tür nach ihm suchte, suchte Katie unter dem Tisch und fand hier etwas, was sie am liebsten nie gefunden hätte.

Die abgebrochene Klinge eines Spatels.

Blank, ohne Rost.

»Ich habe den Schlüssel«, sagte Paul und richtete sich wieder auf.

»Was hatte Steven der Polizei gesagt? Es war doch etwas

über Spatel gewesen. Katie schloss die Hand um das Stückchen Stahl und richtete sich auch auf. Paul hatte nichts gesehen. Dessen war sie sicher.

Wie war die abgebrochene Spatelklinge in das Sommerhaus gekommen? Wobei war die Klinge abgebrochen? Hätte sie seit dem Sommer hier gelegen, als Steven hier gemalt hatte, dann wäre sie rostig gewesen. Aber das Stück war blanker Stahl.

War Steven während seines geheimnisvollen Besuches im Park vor Charlottes Tod im Sommerhaus gewesen? Weshalb hatte er nichts davon gesagt?

Warum hatte er den Spatel mitgebracht? Wobei war die Klinge abgebrochen?

Sie musste Steven sprechen. Sofort sprechen. Vielleicht war er im Hause und wartete auf sie.

»Was hast du denn noch?«, fragte Paul. »Komm!«

»Ja, ja«, antwortete Katie; aber sie rührte sich nicht. Sie starrte auf das schwarze, schimmernde Fenster, hinter dem sich plötzlich etwas bewegte.

Das schimmernde, schwarze Fenster blinzelte sie böse an. Sie hatte wohl einen Laut von sich gegeben, denn Paul fuhr herum.

»Was ist los?«

»Da«, flüsterte Katie. »Am Fenster …«

Paul eilte nach draußen. Sie hörte seine Schritte auf der Betonterrasse. Dann kam er lächelnd zurück.

»Unsinn, Katie«, sagte er. »Es ist nichts. Nun komm, bevor du noch Gespenster siehst.« Sie hielt das Feuerzeug, während Paul die Tür verschloss.

Das scharfe Stückchen Stahl schnitt in ihre Hand.

»Wir wollen durch den Park gehen«, sagte sie. »Der Weg ist kürzer.«

»Gut«, sagte Paul. »Hoffentlich finden wir den Weg. Gleite nicht aus.«

Kaum waren sie im Park, als Katie ihren Vorschlag schon bedauerte. Der Park war still und doch voller Geräusche, war dunkel und geheimnisvoll. Die Zweige griffen nach ihnen, schlugen ihnen ins Gesicht, und von den dichtstehenden Bäumen tropfte es.

»Ich will lieber vorangehen, Katie. Siehst du mich, sodass du mir folgen kannst?«

»Ja«, antwortete sie.

»Ich werde den Weg schon finden. Folge mir.« Und sie folgte seiner dunklen Gestalt.

Plötzlich hatte sie das bestimmte Gefühl, dass außer ihnen noch jemand im Park war. Von irgendwoher klang es wie das dumpfe Echo von Schritten. Oder ein Rascheln in den Zweigen?

Sie blieb stehen und lauschte. Aber sie hörte nichts – nichts. Paul ging vor ihr her. Es tropfte vom nassen Gezweig, und nichts als raunende Finsternis.

Paul war weitergegangen, und sie musste laufen, bis sie wieder den scharfen Umriss seiner Schultern sah. Sie fragte sich, ob man sich wohl so sehr an die Dunkelheit gewöhnen könnte, dass man in ihr so gut sah wie eine Katze. Sie hatte Geschichten von Gefangenen in dunklen Zellen gelesen, die diese Fähigkeit erworben hatten, und die das Licht blendete. Wie sie der Nebel blendete, blendete und fast erstickte … Was war das?

Und wo war sie?

Sie waren nicht mehr auf dem Pfad.

Sie fühlte nasse Blätter und Zweige und all die tote Spreu des Parkes unter den Füßen. Wo war der Pfad? Paul war weitergegangen. Undeutlich sah sie ihn vor sich. Sie ging schneller, lief, glitt aus. Dann sah sie, dass die Gestalt vor ihr sich nicht mehr bewegte. Sie stand still, wartete schweigend auf sie. In diesem Augenblick hörte sie fern in Finsternis und Nebel hinter sich Pauls Stimme: »Katie – Katie!«

Einen Augenblick lang war sie wie erstarrt. Wieder ertönte gedämpft und geisterhaft Pauls Stimme. Irgendwoher aus dem dichten Nebel.

»Katie, wo bist du?«

Die Gestalt vor sich bewegte sich immer noch nicht. Oder hatte sie sich doch bewegt? Hatte sie sich umgewandt? War sie in der Finsternis verschwunden?

Katie wandte sich um und lief durch das sie streifende Gebüsch, ging Dingen aus dem Wege, die aus der Finsternis nach ihrem wehenden Cape griffen, geisterhaft ihre Schultern berührten und ihr die Kapuze vom Kopf rissen. Irgendwo musste der Pfad doch sein. Wie war sie nur von ihm abgekommen? Wie war sie nur der Gestalt gefolgt, die nicht Paul war?

Katie, wo ...« Pauls Stimme klang ganz nahe ... Rechts von ihr; sie ging über den Rasenweg.

»Paul«, rief sie atemlos. Dann stand er vor ihr; sie sah den Umriss seiner Schultern, einen weißen Flecken, der sein Gesicht war.

»Wo steckst du denn, Katie?«, fragte er gereizt.

»Ich hatte mich verirrt«, keuchte Katie. »Paul, außer uns ist noch jemand im Park.«

»Dummes Zeug. Komm, wir sind gleich zu Hause.«

Zu Hause. Vielleicht war Steven da.

»Nein, nein, Paul. Es ist jemand hier. Ich folgte jemand anders – nicht dir.«

»Katie, nun nimm dich doch zusammen. Sei doch vernünftig. Sei nicht so aufgeregt. Schau, da ist schon das Licht über der Haustür.«

Ja, ein fahler Lichtschein. Gott sei Dank. Licht und Sicherheit und vielleicht. Steven. Sie gingen über den Kiesweg und den freien Platz. Paul zog den Hausschlüssel aus der Tasche. Dann waren sie im Innern des Hauses; die schwere Tür war zwischen ihnen und dem tropfenden, schwarzen Geheimnis des Parks … wo jemand heimlich über faulendes Laub schlich.

Katie eilte durch die Diele in die Bibliothek. Hier legte Jenks gerade die Abendzeitung zurecht und tat so, als hätte er sie nicht gelesen.,

»Ist Mr Steven da?«, fragte Katie.

»Nein, Miss Katie.«

»Hat er auch nicht angerufen?«

Jenks schüttelte den Kopf: »Nein, Miss Katie.«

Katie ging langsam in die Diele zurück. Paul hatte den Mantel ausgezogen, stand vor dem Spiegel über dem Tisch und glättete sich das Haar. Katie kam an den Tisch, setzte sich, und der Spiegel fing das leuchtende Rot ihrer Kapuze ein, die ihr auf die Schulter zurückgefallen war. Spiegelte ihre kleine arrogante Nase, ihren roten Mund und die langen Wimpern, die das Schwertblau ihrer Augen beschatteten. Spiegelte die kleinen, feuchten Silberperlen, die ihr im dunklen Haar hingen, und Pauls olivfarbenes Gesicht und den schwarzen, seidigen Schnurrbart.

»Er ist nicht da«, sagte Katie und hängte den Hörer wieder ein.

»Wer, Steven?«

»Ja.« Katie setzte sich und starrte auf das schweigende Telefon. Wie scharf war das Stückchen Stahl in ihrer Hand.

»Warum willst du denn Steven sprechen, Katie?«, fragte Paul. »Wegen des Gegenstandes, den du im Sommerhaus gefunden hast?«

Katie wandte sich langsam um und blickte in Pauls halbverschleierte Augen. Das lange, blaue Cape rutschte von ihren Schultern auf den Boden; Paul lächelte.

»Was hast du eigentlich gefunden? Du hast es ja in deiner schönen Hand. Zeig es mir doch!«

11

Chris kam die Treppe herab. Er sah über das Geländer auf die beiden vor dem Tisch. Katie stand auf und schloss die Hand fester, als fürchtete sie, Paul würde ihr ihren Fund entreißen. Pauls Lächeln wurde boshaft.

»Katie hat ein Beweisstück gefunden, Chris. Sie ist zu Tode erschrocken. Hat allerlei Leute im Park herumlaufen sehen – und sonst so'n Unsinn.«

Chris hatte das Treppenende erreicht und kam auf sie zu. Er sah müde aus. Um seine Augen waren tiefe Falten, die Katie bisher nicht gesehen hatte. Wenn er Pauls Bemerkungen gehört hatte, legte er ihnen keinen Wert bei.

»Ich gehe nach Hause«, sagte er. »Ich bin abgespannt. Ich wollte nur, die Leichenschau morgen wäre vorüber – glücklich vorüber. Vielleicht …« Er sprach nicht weiter. »Aber keine Sorge, Katie. Höchstwahrscheinlich wird die Sitzung vertagt, ohne dass jemand vernommen wird. Geh doch noch zu Mina, Katie, bevor du dich schlafen legst.«

»Wie geht's Tante Mina?«, fragte Paul.

»Ich weiß es nicht«, antwortete Chris langsam. »Sie sagte, der Arzt wäre heute nicht gekommen. So wohl habe ich sie seit langem nicht gesehen. Seit Monaten nicht. Es ist erstaunlich …«

»Vermutlich sind's nur die Nerven«, meinte Paul, der Chris beobachtete.

»Nerven?« Chris zuckte zweifelnd mit den Schultern. »Ich weiß es nicht. Es muss einen tieferen Grund haben. Sie sieht irgendwie – entspannt aus. Stärker. Ich weiß es nicht.« Er schwieg gedankenvoll. »Ich verstehe es nicht«, sagte er schließlich. »Na, ich gehe.«

Er zögerte, sah Katie mit seinen müden, tief liegenden Augen an und sagte:

»Hör mal, Paul. Ich brauche Geld. Leihe mir doch ein paar Tausend für ein Vierteljahr. Bis dahin bin ich wieder flott. Nur eine momentane Verlegenheit.«

Katie kam auf ihn zu.

»Chris, brauchst du, was du mir ...« Chris unterbrach sie. »Nun, Paul?«, fragte er.

»Tut mir Leid, Chris, aber ich habe alles ins Geschäft gesteckt. Ich würde dir von Herzen gern helfen, aber ich kann es leider, leider nicht.«

Chris' Augen waren noch kleiner geworden.

»Schon gut«, sagte er gequält. »Ich werde auch so fertig werden.« Er sprach schnell von etwas anderm.

»Du bleibst doch hier, Paul. Steven ist wohl noch nicht zurück? Wo mag er nur sein? Mina hat ihn doch für längere Zeit eingeladen. Ich gehe jetzt.« Er hustete. »Ein Sauwetter. Gute Nacht, Katie. Ruhig Blut. Kommt alles schon wieder in Ordnung.«

»Gute Nacht«, sagte Katie und fügte hinzu: »Gute Nacht, Paul.«

Sie ging schnell auf die Treppe zu, ehe er sie wieder fragen konnte. Sie fühlte, dass sich seine dunklen Augen über ihre Hast lustig machten. Er begleitete Chris bis an die Tür, während Katie die Treppe hinaufging. Aber sie ging nicht zu Tante Mina hinein. Alle hatten, so dachte sie, Mina heute den Hof gemacht. Mina, die reich war, Mina, deren Tage gezählt waren, Mina, die dem Tode mit Riesenschritten entgegenging. Mina, die noch kein Testament gemacht hatte. Sie ging in ihr Zimmer. Melissa war hier gewesen; die Bettdecke lag sauber gefaltet auf dem Stuhl, das Bett war aufgeschlagen, und auf dem Nachttisch brannte die Lampe. Katie schloss die Tür. Sie öffnete die Hand, ging an das Licht und betrachtete das Stückchen Stahl. Dann verbarg sie es in einer Dose mit festem Puder.

Die Schachtel mit den Pulvern, die der Arzt für sie hier gelassen hatte, stand auf dem Tisch. Katie nahm zwei. Ihr Schlaf war tief und traumlos. Nur einmal wachte sie auf. Sie hatte das Gefühl, als habe jemand sie gerufen und versucht, die Tür zu öffnen. Aber sie war so verschlafen, dass sie das weiter gar nicht kümmerte.

Sie schlief lange, betäubt, schwer. Und stand auf an einem neuen, grauen, dunklen Tag. Es war Donnerstag, der 24. Februar. Einmal an diesem Morgen blieb sie vor dem Kalender stehen, der auf dem Tisch unter dem Spiegel in der Diele lag und fragte sich, welche Bedeutung der 26. für Charlotte gehabt hatte. Der 26.! Charlotte war tot. Aber auch dieser Tag war bedeutungsvoll genug. Heute war die Leichenschau. Und Steven war verschwunden. Er hatte mit Katie telefoniert, hatte plötzlich das Gespräch abgebrochen, war spurlos verschwunden.

Die Polizei hatte ihn gesucht. Er war nicht in seinem Atelier. Auch nicht im Klub. Niemand hatte ihn gesehen. Niemand wusste etwas über ihn, und die Morgenblätter berichteten schon in großer Aufmachung: Bekannter Künstler verschwunden.

Bekannter Künstler, las Katie. So bekannt war er nicht. Aber er war verschwunden. Und zwar, wie die Zeitungen weiter berichteten: im Zusammenhang mit dem Mord am North Shore. Auch ihr Bild brachte die Zeitung. Aufgemacht und unkenntlich. Das war schon ganz angenehm. Der Bericht selbst war freundlicher, als sie erwartet hatte. Er besagte, ein Geheimnis umgäbe Charlottes Tod, und dann folgte ein langer Artikel über Mina Petrie, der wie eine Leichenrede klang und wohl schon seit langer Zeit fertig in der Redaktion gelegen hatte. Er erwähnte ihre Schenkungen, ihr ruhiges, zurückgezogenes Leben und sprach von dem verstorbenen Horace Petrie. Wie Chris vermutet hatte, wurde die Leichenschau vertagt. An der kurzen Sitzung nahm auch Crafft teil; nach der Sitzung nahm er Katie beiseite. Mina war mit Erlaubnis der Leichenschaukommission zu Hause geblieben.

»Wie geht es Mrs Petrie? Hoffentlich hat sich ihr Zustand bei all dieser Aufregung nicht verschlimmert.«

»Nein«, antwortete Katie ehrlich. »Es geht ihr ...« Sie sprach nicht weiter.

»Es geht ihr ... wie?«, fragte der Detektiv. Seine Topasaugen funkelten. Katie zog ihre Handschuhe an.

»Ich wollte nur sagen, dass es ihr nach Mr Lorells Meinung besser geht.«

»Besser? Wieso?«

»Genaueres weiß ich auch nicht«, antwortete Katie widerstrebend. Hätte sie doch nichts gesagt.

»Was sagte Lorell?«

»Er sagte nur«, erwiderte Katie hilflos, »Mina mache einen gesünderen Eindruck: Als wäre sie – irgendwie entspannt.« Einen Augenblick lang sah Crafft Katie scharf an, dann fragte er plötzlich:

»Wissen Sie, ob seit dem ... Mord etwas aus dem Hause entfernt wurde? Irgendetwas?«

»Nein«, antwortete Katie langsam. »Ich sah nur, dass gestern Morgen der Wagen einer Reinigungsanstalt vor dem Hause hielt.«

Die Augen des Detektivs flackerten.

»Welcher Firmenname stand auf dem Wagen?«

»Andrews«,antwortete Katie. Aber ...«

»Danke, guten Morgen.«

Und dann fuhren Fanny, Katie und Clarence wieder durch den schweren Nebel nach Hause. Williams saß am Steuer und Jenks neben ihm. Chris und Paul folgten in Chris' Wagen. Alles war so unwirklich. Die Fahrt durch den Nebel, der langsam stärker werdende Verkehr und dann die Leichenschau, die für Richter, Polizei und Reporter nur einen Teil ihrer Tagesarbeit bedeutete. Sie fuhren zurück in Mina Petries düsteres Haus, das auch so unwirklich war.. Die Reifen glitten über das nasse Pflaster. Trübe Lichter schimmerten aus dem Nebel. Dann ließ der Verkehr langsam nach, und sie fuhren schneller. Fanny hustete und sprach über die rauchige Luft. Clarence sah unruhig durch die Windschutzscheibe. Endlich fuhren sie über den schmalen Weg jenseits des Tores und dann über die Brücke, die die Schlucht überspannte, und durch die scharfe Kurve.

»Hier muss es passiert sein«, sagte Fanny. »Nicht wahr, Katie.«

»Ja. Nein. Ich weiß es nicht«, antwortete sie.

Fannys Augen suchten Katies Profil im Halbdunkel des Wagens. Clarence seufzte, legte die Hände auf den Griff des Spazierstockes und starrte geradeaus.

Jetzt umgab sie der schweigende Park. Katie dachte, dass diese Fahrt in die normale und ihr einst so vertraute Welt sie der neuen, furchtbaren Welt, in der sie seit Tagen lebte, nicht entrissen hatte. Nebel! Nebel!

Und wo war Steven? Seltsam, dass der Detektiv sie danach nicht gefragt hatte. Vielleicht wusste er, dass sein Fragen zwecklos war.

Als sie ausstiegen, kam Chris' Wagen.

Melissa öffnete die Tür. Mrs Petrie wünschte Mr Lorell zu sprechen, sagte sie und sah sie mit ruhigen Augen an. Nein, Mr Steven wäre noch nicht zurück, hätte auch noch nicht angerufen.

»Aber zwei Polizeibeamte waren hier«, fuhr sie fort.

»Zwei Polizeibeamte?« Fanny, die die Treppe schon halb hinaufgegangen war, wirbelte herum.

»Und was taten sie?«

»Das weiß ich nicht, Mrs Fanny«, sagte Melissa bescheiden. »Ich glaube, sie suchten etwas.«

»Und haben sie etwas gefunden?«

Melissa schüttelte den Kopf.

»Das weiß ich nicht.«

Katie blieb in der Diele, bis sie alle nach oben gegangen waren – Chris, der Mina von der Leichenschau berichten wollte, und die andern, um Mina zu hofieren. Mina, die seit Charlottes Tod nicht mehr unter Aufsicht stand. Mina, die reich war. Die sterbenskrank war. Und ihr Testament noch nicht gemacht hatte. Und sie musste es bald machen.

Als Melissa auch gegangen war und Jenks Feuer in der Bibliothek anmachte, ging Katie in die kleine Garderobe. Noch immer bewachte der bronzene Götze den Revolver. Und die Puderdose mit dem Stückchen Stahl hatte sie in ihrer Handtasche.

Wo war Steven?

Vielleicht hätte sie dem Detektiv doch ihre Unterhaltung mit Steven erzählen sollen. Aber das hatte sie nicht gewagt, vielleicht hätte sie zu viel gesagt. Steven hatte schon viel zu viel zugegeben. Sie hörte den Detektiv: ›Er war also hier! Warum? Und von dem Brief wusste er nichts? Und doch wusste er, dass sich das »Unglück« ereignen würde! Sehr, sehr interessant.‹

Nein, lieber nicht.

Aber wohin war Steven gegangen, weshalb hielt er sich verborgen?

Sie wusste natürlich, dass alle glaubten, er hielte sich absichtlich fern. Sie wusste auch, dass die Polizei sein plötzliches Verschwinden Flucht nannte; wenn sich bisher auch die Zeitungen hierüber vorsichtig geäußert hatten, war das doch der klare Schluss Und zu diesem Schluss musste auch die Familie kommen. Chris war nervös; Fanny fuhr jedes Mal auf, wenn das Telefon klingelte, und Paul beobachtete sie mit dunklen, verschleierten Augen. Aber niemand sagte offen: Hat Steven Charlotte ermordet? Niemand von der Familie und nicht in Katies Gegenwart. Aber Steven hatte Charlotte nicht ermordet. Charlotte konnte gar nicht ermordet worden sein; sie hatte doch gesehen, wie sie auf den Wagen zukam.

Am Kleiderhaken hing Katies Cape. Schnell entschlossen warf sie es um die Schultern und zog die rotgefütterte Kapuze über den Kopf. Nur in der Dämmerung waren Park und Schlucht so seltsam drohend. Sie verließ das Haus durch die Haustür.

Der Nebel war etwas heller geworden. Sie konnte die Krümmung des Weges, die kahlen, nassen, braunen Zweige der Bäume und Sträucher erkennen. Sie erreichte die Kurve unterhalb der Brücke und untersuchte Weg und Gesträuch lange und gründlich. Sie war ganz ruhig. Dunkel und Nebel verhüllten nicht länger den Park. Sie hatte auch nicht mehr das Gefühl, von heimlichen Augen beobachtet zu werden, das sie in dem dunklen Hause nicht loswurde.

Sie fand die tiefe Spur, die der schwere Wagen an der Wegseite aufgerissen hatte, auch die Stelle, an der er dann endlich gehalten hatte. Sie ging an die Stelle, wo Charlotte gelegen hatte, und zwang sich, auch sie genau zu untersuchen. Sie untersuchte genau die Bäume und Sträucher zu beiden Seiten des Weges, wo Charlotte so unbeweglich gestanden hatte, als der Wagen sie überfuhr.

Die Bäume in der Nähe der Schlucht waren niedrig. Sie blickte in die Höhe, maß die Stärke und Höhe der Zweige, die sich über den Weg wölbten. Vielleicht war Charlotte schon tot gewesen, als der Wagen sie traf, vielleicht hatte man vermittels eines Stricks über diesen oder jenen Ast ihrer Leiche eine aufrechte Stellung gegeben, in der sie sich – in der Schwebe gehalten – zu bewegen schien.

Nur an diese Bewegung konnte sie sich erinnern. Eine schwarze Gestalt schwankte heraus aus der Finsternis und bewegte sich vor den trüben Lichtern. Sie wusste genau, dass sie sich bewegt hatte. Die Zweige waren braun und nass; ob sie die Spuren eines Strickes oder Drahtes trugen, konnte sie nicht feststellen. Während sie gespannt nach oben schaute, hörte sie plötzlich das Geräusch von Schritten. Sie drehte sich um. Ein kleiner, dicker Mann mit grauem Haar und grauem Bart, mit rotem Gesicht und tief liegenden Augen stand vor ihr. In der Hand hatte er eine Zeitung. Er sah sie halb schüchtern, halb forschend an.

Es war kein Detektiv, so viel war sicher – und ebenso sicher war es, dass er etwas wusste.

»Wohnen hier diese Leute?«, fragte er. Er sprach mit fremdem Akzent. Katie sah auf die Zeitung, die er ihr so hinhielt, dass die Schlagzeilen und das Bild Charlottes zu erkennen waren. Die Hand, die die Zeitung hielt, war die Hand eines Mannes, der keine grobe Arbeit verrichtete.

»Ja«, sagte, Katie.

»Ist Mr Steven Petrie hier?«, fragte der Mann.

»Nein, augenblicklich nicht.«

Er zögerte. »Wer sind Sie?«, fragte er endlich.

»Katie Warren.«

Seine Augen waren hellblau.

»Die Dame, die den Wagen fuhr?«

»Ja.«

Er sah sie genau an und nickte dann. Er schlug leicht mit der andern Hand auf die Zeitung und sagte: »Diese Frau. Diese Charlotte Weimann. Ich habe sie gesehen. Sie kam zu mir ins Geschäft. Ich ... ich ...« Er sprach nicht weiter, leichte Angst flackerte in seinen blauen Augen. »Ich weiß nicht, was ich tun soll.«

Kannten Sie denn Charlotte Weimann?«

Er nickte.

Katies Erregung wuchs. Wusste dieser Mann etwas, was das Rätsel um Charlotte der Lösung näher brachte?

»Ich bin Katie Warren, die den Wagen fuhr«, sagte sie fest. »Ich wollte sie nicht töten, und doch glaubt man, dass ich sie absichtlich überfuhr. Wissen Sie etwas?«

Seine hellen, blauen Augen waren ohne Falsch. Sie war plötzlich überzeugt, dass die Pflicht, nur die Pflicht, ihn hierher geführt hatte.

»Ja«, sagte er, »es ist schwer zu sagen. Ich las über die Leichenschau und glaube, dass ich, Hermann Schmidt, etwas über diese Frau weiß. Etwas, was ihre Familie nicht weiß. Ich glaube, ich habe ein schweres Unrecht begangen.«

Er sah sie immer noch an. Er war verwirrt, wollte unbedingt etwas sagen, was ihn quälte. Und Katie wusste, dass sie ihn nicht drängen durfte.

»Und welches Unrecht?«, fragte sie freundlich.

»Ich dachte, es wäre nur ein Scherz«, antwortete er. »Ich wusste das alles nicht, bis sich diese Frau in meinem Laden erkundigte …« Er schwieg plötzlich; seine blauen Augen blickten über Katies Schulter und durchforschten das kahle Gebüsch oberhalb von ihnen. Katie wandte sich um.

Sie sah Chris und Paul, die, in ein Gespräch vertieft, langsam über den Rand der Böschung gingen. Das Gesicht des Mannes wurde grau. Im nächsten Augenblick war er wie ein Wiesel im Gebüsch verschwunden.

Sie sagte sich, er sei ein Betrüger, die in solchen Fällen ja immer im Trüben fischen wollen. Aber seine blauen Augen konnte sie nicht vergessen. Sie fand den Weg durch den Park und vermied es so, mit Chris und Paul zusammenzutreffen.

Dieser 24. war ein seltsamer Tag. Er wurde für Katie durch dreierlei bedeutungsvoll: Stevens Verschwinden, die Leichenschau und diese so plötzlich unterbrochene Begegnung mit dem kleinen Mann, dessen Augen sie nicht vergessen konnte. Hoffentlich kam er wieder. Aber er kam nicht, auch Steven kam nicht, und das Telefon klingelte nicht. Endlich war Essenszeit.

Mina und Fanny aßen oben. Sie aß mit Clarence, der schweigsam und zerstreut war.

»Hast du das Rasiermesser gefunden?«, fragte sie.

Er sah sie nicht an.

»Nein«, sagte er, »ich habe mir den Apparat von Paul geliehen.«

Nach dem Essen ging Katie sofort in ihr Zimmer. Sie wusste, dass Paul und Chris in der Bibliothek saßen, aber nichts trieb sie zu ihnen. Sie war so müde – so unsagbar müde. Aber sie fand keinen Schlaf.

Stundenlang wälzte sie sich im Bett, versuchte auf Fragen, die ihr keine Ruhe ließen, Antwort zu finden.

Das Haus war still und dunkel, aber Katie war immer noch wach. Endlich machte sie Licht an und griff nach der kleinen Schachtel mit den Schlafpulvern. Sie fand sie nicht in der Schublade, wohin sie sie gelegt hatte. Sie stand auf dem Nachttisch. Sie öffnete die Schachtel und betrachtete die Pulver; dann schloss sie die Schachtel wieder und legte sie in die Nachttischschublade.

Das Fenster nach der Seeseite hin war offen. Als sie einschlief, hämmerte es dumpf durch Nebel und Dunkelheit. Fern, schwach, aber deutlich, wie ein geheimnisvoll schlagender Puls, irgendwo draußen auf dem See, den der Nebel verbarg.

»Ein Motorboot«, dachte Katie. »Eine seltsame Nacht für eine Bootsfahrt.«

12

Vielleicht hörte sie nichts von der Aufregung, die der frühe Morgen mit sich brachte, weil das Fenster ihres Zimmers nach dem See hin lag. Keinerlei Laut erreichte sie, bis Melissa an ihre Zimmertür klopfte.

»Die Polizei ist wieder da, Miss Katie«, antwortete sie auf Katies verschlafene Frage. »Sie will Sie sprechen.«

»Ach, Melissa! Was ist denn los?«, rief Katie. Aber Melissa war schon wieder fort. Wie verhaltene Angst hatte es in Melissas Samtstimme geklungen. Schnell zog sich Katie an. Als sie kurz darauf die Treppe hinunterging, fühlte sie, wie die Angst ihr nach dem Herzen griff.

In der Diele standen mehrere Polizisten; Clarence saß in einem Sessel, er sah abgespannt aus. Auch Paul und Chris waren da, beide waren sehr ruhig; Fanny ging auf und ab, und ihre Armbänder klirrten, wenn sie die Arme bewegte. Alle blickten auf, als Katie langsam die Treppe herabkam. Chris ging ihr entgegen.

»Hallo, Katie«, sagte er. Das Licht von oben fiel direkt auf sein Gesicht; er sah müde, alt und vergrämt aus. »Crafft wartet in der Bibliothek auf dich.«

»Guten Morgen, Miss Warren.« Es war der Detektiv. Er stand im Flur jenseits der Diele. »Treten Sie bitte ein.«

In der Bibliothek war es kalt. Der Tag war wieder dunkel, wenn auch weniger neblig; die Tischlampe brannte. Der Detektiv schloss die Tür.

»Setzen Sie sich, bitte, Miss Warren«, begann er. Katie setzte sich. Nun war es also so weit. Warum verhaftete er sie nicht? Er stellte sofort Fragen, als drängte die Zeit. Ganz unerwartete Fragen.

»Nach Ihrer aller Meinung hatte Miss Weimann großen Einfluss auf Mrs Petrie. Wie sind Sie zu dieser Ansicht gekommen?«

»Das war doch ganz offensichtlich.«

»Aber wieso?« Katie zögerte.

»Eigentlich in allem. Ich glaube nicht, dass Tante Mina etwas unternommen hätte, ohne vorher Charlotte um Rat gefragt zu haben.«

»Dann ließ sich Mrs Petrie also dauernd von Miss Weimann beraten?«

»Ja, immer. Sie besprach alles mit Charlotte, auf die sie sich vollständig verließ.«

»Glauben Sie, dass sie gegen Miss Weimanns Rat gehandelt hätte?«

Eine Falle, dachte Katie hilflos.

»Das glaube ich nicht.«

»War Mrs Petrie Miss Weimann sehr zugetan?«

»Das weiß ich nicht«, antwortete Katie zweifelnd.

»Ist ihr Miss Weimanns Tod sehr nahe gegangen?« Die Topasaugen funkelten; die Stimme klang weich und freundlich.

»Das weiß ich nicht«, antwortete Katie wieder. »Tante Mina ist so ganz anders als andere Menschen.«

»Also Ihren Eindruck, Miss Warren. Welchen Eindruck haben Sie? Bewunderte Mrs Petrie Miss Weimann? Liebte sie sie? Schätzte sie ihre Tüchtigkeit? Kurzum, worauf begründete sich Miss Weimanns Stellung in diesem Hause?« Er sah Katie hart in die Augen.

»Das weiß ich nicht«, antwortete sie wieder.

Crafft seufzte. Er sah auf die Uhr.

»Dann können Sie vielleicht folgende Fragen beantworten: War Miss Weimann nervös?«

»Nein, sie war immer sehr beherrscht.«

»Fuhr sie bei plötzlichem Geräusch zusammen? Erschrak sie, wenn eine Tür zuschlug?«

»Nein.«

»War sie irgendwie ängstlich?«

»Nein.« Katies Mund zuckte ein wenig. »Ganz im Gegenteil. Sie wusste immer genau, was zu tun war. Meiner Meinung nach kannte sie keine Angst.«

»Auch nicht vor Mrs Petrie?«

»Nein.«

»Oder hatte Mrs Petrie vielleicht Angst vor Miss Weimann?« Seine Nasenflügel bebten leicht, seine Augen bohrten sich gierig in die Katies.

»Das weiß ich nicht«, sagte sie. »Ich glaube kaum, dass es Angst war.«

»Was war es denn?«

»Tante Mina vertraute Charlotte vollkommen. Ich glaube, sie hätte alles getan, was Charlotte ihr riet. Aber weshalb fragen Sie Tante Mina nicht selbst?«

»Das habe ich bereits getan«, sagte Crafft. »Tante Mina, Verzeihung, Mrs Petrie hatte also keine Angst vor Miss Weimann?«

»Nein«, antwortete Katie. »Das eigentlich nicht, aber so ähnlich.«

»Das heißt also, dass nach Ihrer aller Meinung Charlotte Weimann Mrs Petrie sozusagen in der Hand hatte.«

»Nein, nein«, rief Katie. »Das habe ich nicht gesagt. Ich weiß nur, dass Charlotte hier regierte. Damit will ich aber nichts gegen Tante Mina gesagt haben. Tante Mina ist seit langem krank. Sie ist immer gut zu mir gewesen, obwohl Charlotte mich nicht leiden mochte.«

»Dann bestimmte wohl Miss Weimann das Verhalten Mrs Petries Ihnen gegenüber?«

»Nein; Sie verdrehen mir die Worte im Mund«; sagte Katie wütend, »Ich habe keinerlei Anspruch auf Tante Minas Güte. Charlotte war Tante Minas Verhalten mir gegenüber ganz einerlei.«

»Sie sparte also ihre Kraft für wichtigere Dinge. Zum Beispiel für die Frage, wer Mrs Petrie beerben würde.«

»Das habe ich nicht gesagt.«

»Seltsam, alle, auch Mr Lorell, geben zu, dass Miss Weimann Mrs Petrie um den kleinen Finger wickeln konnte, wenn sie wollte. Und doch weiß niemand, woher Miss Weimanns Einfluss resultierte. Sehen Sie denn nicht, Miss Warren, in welch gefährlicher Lage Sie sich befinden? Wenn Sie, wie Sie behaupten, unschuldig sind, wäre es doch wohl klüger, Sie hülfen uns, den Schuldigen zu entdecken.«

»Meine Lage verkenne ich durchaus nicht«, sagte Katie ernst. »Ich weiß auch, dass ich Charlottes Tod verursacht habe. Aber weshalb haben Sie mich denn noch nicht wegen Mordverdacht verhaftet?«

»Vielleicht ist das augenblicklich noch nicht erforderlich, Miss Warren. Wann haben Sie Steven Petrie zuletzt gesehen?« Wie leichte Drohung klang es in seiner Stimme.

»Vorvorgestern, am 23, morgens.«

»Seitdem haben Sie ihn nicht wieder gesehen?«

»Nein«, antwortete Katie. Ob sie mit ihm gesprochen hatte, danach hatte Crafft ja nicht gefragt.

»Wissen Sie, wo er ist?«

»Nein.«

»Wissen Sie, weshalb er von hier fortgegangen ist?«

»Nein; aber wenn Sie glauben, ich hätte Charlotte absichtlich ums Leben gebracht, weshalb suchen Sie dann Steven?«

Er sah sie lächelnd an.

»Vielleicht brauchen wir zwei Verdächtige, Miss Warren«, sagte er. »Vielleicht auch einen Zeugen. Ich will Ihnen nur sagen, dass alles darauf hinweist, dass mehrere Personen in die Sache verwickelt sind. Wenn meine Theorie stimmt ...« Er unterbrach sich. »Doch nun etwas anderes. Wissen Sie, ob Mr Lorell Mrs Petries Generalbevollmächtigter ist?«

»Soviel ich weiß, ja«, antwortete Katie langsam.

»Und noch eine Frage: wusste jemand, welchen Weg Sie an dem verhängnisvollen Nachmittag nach Hause zu fahren gedachten?«

»Vermutlich wusste jeder im Hause, dass ich ins Konzert gefahren war. Gewöhnlich gehe ich vom Parkplatz direkt nach Michigan und fahre geradewegs wieder nach Hause.«

Seine Augen verrieten nichts. Ganz unvermittelt fragte er: »Miss Weimann trank doch nachmittags regelmäßig Tee?«

»Ja.«

»Nahm Sie Zucker zum Tee oder nicht?«

»Viel Zucker sogar«, antwortete Katie bestimmt. »Aber an

jenem Nachmittag war die Teekanne voll, die Tassen waren unbenutzt.«

»Das weiß ich. Und das gerade beweist mir, dass sie benutzt wurden. Wenn Sie mir sagen könnten, wer die Teekanne wieder füllte, die eine Tasse säuberte, dann könnte ich … Ihnen, wenn auch nicht alles, so doch etwas sagen. Was geschah, als Sie den Wagen anhielten, damit Paul Duchane aussteigen und das Tor öffnen konnte? Hatten Sie das Gefühl, dass jemand in der Nähe des Wagens war?«

»Nein. Es war sehr dunkel, und ich konnte kaum durch die Windschutzscheibe sehen. Die Wagentüren waren geschlossen, ich hörte nur den Motor.«

»Als Mr Duchane das Tor wieder schloss und versuchte, die Scheinwerfer zu säubern, haben Sie also niemanden gesehen?«

»Gesehen habe ich niemanden, was aber nicht ausschließt, dass vielleicht doch jemand in der Nähe war«, sagte Katie vorsichtig. »Haben Sie vielleicht ein Geräusch gehört, als stände jemand auf dem Trittbrett des Wagens?«

»Nein. Wer hätte denn … Paul und ich waren allein. Das weiß ich genau.«

»Über das, was außerhalb des Wagens vor sich ging, wissen Sie nichts?«

»Nein«, antwortete Katie mit seltsamem Widerstreben.

»Das dachte ich mir. An dem Wagen, den Sie gestern sahen, stand doch der Name Andrews? Entsinnen Sie sich daran?«

»Ja.«

Sein Gesichtsausdruck änderte sich.

»Nehmen Sie bitte Ihr Cape und folgen Sie mir.«

Die verhaltene Angst in Melissas Samtstimme – die ängstlichen Gesichter in der Diele – die Polizei – die Aufregung, die man in dem dunklen Hause spürte …

»Um was handelt es sich?«, fragte Katie erschrocken. »Steven …«

»Nein. Beruhigen Sie sich, Miss Warren.« Der kleine, braune Mann sah sie nachdenklich an. »So läuft also der Hase … Kommen Sie bitte mit.«

Er öffnete ihr die Tür.

In der Diele herrschte tiefes Schweigen. Alle sahen Katie nach, als sie ihr Cape aus der Garderobe holte.

Der Spiegel über dem Tisch erhaschte eben noch ihre rotgefütterte Kapuze und ein braunes, hässliches Gesicht.

»Sergeant Caldwell«, sagte Crafft, als sie die Tür erreichten, die auf den Rasen führte. Der Sergeant folgte ihnen.

Sie gingen über den Rasen. Es war bedeutend weniger neblig, wenn der Tag auch noch sehr grau war. Rasen, Haus und Strand waren fast nebelfrei; über dem See aber stand immer noch eine graue Nebelwand.

Das Gehen im feuchten Sand war beschwerlich. Plötzlich blieb Crafft stehen.

Mehrere Männer standen am Strand.

Wie kommt denn Minas Automantel an den Strand? Crafft riss den Mantel beiseite.

»Kennen Sie diesen Mann?«, sagte er.

Katie beugte sich vor. Der graue Nebel über dem See kam näher, immer näher, wurde schwarz und verschlang sie fast, hätte sie ganz verschlungen, wenn sie sich nicht dagegen gewehrt hätte.

Es war der kleine Hermann Schmidt. Er lag da mit offenen, blauen Augen und starrte in den grauen, schweigenden Himmel. Lag hier mit einem Schuss im Herzen, und die Wellen leckten träge an seinen Füßen. Irgendwo schrie eine Möwe.

»Kennen Sie den Mann?«

»Hermann Schmidt«, stieß Katie hervor.

»Wo haben Sie ihn gesehen?«

Hier, auf dem Fahrweg.«

»Wann?«

»Gestern.«

»Weshalb kam er hierher? Was wollte er?«

Craffts Stimme klang hart und grausam. Die Umstehenden beobachteten Crafft, der Katie nicht aus den Augen ließ, als sie auf den Toten zu ihren Füßen starrte. Um sie herum graubrauner Sand; graue Wellen schlugen sacht ans Ufer. Der Himmel war grau und weit.

Was wollte er? Ja, richtig ... er hatte nach Steven gefragt. Steven.

»Er wollte ...« Sie besann sich noch rechtzeitig.

»Er hatte eine Zeitung mit Charlottes Bild.«

Sie durfte von Steven nicht sprechen; Steven war in Gefahr. Steven war verschwunden. Der Mann, der da vor ihr lag, war ermordet worden, und er hatte Steven gekannt.

Sie wusste bestimmt, dass sie Charlotte nicht ermordet hatte, und doch war die Polizei nach wie vor gegenteiliger Ansicht. Wenn sie erfuhr, dass der Ermordete sich nach Steven erkundigt hatte, dann konnte sie aus dieser Kenntnis wieder alles Mögliche machen.

»Er hatte also Miss Weimanns Bild«, begann der Detektiv. »Sagen Sie mir jetzt bitte, was der Mann mit Ihnen sprach, und was er wollte?«

»Er behauptete, Charlotte zu kennen. Sie wäre in seinem Laden gewesen. Dann sprach er über einen Scherz und sagte weiter, er fürchte, ein großes Unrecht begangen zu haben. Mehr weiß ich nicht.

»Haben Sie ihn denn nicht gebeten, sich deutlicher auszudrücken? Wie kam es denn überhaupt, dass er mit Ihnen sprach? Sonst hat er also nichts gesagt?«

»Nein. Wir standen auf dem Fahrweg; dann sah er plötzlich Chris Lorell und Paul, die vom Hause herkamen. Er lief fort, ehe ich ihn zurückhalten konnte.«

»Und was sagte er zu Ihnen – soweit Sie sich dessen erinnern können.«

»Zuerst fragte er, ob hier ›diese Leute‹ wohnten. Er hatte

eine Zeitung in der Hand, die er so hielt, dass ich die Schlagzeilen sehen konnte. Er fragte mich, wer ich wäre. Er machte einen unentschlossenen Eindruck. Er sprach mit fremdem Akzent.«

Katie sprach nicht weiter; mit unwiderstehlicher Gewalt lockten sie die blauen Augen. Während sie das kurze Gespräch mit dem Toten wiedergab, sah sie hinaus auf den See. Sie verschwieg nur die erste Frage, die der Mann an sie gestellt hatte,

»Sah er ängstlich aus, als er fortlief?«

»Das kann ich kaum sagen. Vielleicht.«

»Hatten Sie das Gefühl, dass er Mr Lorell oder Mr Duchane oder vielleicht sogar beide kannte?«

»Das weiß ich nicht.«

»Hatten seine Augen Erkennen und Furcht zugleich verraten?« Sie schüttelte ungeduldig den Kopf.

»Ich weiß es nicht. Wollen Sie den Toten nicht lieber wieder zudecken lassen?«

»Gleich, Miss Warren. Aber noch etwas. McQuade!«

Einer der schweigenden Männer trat vor.

»Kennen Sie diesen Revolver, Miss Warren?«

Sie starrte auf den Revolver, den McQuade in der Hand hielt.

»Ja«, sagte sie hilflos. »Ich glaube, ja.«

»Woher?«

»Er gehörte Onkel Petrie«, sagte Katie, die einer Ohnmacht nahe war. »Mehr weiß ich nicht – ich kann nicht …«

»Aber Miss Warren! Bisher haben Sie sich doch so tapfer gehalten. Erklären Sie mir nur noch, wie Ihre Fingerabdrücke auf den Revolver kommen.«

»Weil ich ihn …«

»Halt«, rief Sergeant Caldwell. »Wenn Sie ein Geständnis ablegen wollen, dann muss jemand mitschreiben. Was Sie aussagen, kann gegen Sie benutzt werden …«

»Lassen Sie das.« Wie ein Peitschenhieb durchschnitten Craffts Worte die Luft. Caldwell wurde rot.

Katie holte tief Atem und hob den Kopf.

»Wenn ich auch glaube, dass ich diese Frage nicht zu beantworten brauche, will ich es doch tun. Ich fand den Revolver in einer Schublade von Onkel Petries Schreibtisch. Der Gedanke an den geladenen Revolver ließ mir keine Ruhe, und ich versteckte ihn in einem alten Schirmständer in der Garderobe. Ich habe auch zwei Schwerter und einen Dolch im Kamin des Wohnzimmers versteckt.«

»Warum? Machten diese Waffen Sie auch nervös?«

»Ja.«

»Und weshalb?«

»Das weiß ich nicht.«

»Hat jemand Sie gesehen, als Sie den Revolver versteckten?«

»Nein – das heißt ja«, sagte Katie. Das Fenster! »Als ich die Garderobe verließ, saß Mrs Siskinson in der Diele. Mehr weiß ich nicht. Das alles ist aber kein Geständnis. Nie und nimmer habe ich den Mann ermordet.«

Eine Möwe flog vorbei. Weiße Schwingen und rote Füße. Und der kleine Hermann Schmidt lag so ruhig da, hatte nun keine Sorgen mehr, brauchte nun nicht länger zu versuchen, seine Pflicht zu tun. Seine blauen Augen, die in die Höhe starrten, sahen nicht das vorbeifliegende Weiß und Rot, nicht den weiten, grauen Himmel. Crafft sagte:

»Wer hat Ihrer Meinung nach den Revolver benutzt?«

»Das weiß ich nicht.«

»Sie waren also nervös. Nervös! Ihre Nervosität scheint mir seltsam gut begründet ... Sergeant Caldwell, begleiten Sie Miss Warren bitte nach Hause. Und, Miss Warren, ich muss Sie ersuchen, das Haus nicht zu verlassen.«

Er betonte bewusst das Wort »ersuchen«. Das merkte Katie deutlich. Kühl sagte sie: »Guten Morgen« und ging.

Sergeant Caldwell ging neben ihr her; er stolperte ein wenig im losen Sand … Jetzt kamen sie an der Stelle vorbei, wo sie mit Steven gestanden hatte;

Wie lange war das schon her! Und doch fühlte sie seine Lippen wieder, warm und drängend, und seine Arme, die sie hielten und herausrissen aus einer Welt, die plötzlich so seltsam, so schrecklich geworden war. Sie beschleunigte ihre Schritte. Der Sergeant folgte ihr keuchend.

Auf der kleinen Holztreppe blieb sie stehen und wandte sich um; ihre Hand ruhte auf dem feuchten Geländer. Sie dachte daran, wie freundlich Sergeant Caldwell bisher zu ihr gewesen war. Auch eben wieder hatte er sie so mitleidig angesehen.

»Sergeant Caldwell«, fragte sie, »warum verhaften Sie mich eigentlich nicht?«

»Ach, meine liebe Miss«, antwortete er, »Sie sind ja so gut wie verhaftet.«

»Aber weshalb werde ich denn nicht wirklich verhaftet? Sicher wissen Sie etwas, woraus Sie schließen, dass ich als Täter doch nicht in Frage komme. Was ist es?«

Sie sah leichtes Staunen in seinen Augen. Dann sagte er: »Das werden Sie alles noch erfahren, wenn wir Steven Petrie gefunden haben. Vielleicht kommen Sie beide in Frage. Vielleicht handelt es sich um Mitwisserschaft. Gehen Sie bitte weiter.« Katie ging weiter.

Melissa wartete in der Diele und sagte Katie, Mrs Petrie wünsche sie sofort in ihrem Zimmer zu sprechen. Katie hatte den Eindruck, als wäre Melissa verwirrt und unruhig.

»Sofort, Melissa«, sagte sie und ging in die Garderobe. Ja, der Revolver war wirklich verschwunden. Da half kein Suchen …

Wer hatte ihn aus dem Versteck genommen? Wer hatte mit ihm den Mord begangen? Katie rieselte es kalt über den Rücken. Nur wenige Menschen hatten Zugang zu dem bronzenen Götzen. Ja, ja, hier war zweifellos ein Mord begangen worden.

Steven hatte ihr aufgetragen, die Waffen zu verstecken. Steven hatte ihr gesagt, niemandem zu trauen. Was wusste Steven?

Er hatte ferner gesagt, sie solle Mina in allem gefällig sein. Und trotzdem ließ sie Mina jetzt warten!

Sie setzte den Boden des Schirmständers wieder ein. Der bronzene Götze war stumm und hässlich. Und wieder sah Katie ein kleines Mädchen mit schlanken Beinen und ernsten Augen vor sich, und Charlotte mit Pompadour-Frisur, schmalhüftig und flink. Diesesmal hatte Charlotte ein Buch in der Hand, ein dünnes, blaues Buch, das mit Gold überstreut war. Es war irgendein vertrautes Buch – der Familie und dem Kinde vertrautes Buch. Dann versank diese Erinnerung.

Melissa ging dicht hinter ihr die Treppe hinauf, und Katie fragte sich, ob auch Melissa anfing, Angst zu haben. Hoffentlich nicht, denn wer sollte dann kochen? Jenks war zwar tüchtig, aber kochen und bedienen, das war zu viel für ihn. Die Küche würde also wohl ihr zufallen, falls Tante Mina nicht sofort eine neue Köchin engagierte, was bei ihrer geringen Entschlussfähigkeit kaum zu erwarten war. Jenks war seit mindestens zehn Jahren im Hause. William vielleicht seit sieben.

»Wie lange sind Sie schon hier, Melissa?«, fragte Katie, ohne sich umzuwenden.

»Etwas länger als ein Jahr«, antwortete Melissa. Wie geräuschlos sie sich bewegte! Hätte Katie ihre Samtstimme nicht hinter sich gehört, sie hätte nicht gewusst, dass Melissa ihr folgte.

Katie ging über den Treppenflur.

»Wie kamen Sie doch noch nach hier?«

»Miss Charlotte engagierte mich«, antwortete Melissa.

»Was war doch mit dem Mädchen, das vor Ihnen hier war, passiert?«

Melissa zögerte mit der Antwort.

»Wegen der Löffel, Miss Katie«, sagte sie dann.

»Wegen der ... Ach ja, jetzt erinnere ich mich.«

Sie hatten das Ende der Treppe erreicht und gingen zu Minas Zimmer. Melissa ging immer noch dicht hinter Katie her. Natürlich, die Löffel. Ein paar silberne Löffel waren verschwunden. Charlotte hatte das Mädchen beschuldigt. Charlotte war viel schneller von Entschluss als Mina.

Sie begegneten Jenks, der einen Staubsauger trug. Er sah müde und elend aus.

Katie blieb stehen.

»Ich möchte mit Ihnen noch einmal über das Telefongespräch sprechen«, sagte sie. »Was haben Sie gehört?«

Er stellte den Staubsauger auf den Boden und wurde noch blasser.

»Es tut mir ja so Leid, Miss Katie«, sagte er. »Ich wollte es ja nicht sagen, aber der braune Mann zog es förmlich aus mir heraus.«

»Aber, Jenks, ich habe ja gar nicht telefoniert.«

Er sah sie mitleidig an.

»Nein, Miss Katie.«

Katie wurde wütend. Am liebsten hätte sie den kleinen Mann an den Schultern gepackt und ordentlich durcheinander gerüttelt. Er trat ängstlich einen Schritt zurück.

»Ich habe nur gesagt, was ich gehört habe, Miss Katie. Wäre ich doch nicht an das Telefon gegangen! Hätte ich geahnt, was sich für Sie daraus ergab, ich hätte es klingeln lassen, soviel es wollte.«

»Wissen Sie genau, dass Miss Charlotte sprach?«

»Ganz genau. Ich irre mich bestimmt nicht.«

»Und was sagte sie?«

»Das wissen Sie doch. Sie sagte: ›Also gut, dann an der

Brücke. Aber komme nicht zu spät, Katie.‹ Mehr habe ich nicht gehört.«

»Überlegen Sie jetzt einmal, wie sie das sagte. Sagte sie: ›Komme nicht zu spät, Katie!‹ als wenn sie mit mir spräche? Oder: ›Komme nicht zu spät, Katie ...‹ als hätte sie einen neuen Satz angefangen, von dem Sie nur das erste Wort hörten.«

Jenks hörte genau zu, legte den Kopf auf die Seite und sah Katie an.

»Nein, Miss Katie«, sagte er bedauernd. »Nein, es klang so, als spräche sie mit Ihnen. Nachdem sie ›Katie‹ gesagt hatte, machte sie eine Pause, als wäre das alles. Und dann hängte ich ein.«

»Weiter haben Sie also nichts gehört?«

»Nein.«

Aber es ist doch möglich, dass sie noch weiter gesprochen hat?«

»Ja«, gab Jenks zu.

»Vielleicht hat Miss Charlotte gesagt: ›Katie kommt bald nach Haus‹, oder ›Katie kommt über den Fahrweg‹, oder etwas Derartiges.«

»Möglich ist das schon«, antwortete Jenks. »Was ich gehört habe, habe ich gesagt. Und ich musste es auch sagen.«

»Natürlich«, sagte Katie ernst. »Aber vergessen Sie eins nicht, Jenks: Nachdem sie ›Katie‹ gesagt hatte, haben Sie nichts mehr gehört, und sie kann ganz gut noch etwas gesagt haben.«

»Ja, das will ich mir merken«, versprach er. »Bei der Verhandlung kommt das ja sicher zur Sprache.«

»Gewiss. Hoffentlich sind Sie dabei. Das ist alles, Jenks.« Jenks ging weiter, und Katie wandte sich an Melissa: »Ich habe noch nicht gefrühstückt. Machen Sie mir doch etwas fertig, und bringen Sie es mir herauf.«

Katie hatte das Gefühl, als gehorche Melissa nur widerwillig. Wenn das so weitergeht, dachte sie, werden alle im Hause noch verrückt vor Angst. Keiner traut mehr dem andern. Und das mit Recht. Wer hat den Revolver genommen?

Katie ging in ihr Zimmer. Mina konnte warten. Der Flur kam ihr dunkler vor als sonst. Seltsam, wie leer und still das Haus trotz all der Menschen war, die in ihm Obdach gefunden hatten.

Der kleine, braune Detektiv hatte gesagt, ihre Nervosität sei seltsam gut begründet. Katie warf einen forschenden Blick in ihr Zimmer, bevor sie eintrat.

Natürlich war niemand im Zimmer, wenn auch jemand darin gewesen war, denn es war gelüftet und aufgeräumt. Die kleine, blaue Puderdose befand sich noch in ihrer schwarzen Handtasche. Und in ihr war das Stück des Spatels verborgen. Mitwisserschaft! Das war kein angenehmer Gedanke. Die Polizei musste also irgendeinen Beweis in Händen haben, aus dem sie schloss, dass am Tod Charlottes mindestens zwei Personen beteiligt waren, dass einer allein den Mord nicht hätte ausführen können.

Nein, das war bestimmt keine angenehmer Gedanke. Und am Strand lag der kleine Hermann Schmidt und starrte mit seinen blauen Augen in den grauen Himmel. Wie abwesend sah sie auf den kleinen Nachttisch. Er war abgestäubt und aufgeräumt. Bis auf die Schachtel mit den Pulvern. Sie hatte die Schachtel doch in die Schublade gelegt. Seltsam, dass Melissa sie wieder auf den Nachttisch gestellt hatte, sodass sie sie vom Bett aus bequem erreichen konnte. Sie wachte plötzlich aus ihrer Versunkenheit auf: Sie ging an den Nachttisch, nahm die Schachtel, öffnete sie und betrachtete die Pulver. Es waren fünf grauweiße Pulver.

13

Katie war auf einmal davon überzeugt, dass mit den Pulvern etwas nicht stimmte. Hätte sie gesehen, dass jemand sie vertauschte, ihre Überzeugung wäre nicht stärker gewesen.

Was sie enthielten, wusste sie nicht. Ein harmloses Schlafmittel. Aber plötzlich wusste sie, dass diese Pulver alles andere eher als harmlos waren. Sie erinnerte sich, dass sie vergangene Nacht gezögert hatte, eins einzunehmen.

Wann waren die Pulver vertauscht worden? Irgendwann am Tage vorher, denn heute war kaum Zeit und Gelegenheit dazu gewesen. Während ihrer Abwesenheit war Melissa im Zimmer gewesen, denn es war schon aufgeräumt. Vielleicht hatte Melissa die Pulver vertauscht. Sie wollte Crafft die Schachtel geben.

Der Spiegel über dem Toilettentisch blinkte und schien sich zu bewegen. Katie sah schnell auf. Die Tür war noch offen; draußen im Gang verschwand gerade jemand. Sie schloss schnell die Schachtel, hielt sie fest in der Hand und eilte nach der Tür. Es war Clarence. Er hörte sie nicht. Katie beobachtete ihn gedankenvoll. Was wusste sie oder die andern im Hause von Clarence anderes, als dass er Fannys Mann war, der bisher noch nie im Leben gearbeitet und immer nur auf Kosten seiner Verwandten gelebt hatte. Außerdem trank er gern. Kannte jemand den wirklichen Clarence Siskinson? Clarence hatte das wollige Haar in Charlottes Hand gefunden. Hatte er es wirklich gefunden? Er hatte der Polizei von seinem Fund berichtet. Er hatte als erster von Mord gesprochen. Was er sagte, klang ehrlich bestürzt. Vielleicht versteckte sich hinter dem Gerede ein Schuldiger. Vielleicht wollte er mit dem Haar die Aufmerksamkeit von sich ablenken. Vielleicht hatte er das Haar aus Minas Zimmer genommen. Natürlich konnte das gerade so gut ein anderer aus dem

Hause getan haben. Auch Chris Lorell gehörte zum Haus wie sie. Und das Rasiermesser, das Clarence vermisste. Katie verschlug es plötzlich den Atem. Sie musste Crafft die Pulver geben. Sie musste wissen, was die Polizei tat. Sie musste schnell zu Mina.

Vor sich sah sie den Umriss von Clarences Gestalt. Clarence war nervös. Als er den Flur erreichte, der zu Minas Zimmer führte, sah er sich scheu um. Sie folgte ihm schnell, sodass sie neben ihm stand, als er an Minas Tür klopfte. Bei dem leichten Geräusch ihrer Kleider und Schritte fuhr er herum. Sein Gesicht war blassgrün, seine Augen flackerten. Lächelnd sagte er: »Ach, du bist es, Katie; hast du mich aber erschreckt!« Wie jemand, der Angst hat.

»Herein«, sagte Fannys Stimme. Sie klang gereizt. Clarence öffnete die Tür, Katie ging vor ihm in das modrig riechende, heiße Zimmer. Katie wusste sofort, weshalb Fannys Stimme so gereizt war. Weil sie bei etwas gestört wurde, bei dem sie nicht gestört sein wollte. Mina saß in einem großen Sessel. Chris saß ihr gegenüber am Tisch und schrieb, während Fanny dicht neben Mina saß.

Chris hörte auf zu schreiben, als die beiden eintraten; Mina wandte ihnen langsam ihr weißes Gesicht zu, und ihre Augen sahen Katie forschend an. Fanny kam auf sie zu. Ärgerlich sah sie Clarence an, Katie würdigte sie keines Blickes.

»Setzt euch und verhaltet euch ruhig. Mina hat viel zu tun.«

»Was macht ihr denn?«, fragte Clarence. »Was schreibst du, Chris?«

»Geschäftliches für Mina«, antwortete Fanny schnell. »Störe ihn nicht!«

Clarence ging an ihr vorbei, vermied geschickt ihre ausgestreckte Hand und näherte sich Mina.

»Wie geht's dir, Mina?«, fragte er freundlich. »War der Arzt schon hier?«

Seine Augen glitten an Minas fahlem Gesicht vorbei auf den Tisch und das Papier, auf dem Chris schrieb.

»Ganz gut, danke. Hoffentlich bleibt es so.« Sie sprach tonlos wie immer. Und doch klang es in ihrer Stimme wie Kraft, die lange verschüttet war und nun zu neuem Leben erwachte. Der Eindruck war ganz außerordentlich, kaum in Worte zu fassen, weil er sich auf nichts Greifbares gründete. Als hätte ein wilder Strom seine Dämme durchbrochen. Als wäre Mina plötzlich von einer lähmenden Last befreit worden, als ströme langsam neue Kraft in sie hinein. Vielleicht war Charlotte diese Last gewesen. Aus allem, was Katie über das Verhältnis der beiden Frauen wusste, war ihr durchaus klar geworden, dass Mina in allen wichtigen Entschlüssen vollständig von Charlotte abhängig gewesen war. Nicht nur in wichtigen Entschlüssen. Sie erinnerte sich plötzlich, wie Mina früher einmal sagte: »Was hältst du von einer Fahrt an den See, Charlotte? Es ist doch so schön, und die Sonne scheint.« Und Charlotte hatte geantwortet? »Nein, es ist kein Wetter für eine solche Fahrt.« Und Mina hatte sofort nachgegeben. Seltsam.

Und jetzt, da Charlotte tot war, lebte neue Kraft in Mina. Katie hörte, dass Chris sie etwas fragte. Er hatte wie zufällig Hände und Arme über das Papier gelegt, sodass Clarence nichts sehen konnte.

»Hat Crafft dich vernommen, Katie?«, fragte er.

»Ja …«

Der kleine Hermann Schmidt mit den blauen Augen!

»Katie«, sagte Mina, »was ist das mit dem Revolver deines Onkels? Ich habe ihn natürlich sofort wiedererkannt. Der Mann soll mit ihm erschossen worden sein. Wie war denn das möglich?«

»Ja«, antwortete Katie hilflos. »Es ist Onkel Petries Revolver.«

Chris sah Katie scharf an.

»Die Polizei behauptet, es seien Fingerabdrücke auf ihm«, sagte er langsam. »Aus ihren Äußerungen entnahm ich, dass es sich um die Abdrücke eines der Hausbewohner handelt.«

»Überall streuen sie gelbes Pulver herum und fotografieren«, sagte Fanny. »Da wäre es ja kein Wunder, wenn sie nicht die Fingerabdrücke eines von uns fänden. Sie tun genau so, als hätte einer von uns ihn ermordet.«

»Als hätte ...« sagte Mina. Sie sprach nicht weiter. Sie sah Fanny an. Niemand rührte sich. Als hätte einer von uns ihn ermordet, hatte Fanny gesagt.

Chris räusperte sich.

»Rede doch nicht so etwas.«

»Wollen wir nicht weiter arbeiten, Mina?«, fragte er und zeigte auf das Papier, das vor ihm lag.

Sie schien einen Augenblick zu überlegen. »Heute ist der 25.«, sagte sie langsam. »Morgen der 26. Aber ... nein.« Es sah aus, als hätte sie einen ernsten Entschluss gefasst. Als hätte sie der kurze Kampf, sich zu diesem Entschluss durchzuringen, erschöpft. Sie wandte sich an Katie und sagte mit müder Stimme: »Ich mache mein Testament, komm doch mal her, Katie.«

Kaum merkliche Zuneigung klang in ihrer Stimme. Katie hatte immer das Gefühl gehabt, dass Mina sie gern mochte. Als sie jetzt durch das Zimmer ging, war sie dieser Zuneigung, so seltsam sie in mancher Hinsicht auch war, gewiss. Und ebenso deutlich empfand sie, dass Chris und Clarence und Fanny sie plötzlich scharf beobachteten.

Mina ergriff Katies Hand. Sie hob das Gesicht ein wenig, und ihre dunklen, heißen Augen durchforschten Katies Gesicht.

»Du hast Augen wie deine Mutter, Katie«, sagte sie. »Hell und blau und tief wie Wasser.« Sie ließ plötzlich Katies Hand los und wandte sich an Chris. »Ich habe es mir anders überlegt. Ich mache heute nicht mein Testament. – Was hatte ich doch bestimmt?« Fannys Armbänder klirrten aufgeregt.

»Soll ich es vorlesen?«fragte Chris langsam und widerwillig. In diesem Augenblick wurde angeklopft, und die Tür wurde gleich geöffnet. Es war Paul.

»Darf ich eintreten?«

»Natürlich«, sagte Mina lächelnd.

»Wie geht's, liebe Tante?«, fragte er und beugte sich besorgt über sie. Von der Wand herab sahen seine eigenen Augen zu und lächelten.

»Ganz gut«, antwortete sie mit freundlicher Wärme.

»Das freut mich. Ich dachte schon, die neue Geschichte am Strand ...« Er schwieg. »Ich habe mit dem Arzt telefoniert. Die Sache hat dich doch sicher aufgeregt. Wenn du den Mann auch nicht kennst.«

»Aufgeregt hat mich nur, dass der Mann mit dem Revolver deines Onkels erschossen wurde«, antwortete Mina.

Was bisher niemand zu äußern gewagt hatte, sprach sie aus. Was zwischen ihnen allen stand, wurde auf einmal lebendig und nahm Gestalt an. Katie dachte: Ich bin nicht mehr ich selbst: Ich wage es nicht, den Blicken der andern zu begegnen, weil lebendiges Wissen diesen Raum füllt. Wir alle wissen – wir alle haben einen Verdacht, wir alle denken: War es Chris, Paul, Fanny, Clarence? Und sie denken: War es Katie? Sie denken: sie hat Charlotte umgebracht. Sie denken – oder Chris denkt: Ihre Fingerabdrücke waren auf dem Revolver, mit dem Hermann Schmidt erschossen wurde.

Sie steckte die Hände in die Taschen ihrer kurzen Jacke, und ihre Finger fanden eine kleine Schachtel.

Aber das weiß ich, dachte sie. Hätte ich in der vergangenen Nacht ein Pulver genommen, stände ich jetzt nicht hier.

»Soll ich vorlesen, was ich geschrieben habe?«, fragte Chris wieder.

Pauls dunkle Augen sahen nach dem Papier unter Chris' Händen. Leicht zog er die feinen Brauen hoch.

Störe ich?«, fragte er.

»Nein, nein, Paul. Es geht dich genau so viel an wie die andern auch. Ich mache mein Testament. Aber ich habe mich anders besonnen. Ich dachte, ich wusste, was ich zu tun hätte, aber ... Nein, zerreiße es, Chris.«

»Aber Mina«, sagte Fanny schnell. »Wäre es nicht besser, du unterschriebst es, dann bist du damit fertig und brauchst dir keine Sorgen und Gedanken mehr zu machen.«

»Nein, nein«, antwortete Mina. »Zerreiß es, Chris.«

»All die schöne Zeit und Arbeit«, schmeichelte Fanny, deren Gesicht Angst verriet. »Zerreiß es nicht, Chris.«

»Nein – nein«, wiederholte Mina. »Ich will es mir noch einmal überlegen. Du verdienst es, Fanny. Du bist gut zu mir. Und morgen ...« Sie schwieg und starrte mit heißen Augen auf den Kalender. Vielleicht tue ich Unrecht, wenn ich dir so viel vermache, Fanny. Zerreiß es, Chris.« Ihre Bedenken wirkten seltsam.

Tiefe Röte überzog Fannys Gesicht. Wenn sich doch nur einer bewegte, etwas sagte ...

Dann wurde Clarence plötzlich unglaublich lebendig. Er fuhr sich mit den Händen durch das Haar und sprang förmlich auf Fanny zu.

»Dir«, rief er laut. »Vermacht sie dir alles? Ach, du lieber Gott.« Ehe noch jemand sprechen konnte, klopfte es an der Tür. Melissa trat ein und sagte: »Der Arzt ist da, Mrs Petrie..«
»Lassen Sie ihn eintreten.«

»Guten Morgen«, sagte der Arzt. »Liebe Mrs Petrie! Was ist denn hier los? Überall Polizei ...«

Paul brachte ihm einen Stuhl.

Der Arzt setzte sich, und in demselben Augenblick erhob sich Chris und zerriss das Papier.

»Ich werfe es ins Feuer«, sagte er. »Sollten Sie mich noch brauchen, Mina, ich bin wahrscheinlich den ganzen Tag über hier.«

»Ich auch«, sagte Paul. »Berichten Sie uns doch nachher eben, wie es geht, Doktor.«

Fanny hatte sich wieder ganz in der Gewalt. Sie sah Clarence wütend an und sagte freundlich zu Mina: »Soll ich noch bleiben, Mina?«

»Wenn du willst«, antwortete Mina gleichgültig; Fannys Augen triumphierten, als die andern gingen und sie allein mit dem Arzt zurückblieb.

Sie war also doch die Vertraute, die Freundin, die langsam Charlottes Platz einnahm.

Katie sah Clarence gedankenvoll an. Wären sie nicht ins Zimmer gekommen, dann hätte Mina ein Testament gemacht, in dem Fanny reichlich bedacht wurde.

Wie hässlich war Clarences Ausbruch gewesen! Als sie die Treppe hinuntergingen, sah er sie von der Seite an.

»Die Sache mit dem Rasiermesser geht mir nicht aus dem Kopf«, sagte er ganz unerwartet.

Am Fuß der Treppe stand Melissa.

»Ihr Frühstück, Miss Katie«, sagte sie.

»Später«, antwortete Katie. »Ist der Detektiv hier?«

»Der kleine, hässliche Mann?«, fragte Melissa. »Er ist in der Bibliothek, Miss Katie.«

In der Bibliothek vernahm Crafft William und Jenks. Beide waren blass und fühlten sich nicht besonders behaglich.

Als Katie, deren Hand die kleine Schachtel in der Tasche immer noch umschloss, in der Tür zögerte, forderte Crafft sie auf einzutreten.

»Wollen Sie mich sprechen?«, fragte er. »Setzen Sie sich. Sie fanden also den Toten heute Morgen, kamen ins Haus und erzählten es Jenks, der sofort das Polizeirevier anrief. Sie haben doch nichts angefasst?«

»Nichts«, sagte William ernst. »Nichts.« Er war ein magerer Mann mit verwaschenen Augen und langem Gesicht. Crafft wandte sich plötzlich an Katie, als erinnere ihn ihre

Gegenwart an eine Frage, die er schon lange an sie richten wollte.

»Miss Warren, Sie sagten mir, Sie hätten, als Charlotte Weimann getötet wurde, auf die Fußbremse getreten und versucht, den Wagen zum Halten zu bringen?«

»Ja.«

»Sind Sie ganz sicher, dass es nicht das Gaspedal war?«

»Ja. Und wenn ich auch auf den Gashebel getreten hätte, so hätte das für die Schnelligkeit des Wagens gar nichts bedeutet.«

»Ja«, sagte Crafft. »Falls Ihr rechter Fuß den Gashebel nicht um den Bruchteil einer Sekunde eher berührte als Ihr linker Fuß das Kupplungspedal losließ. Dieser Bruchteil einer Sekunde hätte schon genug Gas durchgelassen, dem Wagen neuen Antrieb zu geben.«

Er wandte sich an William; der mit weit geöffneten Augen zugehört hatte.

»Sergeant Caldwell berichtet, die Bremse sei in Ordnung gewesen.«

»Ja«, sagte William eifrig, »ich habe sie sofort nachgesehen, nachdem wir Miss Charlotte ins Haus gebracht hatten. Miss Katie fährt ausgezeichnet. Verliert nie den Kopf.«

»Die Bremsen waren also in Ordnung?«

»Ja.«

»Wann haben Sie sie nachgesehen?«

»Ich habe den Wagen in die Garage gefahren, als die Polizei fort war. Die Bremse funktionierte tadellos.«

»Sie können beide gehen. Aber verlassen Sie das Haus nicht.«

In der Tür wandte sich William um.

»Tut mir Leid, das mit der Bremse, Miss Katie«, sagte er.

»Glauben Sie, Miss Warren«, fragte Crafft, »dass Mr Duchane den Gashebel berührte, bevor Sie das Kupplungspedal losließen?«

14

»Paul?«, sagte Katie. »Paul?«

»Paul«, wiederholte der Detektiv. »Gewiss, Paul. Er fuhr doch mit Ihnen.«

»Paul?«, wiederholte Katie. »Daran habe ich noch gar nicht gedacht.«

»Augenscheinlich nicht«, sagte Crafft. »Aber versuchen Sie jetzt einmal, daran zu denken.«

»Wollen Sie etwa sagen, dass er es absichtlich tat? Aber dann musste der Wagen ja unbedingt Charlotte überfahren. Und das wäre ja Mord.«

»Da haben Sie vollkommen Recht«, sagte der kleine; braune Mann. »Was meinen Sie denn, weshalb ich hier bin?«

Er schwieg, und als Katie immer noch nicht sprach, sagte er ungeduldig:

»Aber, Miss Warren, diese Frage kann Sie doch nicht so sehr erschüttern. Ich dachte, Sie würden sich freuen, jemand anders die Verantwortung für Miss Weimanns Tod zuschieben zu können?«

»Der Gedanke, dass es sich wirklich um einen Mord handeln könne – nein, das ist ja alles wie ein böser Traum. Weshalb behaupten Sie eigentlich, dass Charlotte ermordet wurde? Das müssen wir doch wissen. Es ist nicht fair, Ihre Gründe geheim zu halten.«

»Dann will ich es Ihnen sagen«, begann er bereitwillig. »Schon vor zwei Tagen wussten wir ...« Er vollendete seinen Satz nicht, sondern fuhr schnell fort:

»Mrs Petrie schlug doch vor, Miss Weimanns sterbliche Reste verbrennen zu lassen?«

»Ja.«

»Sergeant Caldwell kamen allerlei Zweifel, als er erfuhr, dass für Sie Miss Weimanns Tod nur vorteilhaft sein konnte.

Caldwells einfachem und geradem Geist erschien der Unfall zu zufällig, als dass er auf eine Untersuchung verzichtet hätte. Er ordnete die Autopsie an.«

»Und weiter …«, sagte Katie gespannt.

»Und die Autopsie«, fuhr Crafft fort, »ergab, dass Miss Weimann eine große Menge eines Betäubungsmittels eingenommen hatte. Kurz vor ihrem Tode hatte sie es eingenommen … vielleicht wurde es ihr auch beigebracht.«

»Ein Betäubungsmittel«, sagte Katie langsam. »Aber das …«

»Das Mittel ist im Handel als Sodium pyratol bekannt. Es basiert auf der Barbitursäure und wird in allerlei Abarten hergestellt. Es wird als Schlaf- oder Beruhigungsmittel vielfach verwendet. Die unmittelbare Wirkung«, sagte Crafft langsam und beobachtete dabei Katie, »ist eine Art Benommenheit. Man kann gehen, sich bewegen und sprechen, hat aber ein Gefühl großer Benommenheit und ist nicht mehr ganz Herr über seine Glieder. Vielleicht schläft man auch ein. Ich erkläre es Ihnen, wie ich es von unserm medizinischen Sachverständigen erfahren habe. Hoffentlich verstehen Sie, was ich sagen will.«

»Gewiss«, sagte Katie, »durchaus. Sie wollen sagen, dass Charlotte sich nicht schnell bewegen konnte. Dass sie verwirrt und unsicher war. Dass der, der sie überfahren wollte, eine ganz einfache Aufgabe vor sich hatte, denn sie war in einem Zustand, der es ihr unmöglich machte, dem Wagen auszuweichen.«

»Sehr richtig«, sagte der Detektiv. »Sprechen Sie weiter.«

»Und das bedeutet, dass alles sorgfältig geplant war«, sagte Katie fast atemlos vor Aufregung.

»Ja, sehr sorgfältig geplant, ganz besonders sorgfältig geplant.«

»Sie erkennen hoffentlich«, fuhr Katie fort, »dass ich Charlotte das Mittel weder beigebracht noch sie veranlasst haben kann, es einzunehmen. Dazu fehlte mir ja einfach die Zeit. Deshalb haben Sie bisher auch keine formelle Anklage wegen Mordes gegen mich erhoben.«

»Aber Sie können immer noch mit ihr telefoniert haben, Sie an der Brücke zu treffen. Sie können ferner durchaus beabsichtigt haben, sie zu überfahren, und angenommen haben, man würde an einen Unfall glauben.«

»Aber ich habe nicht telefoniert«, protestierte Katie.

»Das behaupten Sie«, sagte Crafft.

»Ich habe ihr das Medikament jedenfalls nicht gegeben. Ich begreife auch nicht, dass jemand mit ihrem Erscheinen an der Brücke rechnen konnte, falls sie so viel von dem Betäubungsmittel eingenommen hatte. Ich bezweifle, dass sie überhaupt eine Verabredung an der Brücke hatte.«

»Das müssen wir doch wohl annehmen«, sagte der Detektiv. »Sie ging sicher aus freien Stücken zu der Brücke. Vergessen Sie den Brief an Steven Petrie nicht.«

»Nein, den vergesse ich durchaus nicht«, antwortete Katie.

»Nehmen wir mal an, die Sache hätte sich folgendermaßen abgespielt: in den Tee, den Miss Weimann trank, wurde Sodium pyratol geschüttet. Sie hatte bereits den Brief geschrieben, denn ihre Handschrift ist noch sicher. Dann kam der geheimnisvolle Anruf. Miss Weimann traf eine Verabredung, ging mit dem Brief in ihr Zimmer, ließ den Brief dort liegen, nahm ihren Mantel und begab sich an den verabredeten Ort Es war eine Verabredung, die sie unbedingt einhalten wollte.«

»Aber sie hat den Tee ja gar nicht angerührt.«

»So? Vielleicht wurde die Teekanne nachgefüllt, die Tasse wurde gesäubert, um die Tatsache zu verbergen, dass sie Tee getrunken hatte. Es handelte sich, wie ich vermute, um ein‹ Verabredung mit jemandem, der einen Wagen fuhr, denn au genscheinlich ging sie dem Wagen entgegen, um von de den sie erwartete, gesehen zu werden. Sie war so benommen und verwirrt, dass sie weder denken noch schnell handeln konnte. Wir haben es nicht mit einem gewöhnlichen Mord zu tun. Dieser Mord ist bis in alle Einzelheiten vorbereitet worden. Charlotte hatte eine Verabredung an der Brücke. Eine wichtige Verabredung; vergessen Sie das nicht. Eine so wichtige Verabredung, dass sie sie unter allen Umständen, trotz körperlichen Unwohlseins, einhalten wollte.«

»Ja, so war Charlotte. Was sie sich vorgenommen hatte, führte sie auch aus, mochte kommen, was wollte. Sie war die verkörperte Energie.«

»So stelle ich sie mir auch vor«, sagte Crafft.

»Und das spricht natürlich wieder gegen uns«, sagte Katie müde.

»Gegen Sie alle«, erwiderte Crafft. »Von Anfang an war es klar, dass der Mörder Charlottes genau wusste, wozu sie fähig war, genau wusste, wozu Sie alle fähig waren. Nur auf dieser Kenntnis konnte er seinen Plan aufbauen. Er wusste, dass Charlotte unbedingt die Verabredung einhalten würde, und dass Sie bei Nebel nach Hause kommen würden. Irgendjemand hatte inzwischen Charlotte Sodium pyratol beigebracht. Sie trafen sie an der gefährlichsten Stelle des Weges, da, wo er abschüssig ist. Charlotte war verwirrt und trotz ihres unbeugsamen Willens nicht mehr Herr ihrer selbst. Das Folgende spielte sich dann so selbstverständlich ab, dass der Mörder selbst gar nicht in Erscheinung zu treten brauchte.«

»Dann glauben Sie also, dass ich sie nicht absichtlich tötete?«, fragte Katie.

»Das muss ich erst einwandfrei feststellen«, antwortete Crafft. »Hat Paul den Gashebel berührt?«

»Das weiß ich nicht«, sagte Katie. Mit leichter Bosheit fügte sie hinzu: »Hat der Mörder vielleicht auch hiermit gerechnet?«

»Schon möglich«, sagte Crafft. »Und dann das Licht in

dem kleinen Sommerhaus. Vielleicht sollte das Licht Sie ablenken.«

»Aber ich war so beschäftigt, dass ich gar nicht hinsah. Das weiß ich ganz genau.«

»Sie haben aber daran gedacht und waren für den Bruchteil einer Sekunde von dem abgelenkt, was Sie taten. Während des Nachmittags war bestimmt jemand im Sommerhaus … Trotz Mrs Petries Versicherung, dass das Sommerhaus abgeschlossen war, sind wir dessen ganz sicher. Sich einen Schlüssel zu verschaffen, ist ja weiter keine große Sache … Kennen Sie das, Miss Warren?«

Katie sah auf den Gegenstand in seiner Hand. »Ja«, sagte sie heiser.

»Haben Sie diesen abgebrochenen Spatel vorher schon gesehen?«

»Das weiß ich nicht«, sagte Katie. »Es gibt doch viele Spatel.«

»Selbstverständlich. Aber können Sie mir über diesen Spatel etwas sagen? Betrachten Sie ihn genau – Fabrikat Weber – grüne Farbe am Griff.«

»Es ist ein Spatel wie alle andern auch«, sagte Katie.

Er betrachtete ihn nachdenklich, drehte ihn im Licht hin und her und strich mit dem Finger über die Bruchstelle. »Steven Petrie hat mehrere solcher Spatel in seinem Atelier.«

»Das beweist noch lange nicht, dass dieser ihm gehört.«

»Nein. Aber auf der Klinge haben wir seine Fingerabdrücke festgestellt. Seine und die von Mrs Petrie. Wir fanden den Spatel im Sommerhaus.«

»Tante Mina!«

Er steckte den Spatel in die Tasche und sagte dann plötzlich: »Weshalb sind Sie gerade jetzt zu mir gekommen?«

Katie fuhr zusammen. Steven, der Spatel, Mina, die Pulver. »Deswegen«, sagte sie und reichte Crafft die Schachtel mit den Pulvern. Sie berichtete, was zu berichten war. Crafft nahm die Schachtel und, öffnete sie vorsichtig. Er nahm aus der Tasche eine Pinzette und öffnete eines der Pulver. Er roch an dem Pulver, schmeckte aber nicht daran. Sein Gesicht verriet nichts von seinen Gedanken. »Ist der Arzt noch im Hause?«, fragte er.

»Das weiß ich nicht.«

»Berühren Sie das hier nicht.« Er legte das Pulver auf den Tisch und ging an die Tür. Katie lehnte sich im Sessel zurück und wartete. Sie wussten also, dass Steven im Sommerhaus gewesen war. Umsonst hatte sie den abgebrochenen Teil des Spatels so sorgfältig verwahrt.

Bei welcher Gelegenheit war der Spatel abgebrochen? Handelte es sich um einen Zufall? Oder war es ein Glied in der Kette der Ereignisse?

Sie dachte an das, was der Detektiv gesagt hatte. Ein Ereignis war mit dem anderen eng verbunden. Aber alle waren so in Szene gesetzt, dass der Eindruck eines Unfalls erweckt wurde.

»Besehen Sie sich doch bitte das hier, Doktor«, sagte Crafft, der mit dem Arzt in das Zimmer zurückkam.

»Haben Sie Miss Warren dieses Pulver gegeben?«

Der Arzt besah das Pulver, roch und schmeckte daran. Dann ließ er Tasche und Hut fallen, ergriff die Schachtel, ehe Crafft ihn daran hindern konnte, stellte sie wieder auf den Tisch, als wäre sie glühend heiß, und roch dann wieder an dem Pulver.

»Du lieber Gott«, sagte er leichenblass. »Haben Sie eins der Pulver eingenommen? So antworten Sie doch! Ich muss das Hospital anrufen. Eine Magenpumpe bestellen. Wann haben Sie das Pulver eingenommen?«

»Nur Ruhe, Doktor, sie hat ja keins eingenommen.«

Dr. Mannsen sah Katie an.

Er ließ sich in einen Sessel fallen und tupfte sich mit dem Taschentuch die Stirn ab.

»Haben Sie vielleicht einen Kognak? Nein, dieser Schreck!«

»Ich vermute, dass Sie Miss Warren dieses Pulver nicht gegeben haben.«

»Dieses Pulver! Du lieber Gott!«, stöhnte der Arzt.

»Was ist es?«

»Ein tödliches Gift. Wenn ich Ihnen diese Pulver gegeben hätte, Miss Warren, dann könnte ich mir eine Kugel in den Kopf schießen.«

»Das lassen Sie ruhig bleiben«, sagte der Detektiv trocken. »Von Ihnen stammen diese Pulver also nicht?« Er sah auf die Uhr, und Katie hatte den Eindruck, dass er es eilig hatte. »Nehmen Sie eins dieser Pulver mit, Doktor. Teilen Sie mir bitte schriftlich mit, was Sie Miss Warren gegeben haben und stattdessen in der Schachtel fanden.«

»Wo kommt denn nur das Gift her?«, fragte der Arzt.

»Das weiß ich auch nicht«, antwortete Crafft. »Wissen Sie es vielleicht, Miss Warren?«

»Nein – ich …« Katie schwieg verwirrt. Flammende Röte überzog ihr Gesicht. »Wenn Sie glauben, ich wollte den Verdacht auf jemand anders lenken, dann sind Sie auf dem Holzweg. Sie …«

»Warum denn so aufgeregt, Miss Warren? Das hat doch gar keinen Sinn. Würden Sie mir ein paar Fragen über Mrs Petrie beantworten, Doktor?«

»Wenn ich es kann«, antwortete der Arzt zurückhaltend. Er betrachtete immer noch die Schachtel auf dem Tisch. Crafft blickte auf die Uhr. »Nein, Miss Warren, bleiben Sie bitte noch hier«, sagte er, als Katie aufstehen wollte. »Wie geht es Ihrer Patientin heute Morgen, Doktor? Antworten Sie mir bitte so genau wie möglich.«

»Ja«, begann der Arzt. »Es geht ihr besser, als ich nach all der Aufregung erwartet hatte.«

»Ist sie niedergeschlagen?«

»Nein.«

»Dürfen Sie mir über die Krankheit, an der Mrs Petrie leidet, Auskunft geben?«

»Ja«, antwortete Dr. Mannsen zögernd, »so einfach ist das nicht. Es handelt sich ...«

»Um was?«, drängte Crafft, als der Arzt nachdenklich schwieg. »Ich glaube, es ist das Einfachste, ich sage Ihnen alles ganz genau. Sie hat alle Spezialisten konsultiert, alles Menschenmögliche ist getan worden, und doch wissen wir nicht, um was es sich eigentlich handelt. Sie wurde von Tag zu Tag kraftloser. Als wollte sie den Tod erzwingen.«

Crafft starrte vor sich hin. »Danke, Doktor«, sagte er schließlich. »Sie haben sich kurz und bündig ausgedrückt. Haben mit ein paar Worten das Wesentliche gesagt. Letzten Endes scheint es sich um eine Nervengeschichte zu handeln.«

»Im Großen und Ganzen bin ich auch der Ansicht«, entgegnete der Arzt zögernd. »Mrs Petrie ist kein einfacher Fall. In manchen Dingen ist sie seltsam unnachgiebig. Was sie wirklich beeindruckt, dem gibt sie sich ganz hin. Sie ist zu gleicher Zeit empfänglich und unempfänglich. Hoffentlich verstehen Sie, was ich meine.«

»Gewiss; und je öfter sich der Eindruck wiederholt, desto stärker wird er.«

»Ja, das meine ich.«

Crafft lächelte.

»Doktor«, sagte er, »Sie sind eine Seltenheit. Sie sprechen mit einem Laien über medizinische Dinge so, dass der Laie sie versteht.« Sein Gesicht wurde wieder ernst. »Sie sind ein wichtiger Zeuge. Werfen Sie bei der Vernehmung nur hin und wieder ein paar gelehrte Brocken ein. Das macht Eindruck und schmeichelt dem Gericht. Mrs Petries Zustand ist also nicht beunruhigend? Oder haben Sie letzthin eine Entwicklung zum Schlechteren festgestellt?«

Der Arzt sah vor sich hin, dann auf seine Tasche und die Schachtel mit den Pulvern.

»Nein, eigentlich nicht«, antwortete er, »nur hat sie jetzt Halluzinationen.«

»Halluzinationen?«

Ja. Wohl infolge ihres Nervenzustandes und der zunehmenden Schwäche. Sie schläft, ohne dass sie es weiß, und träumt dann wohl. Es ist schwer zu erklären.«

»Was für Halluzinationen?«, fragte der Detektiv.

»Nun, sie sieht Menschen, die sie irgendwann einmal gekannt hat. Vielleicht träumt sie. Sie spricht nicht gern darüber. Das alles weist auf eine Verschlimmerung in ihrem Befinden hin. Missverstehen Sie mich nicht, Mr Crafft, sie stirbt.«

»Sie haben doch mancherlei Gelegenheit gehabt, Mrs Petrie und Miss Weimann zu beobachten. Wir sind zu dem Schluss gekommen, dass Miss Weimann einen sehr großen Einfluss auf Mrs Petrie hatte und bemühen uns, die Quelle dieses Einflusses genau zu erkennen. Können Sie uns dabei helfen?«

Entweder wollte oder konnte Dr. Mannsen keine Auskunft geben. Er hätte nur beobachtet, dass Mrs Petrie und Miss Weimann immer gleicher Meinung gewesen seien.

»Vielen Dank, Doktor. Sie wollen wohl noch zur Praxis? Ich will Sie nicht länger aufhalten.«

»Ich stehe ganz zu Ihrer Verfügung, Mr Crafft. Diese Pulver ...«

Er verließ das Zimmer.

Der Detektiv wandte sich an Katie.

»Und nun, Miss Warren, was wissen Sie?«

»Ich verstehe nicht ...«

»Dummes Zeug. Was wissen Sie, sodass der Mörder Sie für eine Gefahr hält und Ihnen nach dem Leben trachtet?«

»Ich ...« Katie holte tief Atem. »Ich weiß nichts.«

»Sie müssen es wissen. Überlegen Sie. Was ist es?« Er wartete. »Aber ich habe Ihnen doch gesagt ...« Katie zögerte verwirrt. »Nein, Mr Crafft, ich weiß nichts. Ich schwöre, dass ich die Wahrheit sage.«

»Schade, sehr schade. Augenscheinlich handelt es sich um etwas, dessen Bedeutung Sie nicht erkennen«. Er sah sie zweifelnd an. »Ich erzählte Ihnen vorhin von der Autopsie der Charlotte Weimann. Wissen Sie, weshalb Mrs Petrie eine Verbrennung der Leiche wünschte?«

»Nein. Ich nehme an, es war Charlottes Wunsch.«

»Dann meinen Sie also, die Verbrennung hätte mit der Tatsache, dass Miss Weimann viel Sodium pyratol geschluckt hat, nichts zu tun?«

»Ja – das ist meine Überzeugung. Tante Mina hat mit der Sache nichts zu tun. Sie wusste bestimmt von nichts. Wenn sie äußerte, dass Charlottes Leiche verbrannt werden sollte, so hatte sie sicher nicht die Absicht, irgendwelche Spuren zu vernichten.«

»Ist das Ihre Überzeugung?«, fragte der Detektiv.

»Ja«, antwortete Katie, und dann fiel ihr ein, was Steven gesagt hatte: Tue alles, was Tante Mina von dir verlangt. Sei ihr in nichts entgegen.

»Ja«, wiederholte sie, wenn auch weniger entschieden. »Sie kennen Tante Mina nicht.«

»Ich bezweifle, dass Sie sie besser kennen, Miss Warren«, entgegnete er fast scherzend. »Dach nun zu unserem Uhrmacher.«

»Uhrmacher?«

»Ja, Hermann Schmidt. Es war nicht schwer, seinen kleinen Laden ausfindig zu machen. Wenn wir wüssten, was Miss Weimann in seinem Laden wollte ...«

Wieder sah er auf die Uhr. »Seltsam, dass niemand von Ihnen ein Alibi für die Zeit hat, in der der Mord geschah.«

»Und wann war das?«, fragte Katie und staunte über ihre Kühnheit.

»Gegen 6 Uhr gestern Abend«, antwortete Crafft, »das

heißt, soweit wir das bisher feststellen konnten. Nach dem Urteil unseres medizinischen Sachverständigen war der Mann mindestens zwölf Stunden tot, als der Chauffeur ihn zwischen 6 und 7 Uhr heute Morgen fand. Hätte nur einer von Ihnen für die Zeit von 4 Uhr gestern Nachmittag bis gegen 8 Uhr ein unantastbares Alibi, dann wüsste ich, in welcher Richtung ich zu suchen hätte. Diese unantastbaren Alibis sind immer verdächtig. Aber keiner von Ihnen hat eins. Wo waren Sie um die Zeit, Miss Warren? Trotz aller Fragen habe ich das nicht feststellen können.«

»Ich war allein im Park, als ich Hermann Schmidt traf, Als er dann fortlief, ging ich nach Hause, wo ich bis zum Essen niemanden sah. Clarence und ich saßen zusammen, und ich ging dann nach oben. Ich wollte allein sein.«

»Wie ich es mir gedacht hatte«, sagte Crafft. »Wieder jemand ohne Alibi. Sie sind alle so seltsam arglos. Und doch …« Das Lächeln in seinem braunen Gesicht war unangenehm. »Und doch steht der Mord an Hermann Schmidt in engstem Zusammenhang mit dem Mord an Charlotte Weimann.« Er schwieg gedankenvoll.

Katie bewegte sich nicht.

»In engstem Zusammenhang«, wiederholte er, »wenn er auch von vornherein nicht in den Plan einbezogen war. Aus irgendwelchen Gründen fehlte es dem Mörder an Zeit, auch hier einen Tod durch Unfall vorzutäuschen.«

»Tod durch Unfall …« flüsterte Katie.

»Ja, es fehlte an Zeit – und der kleine Uhrmacher wusste zu viel und musste zum Schweigen gebracht werden. Wäre mehr Zeit gewesen – hätten wir in der Zeitung gelesen: Verkehrsunfall oder Selbstmord oder sonst etwas, was den Tod des Hermann Schmidt erklärte. Aber es fehlte an Zeit. Er musste sofort zum Schweigen gebracht werden. Deshalb wurde er erschossen. Und das beweist mir wieder, dass Eile Not tat.«

»Und halten Sie mich für die Täterin?«, fragte Katie.

»Das weiß ich noch nicht«, sagte Crafft plötzlich wieder freundlich: »Wenn Sie die Täterin nicht sind, Miss Warren, dann lassen Sie sich warnen. Ein Unfall ist leicht passiert.«

»Ein Unfall?«, wiederholte Katie.

»Ja. Die Sache mit dem Schwimmgürtel im vergangenen Sommer ist doch auch sehr seltsam. Wie viel anderen Unfällen mag Miss Weimann sonst noch entgangen sein. Und hätten Sie letzte Nacht das Pulver eingenommen ...« Er zuckte mit der Schulter. »Selbstmord wegen Mordverdacht. Aber noch ein paar Fragen, Miss Warren, deren Wichtigkeit Sie sofort erkennen werden. Sahen Sie auf dem Heimweg vom Konzert einen Bekannten? Ich meine außer Paul Duchane und dem Hausmeister in Mr Petries Wohnung?«

»Nein«, antwortete Katie langsam.

»Auch nicht auf der Rettungsinsel?«

»Nein.«

»Wissen Sie dann vielleicht, ob einer Ihrer Bekannten Sie gesehen hat?«

»Nein, das weiß ich nicht. Ich ...« Katie schwieg verwirrt.

»Vermutlich also nicht. Na, schaffen Sie mir Steven Petrie zur Stelle, Miss Warren«, sagte er leichthin. »Guten Morgen.«

Er ging schnell an ihr vorbei zum Flur. In der Tür wandte er sich noch einmal um. »Verlassen Sie das Haus nicht. Überall steht Polizei, die niemanden herauslässt. Es ist schon besser, Sie unterlassen jeden Versuch.«

Dann ging er. Katie setzte sich und überdachte noch einmal, was er gesagt hatte und welche Schlüsse sie daraus ziehen konnte. Gar keine.

Als Jenks in der Tür erschien und meldete, dass gedeckt sei, schreckte Katie aus ihren quälenden Gedanken auf, die ihr auch nicht die geringste Lösung gebracht hatten.

Glücklicherweise versuchte niemand, während der Mahlzeit eine Unterhaltung in Gang zu bringen. Chris und Paul nahmen am Essen teil, jeder war mit seinen Gedanken beschäftigt. Auch Fanny war da; sie aß tüchtig und sagte eigentlich auch nichts.

Clarence schien sich wenig behaglich zu fühlen. Wenn Jenks, der Melissa beim Servieren half, sich ihm näherte, fuhr er jedes Mal zusammen; er aß nur wenig und hatte sich gleichsam über Nacht angewöhnt, über die Schulter zu blicken. Das tat er ganz plötzlich, als wollte er etwas, das in der Ecke des Zimmers oder hinter seinem Stuhl lauerte, überraschen.

Es war eine unheimliche Bewegung. Katie fühlte, wie sich ihr Nackenhaar sträubte; sie hatte das Gefühl, als müsste auch sie sich nach etwas im Zimmer umdrehen. Ihre Halsmuskeln zuckten, ihre Hände waren kalt. Sie versuchte, Clarence nicht weiter zu beobachten:

Trotz des Vorkommnisses mit den Pulvern hatte sie keine Angst, etwas zu essen. Natürlich aß sie nur das, von dem die andern auch aßen. Aber Angst hatte sie eigentlich nicht. Als sie sich unbeobachtet glaubte, wandte sie den Kopf und sah sich um. Natürlich nichts.

»Es wird dunkler«, sagte Fanny plötzlich. »Der Nebel kommt wieder. Jenks, machen Sie bitte Licht. Ich würde mich gar nicht wundern, wenn Steven auch ermordet wäre.«

Plötzlich wurde es hell. Clarence warf sein Glas um. Jenks kam hilfsbereit herbei; Clarence sagte:

»Was redest du immer wieder von Mord, Fanny?«

»Warum nicht, wenn ich es denke«, antwortete sie. »Steven ist ermordet worden. Oder er hat Charlotte umgebracht und sich aus dem Staub gemacht.«

»Und wer hat den Mann am Strand erschossen?«, fragte Clarence.

Chris blickte auf. Ohne Clarence anzusehen, fuhr Fanny fort: »Der Detektiv hat es mir gegenüber sozusagen zugegeben. Er sagte, sie müssten Steven oder seine Leiche finden.«

»Das corpus delicti«, sagte Paul leise und blickte auf seinen Teller.

15

Der Nebel kam vom See her, unheimlich, still und dunkel. Er löschte den See aus und umgab wieder das Haus, kroch durch den Park und hing grau in den Bäumen und im Gesträuch. Er füllte die Schlucht jenseits der Brücke, und der Weg wurde wieder schlüpfrig, und das Haus war dunkel und still.

Gegen vier Uhr hatten die letzten Beamten des Polizeipräsidiums das Haus verlassen. Chris beschäftigte sich mit den Reportern und gab ihnen bereitwillig Auskunft.

»Glauben Sie, Mr Lorell, dass dieser Hermann Schmidt am Strand getötet wurde?«, fragte einer der Reporter.

»Das weiß ich nicht«, antwortete Chris.

»Er könnte doch auch anderswo getötet und dann an den Strand gebracht worden sein.«

»Möglich; aber wie gesagt, das weiß ich nicht.«

»Zum Beispiel in dem Haus unten im Park«, fuhr der Reporter fort. »Und dann wurde er an den Strand gebracht. Fußspuren hat man allerdings nicht gefunden.«

»Ja«, antwortete Chris.

»Vielleicht wurde er auch in einem Boot hierhergebracht:«

»Ich weiß es nicht; fragen Sie doch Mr Crafft.«

»Aber der Revolver«, sagte der Reporter, »stammt aus diesem Haus. Das bringt den Mord mit dem Haus in Zusammenhang. Und dabei hatte doch niemand von Ihnen eine Ahnung …«

»Ja, sehr seltsam«, sagte Chris kühl. »Entschuldigen Sie bitte, ich muss …«

Die Reporter dankten und gingen. Chris zog sein Taschentuch aus der Tasche, tupfte sich die Stirn ab und seufzte müde.

Katie dachte an den kleinen Uhrmacher und seine blauen Augen. Er hatte nur zwei Namen genannt – Charlotte Weimann und Steven. Dann war er erschrocken fortgelaufen, als er Paul und Chris erblickte. Katie sagte langsam:

»Hör mal, Chris, hast du Hermann Schmidt gekannt?«

Chris' Augen wurden kleine, dunkle Schlitze.

»Was soll das, Katie? Ich habe doch gesagt, dass ich ihn nicht kenne!« Er war wütend. Das sah man ganz deutlich. Aber es klang irgendwas wie Angst durch seine Wut. Er ließ Katie stehen und ging schnell in die Bibliothek. Katie aber dachte an vielerlei, und das Haus war sehr still und dunkel und geheimnisvoll, und der Nebel drückte gegen die Fenster.

Sie ging an das Fenster und sah auf den nassen Rasen, sah die dunkle Linie des Zaunes, sah in ein Meer undurchdringlichen Nebels. Aus dem Nebel löste sich eine Gestalt, ging dicht am Fenster vorbei und verschwand. Es war ein Polizist. Die Mütze hatte er in die Stirn gezogen, der lange Regenmantel leuchtete schwarz. Katie glaubte, jeden seiner Schritte zu fühlen. Sie waren unerbittlich in ihrer regelmäßigen Langsamkeit, Furcht erregend. Sie dachte: solange die Polizei das Haus umgibt, ist es sicher. Sie sprach das letzte Wort leise vor sich hin.

»Sicher!«

Mit dem aufkommenden Nebel umgab das Haus wieder, das seltsam eindringliche Schweigen. Als wäre der Nebel selbst Drohung. Als kröche er in das Haus und seine Schatten, als fiele er in die Räume und durchdränge alles, Wände, Teppiche und selbst die Luft, die sie atmeten.

Plötzlich wandte Katie sich um. Hatte sie etwas gehört? Sie fühlte, dass sich ein formloses Etwas aus dem Dunkel unter der Treppe löste und wieder Schutz im Dunkel suchte.

Nichts.

Nichts ... Katie zog die Luft ein – irgendwo brannte etwas. Es war ein kaum wahrnehmbarer Geruch, der durch die dunklen Räume des Hauses trieb.

Zigarettenrauch war es nicht. Auch kein Papier oder Holz oder Kohle. Katie zog wieder die Luft ein. Vielleicht brannte Feuer im Kamin der Bibliothek.

Ja. Hier hatte Feuer gebrannt. Aber es war jetzt erloschen. Deutlicher roch sie jetzt den beißenden Geruch.

Sie beugte sich über die Holzasche. Sie war zusammengekratzt worden. Die kleine Schaufel in dem Messingständer war noch warm. Aber sie konnte nicht entdecken, was hier so seltsam roch. Roch, als wäre – sie zögerte, als wäre Bindfaden verbrannt worden.

Still und geheimnisvoll war das Haus. Und im Kamin der Bibliothek hatte jemand Bindfaden verbrannt.

Friquet, die unter dem Tisch gelegen hatte, verschwand plötzlich durch die Tür.

Was hatte die Katze erschreckt? Wahrscheinlich nichts.

Nichts.

Katie ging in die Garderobe und nahm ihren Umhang. Sie öffnete die Haustür, lief leise über den Kiesweg in den Park. Der Polizist, der zwanzig Fuß von der Haustür stand, merkte nichts. Er verschwand um den Flügel des Hauses, in dem die Küche lag.

Heute war der Park nicht besser als das Haus. Die Luft war feucht und kalt. Katie zog die rotgefütterte Kapuze über den Kopf und ging schnell über den gewundenen Pfad. Sie konnte da, wo Bäume und Gesträuch es gestatteten, ungefähr dreißig Schritt weit sehen. Der Nebel sank immer tiefer und verkleinerte selbst diese geringe Entfernung. Aber sie brauchte keine Angst zu haben. Polizei bewachte das Haus und den Park.

Sie verließ den Pfad und ging über den Weg unterhalb der Brücke. An der Brücke standen zwei Polizisten. Sie sprachen miteinander und wandten dem Weg unterhalb den Rücken zu. Katie hörte dumpf ihre Stimmen.

Am Rande der Schlucht blieb sie stehen und fragte sich, was sie hier eigentlich wollte. Das Haus verlassen, ja, das tat gut. Aber hier im Park war es nicht besser. Die Schlucht war wie ein schwarzer Abgrund, dessen Tiefe Nebel füllte.

Der Nebel machte das dunkle Gebüsch lebendig. Wie ... Katie erkannte, dass das dunkle Etwas auf dem Grunde der Schlucht kein Strauch, sondern ein Mann war, der sich tief bückte, ein Mann, dessen Gestalt ihr seltsam vertraut schien.

Der Mann richtete sich auf und wurde Steven. Dann sah auch er sie; schweigend kletterte sie hinab in die Schlucht, vorsichtig und leise, damit die Polizisten nichts hörten. Steven musste sie erkannt haben, denn er kam ihr entgegen, kroch durch das Gebüsch und stand jetzt unterhalb von ihr. Dann kletterte er die steile, nebelverhangene Wand der Schlucht hinauf.

»Katie«, sagte er leise, »halte dich fest. So – jetzt langsam. Ich fange dich auf.«

Sie ließ los und glitt langsam durch nasses Gezweig in seine Arme.

Fest, warm und sicher. Sie hörte sein Herz klopfen. Sie wusste gar nicht mehr, dass sich sein Mund so anfühlte. Seltsam, dass sie das nicht mehr wusste, sie hatte doch so oft, so oft an seine Küsse gedacht.

Dann ließ er sie los, sah sie an und lächelte.

»Dein Mund ist so rot«, sagte er. »Jemand hat dich lange, lange geküsst.«

Sie lächelte nur; sie konnte nicht sprechen und sah Steven nur immer wieder an. Er stand neben ihr – gesund und lebendig, groß und stark. Und lachte sie an. Hielt sie in warmer Umarmung nach all der Einsamkeit und all dem Entsetzen. Seltsam, ihre Augen füllten sich immer mit Tränen, wenn sie restlos glücklich war.

Er zog sie wieder an sich und legte sein Gesicht an das ihre. »Ich liebe dich, Katie«, sagte er.

Der Nebel, der sie umgab, war so still. Er küsste sie wieder. Draußen, in einer versunkenen Welt, rief jemand einem andern etwas zu und erhielt eine Antwort.

Steven hob den Kopf und sah ihr wieder in die Augen.

»Was tust du hier draußen? Wie steht es im Haus?«, fragte er.

»Steven, Steven, wo bist du gewesen?«

»Ich habe mich versteckt«, antwortete er.

»Warum?«

»Weil ich nicht verhaftet werden wollte. Katie, was geht im Haus vor? Was bedeutet die Ermordung des kleinen Uhrmachers?

Wer ermordete ihn?«

»Ich weiß es nicht, Steven, ich weiß es nicht.«

»Aber Onkel Petries Revolver! Hast du ihn denn nicht versteckt, wie ich es dir sagte?«

»Ja, im Schirmständer in der Garderobe.«

»Da also?« Steven lächelte wieder. »Du hast den Revolver nicht wieder angerührt?«

»Nein, aber man hat meine Fingerabdrücke auf ihm gefunden.«

»Du lieber Gott«, sagte Steven. »Und auf meinen Rat hast du ihn versteckt. Und was weiter?«

»Noch hat man mich des Mordes nicht angeklagt, falls du das meinst. Sie wollen vor allem dich finden. Sie halten uns beide für schuldig. Bevor Charlotte hierher kam, hat ihr irgendjemand ein Betäubungsmittel eingegeben. Sie wusste nicht mehr genau, was sie tat. Sie war unsicher, benommen und …«

»Was meinst du? Wer gab es ihr?« Katie berichtete schnell, was sie wusste. Sie beobachtete Stevens Gesicht, das immer ernster wurde. Dann sprach sie von dem abgebrochenen Spatel.

»Deshalb warst du also im Sommerhaus?«, sagte Steven, als sie geendet hatte. »Ich habe dich beobachtet. Ich war der Mann im Nebel. Ich war dir so nahe, dass ich dich sprechen hören konnte.«

»Dann warst du auch am Fenster?«, fragte Katie.

Steven sah sie verständnislos an.

»Am Fenster? Nein. Ich stand drüben an der Brücke.«

Wieder fühlte Katie die namenlose Drohung, die sie umgab.

»Hast du uns denn bis ans Haus begleitet?«

»Nein, ich ging am Rande des Fahrwegs weiter und wartete, während ihr über den Pfad gingt, bis sich die Tür hinter euch schloss.«

»Wer war dann außer uns noch im Park? Wem folgte ich anstatt Paul? Ich war ganz irr«, fuhr Katie schnell fort, als Steven sie wieder ansah. »Folgte jemandem, der nicht Paul war. Dann rief er, und ich fand ihn wieder.«

»Du lieber Gott, Katie«, stöhnte Steven. »Gehe bei Dunkelheit nicht mehr aus. Verlasse das Haus nicht mehr. Versprich mir das.«

»Aber Steven, das Haus ... Jemand versuchte, mich zu vergiften. Ich weiß nicht, wer.«

»Erzähle mir ...«, sagte Steven mit einer Stimme, die Katie nie zuvor gehört hatte.

Als Katie ihren Bericht beendet hatte, schwieg Steven.

»Du kannst nicht wieder ins Haus zurück«, sagte er endlich gequält. »Ich weiß nicht ... Du darfst nicht wieder ins Haus zurück. Es ist nicht sicher. Ich werde dich mitnehmen.«

»Steven – weshalb – weshalb hast du mir am Telefon gesagt, du hättest gewusst, dass Charlotte ermordet würde? Warum bist du fortgelaufen?« Ihre Stimme wurde flackrig. »Ich bin fast wahnsinnig geworden, Steven. Was bedeutet der Brief?«

»Ja, Katie, eins will ich dir sagen. Ich habe Charlotte nicht ermordet, ich habe mit ihrem Tode nichts zu tun. Nur wusste ich, was sich ereignen würde. Aber, so wahr mir Gott helfe, ich konnte es nicht verhindern.«

»Ich verstehe dich nicht, du musst mir …«

»Dadurch wurde ich gleichsam Mittäter. Ich wusste, dass es so kommen würde. Ja, an jenem Nachmittag war ich hier. Ich war auch im Sommerhaus. Ich versuchte, mit dem Spatel, den ich zufällig in der Tasche hatte, das Schloss, das sich versetzt hatte, zu öffnen.«

»Du wusstest also, dass sich alles ereignen würde?«

»Ja. Aber sprich leise, Katie, es könnte uns jemand hören. Katie, weißt du, warum Charlotte Tante Mina so beherrschte?«

»Nein.«

»Dann lies dieses hier.«

Er zog aus der inneren Tasche ein Blatt Papier, auf dem sie konzentrische Kreise, Linien und Zeichnungen sah. Ein zweites Blatt war beschrieben. Katie betrachtete die Zeichnungen und begann den Text zu lesen.

»Auch ich konnte es nicht glauben«, sagte Steven. »Es ist Tante Minas Horoskop. Ihr Jahreshoroskop. Aber nicht vollständig. Es endet mit dem 26. Und der ist morgen.« Wieder tauchte in Katies Erinnerung ein seltsames Bild auf. Sie sah ein kleines, blaues Buch, das mit Gold übersät war. Ein kleines, blaues Buch mit goldenen Sternen.

»Sie interessiert sich schon seit vielen Jahren für Astrologie«, sagte Katie. »Glaubst du denn, dass Charlotte …«

»Erinnerst du dich der Bemerkung Charlottes: ›Mina kennt ihr Schicksal ganz genau.‹ Das hat sie doch des Öfteren geäußert.«

»Ja – ich erinnere mich. Aber, Steven, der Brief war an dich gerichtet.«

»Ja, ja«, sagte Steven. »Katie, was du von Astrologie hältst, ist deine Sache. Aber in diesem Fall war sie ein Werkzeug in der Hand einer skrupellosen Frau. Charlotte besorgte Mina das Horoskop. Tante Mina zeigte es mir; ich nahm es mit zu einem Astrologen und verglich es auch mit einem neuen Buch über Astrologie. Dieses Horoskop ist falsch, nichts ist richtig.«

»Nichts? Dann hätte Charlotte ...«

»Ja, Charlotte hat es für ihre Zwecke zurechtgemacht. Natürlich stimmten der Astrologe und das neue Buch auch nicht überein. Aber jedenfalls war das, was beide feststellten, bedeutend richtiger als das, was Charlottes Horoskop behauptet. Und Charlottes Horoskop ist ungeheuer eindringlich. Alles verschleiert und doch wieder so einfach und eindeutig. Z. B. dieser Satz: ›Es ist ein unglückliches Jahr für jeden, der unter diesem Zeichen steht.‹ Oder hier: ›Krankheit wird leicht chronisch und sogar verhängnisvoll.‹ Oder: ›Im ersten Teil des Jahres Familienunglück und unwillkommene Gäste.‹ Die Familienzwistigkeiten nehmen einen ernsten Charakter an. Wer ein Dokument aufzusetzen hat, sollte es vor der letzten Februarwoche tun. Nur ein treuer Freund während dieser ganzen Zeit.«

»Steven, ich kann es nicht glauben.« Er nickte.

»Das konnte ich auch nicht. Aber weiter. ›Diesem treuen Freund kann man unbedingt trauen. Eine junge Person strebt danach, Einfluss zu gewinnen, und ihr sollte man mit allen Mitteln widerstehen. Dokumente sollten vor der letzten Februarwoche abgefasst werden.‹ Das wird wiederholt! Und dann weiter, Katie. Dieses Horoskop ist nach dem 26. Februar nicht klar. Das heißt nichts anderes als: Tod.«

»Und Tante Mina hat das alles geglaubt?«

»Warum nicht? Die Hauptsache ist jedenfalls: das Horoskop ist falsch. Charlotte bezweckte ja nur eins: Tante Mina sollte der Familie misstrauen, sich vollständig Charlotte anvertrauen, deinem, meinem und Pauls Einfluss aus dem Wege gehen und vor der letzten Februarwoche das Testament machen. Nach dem 26. Februar war nichts mehr aus den Sternen zu erkennen. Mit andern Worten: Tante Mina musste sterben.«

»Das tat Charlotte?«

»Ja, sie rechnete mit Minas Leichtgläubigkeit. Sie machte die Astrologie zu einem Werkzeug in ihren skrupellosen Händen. Das haben andere auch schon getan. Aber Charlotte ging besonders raffiniert ans Werk. Und Mina ließ sich täuschen.«

»Aber Steven – dann wollte Charlotte ja Tante Mina töten.«

»Natürlich, das hatte sie vor, weiter nichts. Sie sagte ihr, das stünde in den Sternen. Und die ganzen Jahre hindurch hat Mina blind an das geglaubt, was in den Sternen stand. Oder vielmehr, was nach Charlottes Worten in den Sternen stand.

Wenn sie sterben musste, dann wollte sie auch sterben, und damit hatte Charlotte ihr Ziel erreicht. Aber es ereigneten sich noch viel seltsamere Dinge.«

»Das stimmt ganz mit dem überein, was der Arzt sagte«, entgegnete Katie langsam.

»Und was sagte er?«

Katie berichtete kurz.

»Ich fragte mich nur, was sich weiter ereignen wird. Charlotte ist tot; sie kann Tante Mina nicht länger unter ihren Willen zwingen. Diese ganze Horoskop-Geschichte war im Grund ja nichts anderes als das Bestreben Charlottes, Tante Mina vollständig zu beherrschen. Wird Tante Mina morgen noch leben oder … sterben …«

»Wahrscheinlich wird sie leben«, sagte Steven. »Das heißt, wenn sie dazu entschlossen bleibt. Wie geht es ihr übrigens, Katie?«

»Anscheinend viel besser.«

»Als wäre eine Last von ihr genommen?«

»Ja. Du sagtest, du hättest gewusst, dass Charlotte getötet würde.«

»Ja, das wusste ich, und das ist ja das Furchtbare. Ich versuchte, es zu verhindern, und glaubte auch, es sei mir gelungen.

Ich will dir alles genau erzählen, Katie. An dem Nachmittag, an dem Charlotte getötet wurde, war Paul bei mir im Atelier gewesen. Paul und einige andere Freunde. Er war kaum fortgegangen, als Tante Mina anrief. Sie bat mich, so schnell wie möglich nach draußen zu kommen. Sie ist immer so beherrscht. Ihre Stimme ist immer so gleichmäßig. Aber an dem Nachmittag klang sie aufgeregt, als hätte sie Angst. Ich verabschiedete meine Freunde und verließ meine Wohnung. Ich fuhr mit meinem Wagen sofort nach hier. Der Nebel war noch nicht so dicht. Ich konnte mir gar nicht vorstellen, was passiert sein sollte. Sie hatte mir noch gesagt, ich solle mit dem Wagen nicht vor dem Hause halten, sondern draußen auf der Straße, und sie im Sommerhaus treffen. Und das tat ich. Niemand sah mich. Sie wartete vor dem Sommerhaus, dessen Tür ich nicht öffnen konnte. Das alles war so seltsam, Katie. Furchtbar war es. Sie trug einen schwarzen Mantel, und ihre Augen brannten in ihrem bleichen Gesicht. Sie sagte, sie müsse sterben. Das stände in den Sternen. Aber vorher wollte sie Charlotte töten. Ich versuchte, sie zu beruhigen, aber vergeblich.

Es war dunkel und feucht, und ich fürchtete, sie könne sich erkälten. Deshalb wollte ich die Tür öffnen. Sie hatte den Schlüssel. Aber das Schloss hatte sich versetzt; ich nahm den Spatel, und es gelang mir, das Schloss zu öffnen. Aber hierbei brach der Spatel nicht ab, Katie. Tante Mina zerbrach ihn. Zerbrach ihn mit ihren Händen. Mir war dabei nicht geheuer zu Mute. Sie nahm den Spatel und sagte: ›Er ist nicht scharf genug.‹ Und dann zerbrach sie ihn. Ja, Katie, Tante Mina hat Charlotte ermordet.«

16

»Und deshalb verschwand ich«, fuhr Steven fort. »Ich wusste, wer Charlotte getötet hatte, und dass die Polizei allerlei Material gegen mich besaß, das zwar nicht genügte, mich an den Galgen zu bringen, aber doch gefährlich war. Wenn Mina wirklich stirbt, dann soll sie in Frieden sterben. Ich bleibe solange verborgen. Die Polizei weiß, dass mein Wagen an jenem Nachmittag auf der Straße stand.«

»Ja – und der Brief«, erinnerte ihn Katie wieder.

»Ja. Der Brief. Sag mal, Katie, erledigt Chris für Mina noch immer alles Geschäftliche?«

»Ich glaube, ja«, antwortete Katie. »Weißt du, dass Chris in Geldverlegenheit ist?«

In Stevens grauen Augen flackerte es.

»Chris in Geldverlegenheit! Wie kommst du denn auf den Gedanken?«

»Er ...« Katie zögerte. »Er hat mir Geld geliehen. Und vorgestern Abend versuchte er, von Paul Geld zu leihen.«

»Hat Paul es ihm gegeben?«

»Nein.«

»In einer Zeitung habe ich gelesen, dass die Polizei sogar einen Zeugen aufgetrieben hat, der sah, wie ich aus dem Wagen stieg und in den Park ging.«

»Das wusste ich gar nicht.«

»Musst die Zeitungen lesen. Ich wollte verschwinden und so den Eindruck erwecken, als wäre ich schuldig. Inzwischen konnte Tante Mina in Frieden sterben. Als ich mit ihr sprach, wusste ich noch nicht, woher ihre fixe Idee, sie müsse sterben, stammte. Ich hätte es gar nicht für möglich gehalten, dass man jemandem eine Idee so einimpfen kann, dass sie sich sogar im körperlichen Befinden auswirkt. Tante Mina wurde immer schwächer, und jeder glaubte, sie sei dem Tod nahe.

Und Tante Mina glaubte es selbst. Und ... sie stirbt auch. Ich hätte das nie geglaubt, wenn ich es nicht mit eigenen Augen gesehen hätte.«

»So ungewöhnlich ist das nicht«, antwortete Katie, »die Psychologie kennt eine ganze Reihe derartiger Fälle. Aber warten wir ab. Morgen ist der 26. Februar. Was sagte denn Tante Mina?«

»Sie sprach allerlei und doch nichts. Was sie sagte, kam mir so sinnlos vor, als hätte sie den Verstand verloren. Sie war ja schon lange krank und lebte mit Charlotte ein so seltsames Leben, das, wenn ich richtig sehe, ein Leben von Charlottes Gnaden war. Sie wollte ...« Steven schwieg einen Augenblick, und fuhr dann gequält fort: »Es ist so furchtbar und so hässlich. Ich sollte ihr helfen. Sie fürchtete, es allein nicht vollbringen zu können. Sie sagte, Charlotte sei so ... zäh.«

Katie schauderte zusammen. Steven bemühte sich, seiner Erregung Herr zu werden. »Ja, ich ...«

»Es ist unsere Schuld. Wir hätten das alles erkennen müssen.«

»Das hätte Charlotte schon zu verhindern gewusst. Keiner von uns ahnte das Geringste. Ich wusste, dass sie zwischen uns und Tante Mina stand, wusste aber nicht, dass sie Tante Mina so sehr in der Hand hatte. Ich glaubte immer, es sei nur Eifersucht. Glaubte, dass sie Tante Minas Zuneigung für sich allein wollte. Natürlich wusste ich, dass sie erwartete, Tante Mina würde sie in ihrem Testament bedenken. Kurzum, ich versuchte, von Tante Mina zu erfahren, weshalb sie meine, Charlotte wolle sie töten. Aber Tante Mina war so seltsam. Sie sagte immer nur, Charlotte töte sie langsam, und sie könne ihr nicht entrinnen. Sie schien ganz verzweifelt.«

»Hast du denn nicht versucht, sie zu beruhigen?«

»Natürlich. Ich sagte ihr, wir wollten andere Ärzte zu Rate ziehen. Sie antwortete, das sei umsonst. Charlotte töte sie. Und sie wolle jetzt Charlotte töten. Sie glaubte, dass Charlottes Tod sie irgendwie befreie. Warum, das weiß ich nicht. Ich habe lange Zeit mit ihr gesprochen und glaubte schließlich, es sei mir gelungen, sie zu überzeugen. Als sie von mir ging, hielt ich alle Gefahr für beseitigt. Nur in dem Augenblick, als sie den Spatel zerbrach, kam sie mir gefährlich vor. Ich brachte sie bis ans Haus. Sie war ganz ruhig und vernünftig. Ich wollte dann den Arzt holen.«

»Um wie viel Uhr war das?«

Ja, um wie viel Uhr war das eigentlich?

»Das weiß ich nicht, jedenfalls kurz bevor du mit dem Wagen kamst. An der Tür wandte sie sich noch einmal um und gab mir das Horoskop. Ich wusste nicht, was es war. Sie sagte nur: ›Lies das mal durch.‹ Ich versprach es ihr und bat sie dann, ins Haus zu gehen, sich hinzulegen und auszuruhen. Ich wäre am liebsten mit ihr gegangen; schade, dass ich es nicht tat. Aber ich wollte vor allem mit dem Arzt reden. Ja, das wollte ich vor allem; ich war auch ein wenig aufgeregt.«

»Und was tatest du dann?«

»Ich verließ sie an der Hintertür. Sie wollte über die Hintertreppe ins Haus, damit niemand sie sähe.

Ich ging dann rasch zu meinem Wagen, wo ich Licht machte und das Horoskop las. Mir fiel gleich auf, wie sehr es Charlottes Absichten entsprechend abgefasst war. Mir wurde auf einmal klar, wie raffiniert Charlotte die ganzen Jahre über vorgegangen war. Wie lange ich so im Wagen saß, das weiß ich nicht mehr. Dann fuhr ich zu dem Laden an der Ecke, von wo aus ich den Arzt telefonisch zu erreichen versuchte. Schließlich fuhr ich wieder nach hier; ich ließ den Wagen vor dem Tor stehen, weil ich zu Fuß gehen wollte. Dann sah ich den Polizeiwagen und den Krankenwagen und wusste – oder befürchtete zu wissen – was sich ereignet hatte.«

»Glaubst du, dass Tante Mina Charlotte das Mittel eingab …, um es sich leichter zu machen …«

»Das weiß ich nicht, aber möglich ist das durchaus.«

»Wer telefonierte aber mit Charlotte? War es Tante Mina? Und wie brachte sie es fertig, Charlotte zu veranlassen, nach draußen zu gehen?«

»Ganz einfach«, sagte Steven. »Tante Mina hat ihr eigenes Telefon, das nicht an die Hauptleitung im Hause angeschlossen ist. Vielleicht wurde aber auch das Küchentelefon benutzt.«

»Daran habe ich noch gar nicht gedacht«, sagte Katie. »Nach Jenks' Aussage glaubt man, dass ich telefonierte. Paul könnte übrigens auch telefoniert haben, er kaufte um die Zeit, als Jenks das Gespräch hörte, Zigaretten. Du siehst, wir wissen nichts Genaueres. Auch Chris ist nicht zu vergessen; aber das ist ja absurd. Als du mit mir telefoniertest ...«

»Ja«, nickte Steven nachdenklich, »was war da –?«

»Da war jemand im Esszimmer, beobachtete mich und lauschte. Wer es war, weiß ich nicht. Es war dunkel. Ich konnte nichts sehen. Ich hörte nur ein leichtes Klirren ... und die Katze..:«

Die kalte, feuchte Luft drang Katie bis ins Mark der Knochen. »Du musst fort von hier, du kannst dich erkälten ... Und wer war im Esszimmer, Katie?«

»Ich weiß es nicht. Als du anklingeltest, machte ich Licht, ich sah niemanden. Aber es war jemand da gewesen. Und, Steven ...«

»Ja.«

»Es ist das Haus«, antwortete Katie wie abwesend. »Aber weshalb hat Tante Mina den kleinen Uhrmacher getötet?«

»Deshalb bin ich hierher gekommen«, antwortete Steven: »Wer ist er und in welcher Beziehung steht er zu Tante Mina?«

»Er fragte nach dir«, antwortete Katie.

»Nach mir? Aber ich habe den Mann noch nie gesehen. Wenigstens nicht mit Bewusstsein. Fragte er wirklich nach mir? Nannte er meinen Namen?«

»Ja. Und er hatte die Zeitung mit Charlottes Bild.«

Katie erzählte kurz, was sie mit dem Uhrmacher erlebte. Es wurde immer dunkler, und ihre Einsamkeit in Nebel und Dunkelheit immer fühlbarer.

»Und dann«, fuhr Katie fort, »sagte Sergeant Caldwell zu mir, ich wäre so gut wie verhaftet.«

»Nein, verhaften soll man dich nicht«, sagte Steven. »Nicht, nachdem ich gesagt habe, was ich weiß. Dass es so schlimm um dich steht, davon hatte ich keine Ahnung. Nein, Katie, verhaften soll man dich nicht. Eins verstehe ich noch nicht ... Tante Mina hat den Uhrmacher bestimmt nicht erschossen. Das wäre ganz sinnlos. Was wollte Charlotte in seinem Laden?« Er ergriff Katies Hände. »Du darfst nicht länger hier draußen in der Kälte bleiben. Komm mit mir. Ich habe ein Motorboot draußen.«

»Vergangene Nacht hörte ich ein Motorboot ...«

Steven lachte. »Das war ich – beinahe hätte ich mich im Nebel verirrt. Trotz der Gefahr wollte ich in der Nähe des Hauses sein. Komm mit.«

»Nein, Steven, ich muss wieder nach Hause. Wenn auch ich noch verschwinde, ist das so gut wie ein Geständnis. Und außerdem kann ich Tante Mina morgen nicht allein lassen.«

»Gut«, sagte Steven, »dann gehe ich mit dir. Ich bleibe, diese Nacht im Hause.«

»Nein.«

»Glaubst du denn, ich ließe dich dort allein? Komm. Wir gehen durch die Schlucht an den Strand, dann den Strand entlang, und du schlüpfst ins Haus. Nimm meine Hand Und nun ganz vorsichtig und leise.«

Es war ein seltsamer Gang durch den Nebel und die undurchsichtige Dunkelheit.

Stevens Hand war das einzig Sichere und Beständige. Bald hatte Steven die Treppe gefunden, und vorsichtig gingen sie hinauf, damit die Polizisten sie nicht hörten. Als sie die oberen Stufen erreicht hatten, sahen sie hinter den Fenstern der Diele Lichtschimmern.

Steven blieb stehen und schloss sie in die Arme.

»Ich bin heute Nacht im Hause«, flüsterte er. »Wenn irgendetwas dich ängstigt, dann schreie. Ich bin sofort da.«

Als sie die Haustür öffnete, legte sich eine Hand schwer auf ihren Arm.

»Halt, wer ...«

Sie wandte sich um, sodass das Licht auf ihr Gesicht fiel.

Der Polizist war außer Fassung.

»Was tun Sie hier draußen?«, fuhr er sie an.

»Ich bin ein wenig spazieren gegangen«, sagte Katie freundlich. »Gute Nacht.«

Sie schloss die Tür.

Sofort fiel das tiefe Schweigen des Hauses über sie her. Die Diele mit den dunklen Korbsesseln und den Farnen war leer. Im Spiegel über dem Tisch sah man das erhellte, aber leere Esszimmer. Katie streifte die Kapuze vom Kopf und hängte das Cape über den Arm.

Dann trat sie vor den Spiegel. Ihr Haar war wirr, und kleine Silberperlen hingen in ihm. Zufrieden betrachtete sie ihr Gesicht und dachte, dass es eine Frau, die den Geliebten gesehen hat, immer vor den Spiegel treibt.

Und plötzlich begegneten ihre Augen denen eines anderen: kleinen, bösen Augen. Sie wandte sich um.

Clarence stand in der Tür des Esszimmers.

Der böse Blick war aus seinen Augen verschwunden. Er kam mit unsicheren Schritten auf sie zu. Sein Gesicht war rot, und ein scharfer Geruch umgab ihn.

Er war schon zum Essen angezogen. Er lächelte.

»Ja, Katie«, sagte er. »Heute ist etwas Besonderes los. Mina kommt zum Essen nach unten.«

»Mina?«, wiederholte Katie erstaunt. Mina – und morgen war der 26. Der Tag, an dem sie sterben musste. War es eine

Herausforderung? Warf sie dem Schicksal den Fehdehandschuh hin?

»Ja, Fanny zieht sich an.«

Seine kleine Hand strich über das Kinn.

Dann sagte er plötzlich gereizt: »Diese Apparate sind zu blöde. Paul hat mir zwei Klingen gegeben, und sauber rasiert bin ich immer noch nicht. Mein Kinn ist das reinste Reibeisen. Katie …« Er schwieg. Dann fuhr er leise fort, als hätten die beiden ein Geheimnis, und wieder leuchtete es seltsam böse in seinen Augen. »Katie, wo mag nur mein Rasiermesser sein?«

»Ich weiß es nicht«, antwortete Katie.

Sie sah Minas weiße Hände vor sich. Minas Hände, die die Stahlklinge des Spatels zerbrachen. Und sie hörte, wie Mina sagte: Es ist nicht scharf genug.

»Du hast es sicher verlegt.«

»Nein«, antwortete Clarence langsam. »Ich wollte, ich wäre nie hierher gekommen. Fanny hat mich dazu überredet. Ich muss ja immer alles tun, was sie will. Hat sie erst Minas Geld, dann hat sie mich für den Rest meines Lebens ganz in der Hand. Dann bin ich ihr Sklave – ein Vogel in einem vergoldeten Käfig.« Er schwieg nachdenklich. Friquet sprang dicht vor ihm her und sauste die Treppe hinauf. »Du lieber Gott, was war denn das?«, fragte er erschrocken.

»Die Katze.«

Clarence tupfte sich die Stirn mit dem Taschentuch. »Mit dieser Katze ist auch was nicht in Ordnung. Immer starrt sie mich an. Dann wieder starrt sie ins Leere. Das hat natürlich was zu bedeuten. Das macht mich ganz nervös. Ich hätte dem Vieh schon längst den Hals umgedreht, wenn ich nur wüsste, dass dann alles zu Ende wäre. Aber die starrt mich auch nach ihrem Tode noch an. Übrigens sieht Mina gar nicht so aus, als wäre sie dem Tode nahe. Was hast – du, Katie?« Er sah sie forschend an. »Wo bist du gewesen? Du siehst aus ... Du bist verliebt und hast ihn gesehen. Ist es Paul?«

»Was ist mit Paul?« Sie blickten beide nach oben; Clarence hielt sich an der Lehne des Sessels fest. Paul kam die Treppe herab. Auch er war zum Essen angezogen. »Was ist mit Paul?«, wiederholte er.

Er hatte die unterste Stufe erreicht und kam auf sie zu.

»Nichts«, antwortete Clarence. »Ich fragte Katie, ob sie in dich verliebt sei.«

»Das würde mich freuen«, sagte Paul und lächelte Katie an. »Wie wär's damit? Man kann sich schon in dich verlieben, besonders wenn du so aussiehst – du bist wirklich schön.«

»Lieber nicht«, antwortete Katie. »Ich bin nicht sehr bequem.« Paul folgte ihr bis an die Treppe und lehnte sich gegen den Treppenpfosten.

»Katie«, sagte er, während sie zu Boden blickte, »wieso nicht bequem?«

Sie antwortete nicht sofort. Dann sagte sie ganz ruhig: »Ich stelle gern allerlei Fragen.«

Pauls dunkle Augen verhängten sich. Aber er lächelte immer noch.

»Fragen?«

»Ja. Paul ... hast du von dem Laden aus, in dem du Zigaretten kauftest, mit Charlotte telefoniert?«

Paul lachte auf. Seltsam, dachte Katie, dass sein Lachen das dunkle Schweigen im Hause nicht vertreibt.

»Das also hast du gegen mich«, sagte er. »Was hätte ich denn mit Charlotte telefonieren sollen? Lies lieber die Abendzeitung.«

»Die Abendzeitung?«, wiederholte Katie langsam.

»Tu's nicht, Katie«, rief Clarence. »Die Polizei will Steven nur aus seinem Versteck locken. Wenn er sich überhaupt versteckt hält. Nach meiner Meinung ist auch er ermordet worden.«

»Gib mir die Zeitung, Paul.«

»Verzeihung, Katie, ich hätte das nicht sagen sollen, Tante Mina liest sie augenblicklich. Es ist schon so, wie Clarence sagt. Die Polizei hängt dir die Sache an, um Steven aus seinem Versteck zu locken. Crafft scheint anzunehmen, dass Steven dich liebt. Und Steven wird dich sicher nicht im Stich lassen, wenn er dich retten kann.«

»Ach …«

»Zieh dich an, Katie«, sagte Clarence. »Die Situation hat sich gar nicht geändert, und einen Beweis hat die Polizei nicht. Nur die Rechnungen bei der Schneiderin und die 3500 die du Charlottes wegen Chris schuldest. Irgendwie hat die Polizei das herausbekommen. Vielleicht hat sie es bei Chris feststellen können. Dass Charlotte ihren Auftrag ableugnete, war gemein. Sie war schon eine ganz unangenehme Person. So, nun ziehe dich an.«

Katie ging. Schließlich hatte sie ja damit gerechnet. Aber das bewies ja nur, dass sie Geld nötig hatte und nicht, dass sie Charlotte ermordet hatte. Das hatte Mina getan.

Das Essen war, wie Clarence schon angedeutet hatte, eine ganz große Angelegenheit. Mina brachte es fertig; dem Mahl ein düster festliches Gepräge zu verleihen. Clarence sah sich dann und wann um, die andern waren verwirrt, jeder fühlte instinktiv, dass etwas Furchtbares den Raum füllte. Etwas Unfassbares, das überall war, in dem, was sie aßen, in der Luft, die sie atmeten, und in der Art und Weise, wie ihre Blicke sich begegneten.

Diese seltsame Stimmung wurde zum Teil durch ein altes, mit Gold besticktes, elfenbeinfarbenes Satinkleid hervorgerufen, das Mina aus der Tiefe eines Schrankes hervorgeholt hatte. Es war leicht zerknittert und roch nach Rosenöl und Mottenpulver. Katie erinnerte sich nicht, Mina je anders als in Schwarz gesehen zu haben. Fanny verschlug es den Atem, als sie das elfenbeinfarbene Kleid sah, sie öffnete den Mund

und schloss ihn wieder, Clarence starrte Mina an, und Chris machte Mina ein Kompliment.

»Siehst heute Abend gut aus, Mina«, sagte er.

»Danke«, antwortete Mina ruhig. Sie saß steif, dick und blass in dem hochlehnigen Sessel am Kopfende des Tisches. Trotz der welken Eleganz des elfenbeinfarbenen Kleides sah sie verbraucht und müde aus, als hätte sie viele Jahre lang schwer arbeiten müssen. Ihr schwarzes Haar war wie immer hoch gesteckt, und in ihren Augen brannte auch heute das geheimnisvolle Feuer. Aber auf den weißen Wangen züngelte es wie rote Flammen. Sie aß nichts.

Sie wollte, dass sie sprachen, obwohl sie nur da saß und sie mit fiebrigen Augen anstarrte. Sie wirft dem Schicksal den Fehdehandschuh hin, dachte Katie und versuchte, eine Unterhaltung in Gang zu bringen. Sie sprach so lustig, dass Chris sie ein- oder zweimal ängstlich ansah.

Paul, der neben ihr saß, lächelte ihr zu und ergriff unter dem Tisch ihre Hand und drückte sie, bevor sie sie ihm entziehen konnte. Aber niemand wusste, an was Mina dachte.

Und wo war Steven?

War er in das Haus gekommen? Wo war er? Hörte er ihre Stimme?

Der große Tisch funkelte in Silber und Kristall, die Kerzen flackerten, und die dunklen Schatten kamen aus den Ecken hervor und verschwanden wieder in ihnen.

Mitten auf dem Tisch stand ein großer Busch roter Rosen, blutrot auf weiß.

Schweigend servierte Jenks. Mina saß steif da in ihrem Satin. Fanny in grünem Chiffonkleid und Chris im Smoking; er wirkte massiger als sonst, seine Hemdenbrust bauschte sich, und sein Gesicht war so müde. Clarence war elegant und nervös. Paul sprach lächelnd zu Mina. Katies weiße Schultern und Arme leuchteten aus der Spitze ihres Kleides hervor, die so zart war wie die Blätter einer reine d'or.

Mina gab Jenks einige Befehle. Dann blickte sie mit ihren heißen Augen über den Tisch. Sie wollte sprechen. Katie rang die Hände in dem Spitzenschoß. Mina sagte:

»Ich möchte euch alle um etwas bitten. Ich bin eine altmodische Frau. Ich möchte euch alle bitten, etwas für mich zu tun. Aus Gründen ... aus Gründen, auf die ich weiter nicht eingehen will, möchte ich euch alle bitten, auf meine Gesundheit ... und auf morgen, den 26. Februar, zu trinken.«

Nach diesen Worten herrschte tiefes Schweigen. Es war der fantastische Höhepunkt eines fantastischen Abends. Der Duft des Weins schwebte stark und warm durch den Raum. Katie stand auf.

»Auf Tante Mina – gute Gesundheit und langes Leben«, sagte sie deutlich und fest. »Und alles Gute für den 26. Februar.«

Alle erhoben sich etwas verwirrt von ihren Sitzen und tranken den seltsamen Toast.

»Danke«, sagte Tante Mina. »Komm bitte mit mir, Katie!«

Katie gehorchte und bot ihr den Arm. Aber heute Abend brauchte Mina keine Stütze. Als sie ihr Zimmer erreichte, zog sie Katie mit hinein und schloss die Tür.

Friquet sprang von einem Stuhl, lief nach der Tür, legte sich hier nieder und starrte Mina an.

»Ich habe von den Wertpapieren gehört, Katie, die du in Charlottes Auftrag verkauft hast«, sagte sie ganz ruhig. »Mr Crafft war heute Nachmittag bei mir und ich ... die Sache hat mich doch ziemlich aufgeregt.«

Ihre Stimme klang ganz ruhig.

»Es sieht so aus, als habe Chris einen großen Teil meines Geldes verbraucht ...«

»Chris?«

»Ja, es ging ihm finanziell sehr schlecht. Er glaubte wohl, das Geld zurückgeben zu können. Er weiß noch nicht, dass ich über alles orientiert bin.«

»Wusste Charlotte davon?« Der Brief an Steven. War er für Chris bestimmt?

Mina sah sie an.

»Ich weiß es nicht«, sagte sie. »Er hat es ihr sicher nicht erzählt. Aber, Katie, vielleicht bleibt, wenn alles geklärt ist, nicht viel übrig. Und ich will dir jetzt einen Scheck ausstellen. – Pst – kein Wort.«

Das Zimmer war kahl und heiß und hell.

Mina setzte sich an den Schreibtisch und nahm ein Scheckbuch aus der Schublade.

Katie bewegte sich nicht.

Sie hatte ein ganz seltsames Gefühl – der Wein war alt und feurig. Er wirkte betäubend. Nein, das war es nicht …

Plötzlich erlosch das Licht.

Nur noch heiße Dunkelheit, und irgendwo im Zimmer Mina. Von irgendwoher kam es wie eiskalte Luft, und dann ereignete sich das Unglaubliche.

In der Dunkelheit ging etwas an ihr vorbei. Eine Hand streifte die ihre.

Die Katze schrie erschreckt auf.

Und Mina schrie mit erstickter Stimme:

»Charlotte! Charlotte!«

17

Aus der verwirrenden Dunkelheit drangen Laute. Die heiße Finsternis barst vor Erregung.

Entsetzen lähmte Katie. Dunkle Schwingen schlugen durch die Luft. Dunkle, schwarze Schwingen. Sie riss sich gewaltsam in die Wirklichkeit zurück. Sie musste etwas tun – musste aufhalten, was durch das Zimmer ging.

Sie suchte nach der Tür. Wo war der Lichtschalter? Wo war die Tür? Ihre Hände bebten. Was hatte Steven gesagt?

Jemand schrie. Jemand hatte die lähmende Schranke durchstoßen und schrie … schrie.

Katie schrie. Sie stand da in ihrem Spitzenkleid in der heißen.. Finsternis und schrie – schrie.

Und dann war die Finsternis auf einmal sehr still. Nichts mehr. Katie atmete tief.

Und in der Stille hörte sie ganz deutlich, wie jenseits des Zimmers eine Tür geschlossen wurde.

Und dann waren auf einmal Menschen im Flur. Fanny schrie, und ihr dünner Schrei kam immer näher. Chris schrie.

Paul schrie nach Licht.

Sie drängten sich in der Tür. Jemand hatte eine Taschenlampe. Ein Lichtkreis auf dem dunklen Teppich.

Weiße, gespensterhafte und erschreckte Gesichter. Dann eilte Steven an Paul und dem Licht vorbei und schloss Katie fest in die Arme:

Seine Stimme bebte. Immer wieder sagte er: »Katie! Katie …. Katie.« Besorgt strich er ihr über Arme und Gesicht, als wollte er sich vergewissern, dass sie nicht verletzt war.

»Mina …« stieß Katie hervor. In der Verwirrung hörte sie niemand.

»Mina … hinten im Zimmer.«

Mina saß steif in ihrem Sessel und starrte auf den Boden. Neben ihr saß Friquet mit angelegten Ohren; ihre Augen starrten auf etwas, das zu Minas Füßen lag.

»Melissa …« schrie Fanny.

»Melissa – sie ist tot! Sie wurde ermordet!« Ihre dünne Stimme wiederholte immer wieder:

»Ermordet! Sie wurde ermordet! …«

»Hör auf, Fanny. Mach doch jemand Licht. Es muss sofort der Arzt angerufen werden …«

Chris erschien in dem Lichtkreis.

Minas weißes Gesicht starrte ihn an. Dann schob sie den Sessel zurück.

Clarence beugte sich vor.

»Da ist ja mein Rasiermesser«, sagte er mit schriller Stimme.

Katie legte ihr Gesicht gegen Stevens Schulter, ließ sich überströmen von dem warmen Gefühl der Sicherheit. Irgendwo in der Ferne war plötzlich Licht, und eine Stimme sagte ganz deutlich.

»Aber sie ist noch nicht tot. Wenn der Arzt früh genug kommt ...«

»Was ist denn hier los?«, sagte eine Stimme von der Tür her. »Was – du lieber Gott!«

»Sie ist noch nicht tot«, sagte Chris schnell. »Wenn Sie den Arzt ...«

Ein Pfiff aus der Polizeipfeife schrillte durch das Haus. Katie erkannte, dass mit dem schrillen Pfiff auf einmal alles anders wurde. Aber wie, darüber wurde sie sich nie klar, wenn sie sich auch deutlich der seltsamen Farbe von Dr. Mannsens Gesicht erinnerte, als er an ihnen vorbei in Minas Zimmer eilte. Sie standen alle auf dem Flur am oberen Ende der Treppe. Sie erinnerte sich, dass an der Uniform eines Polizisten ein Knopf fehlte, dass die eine der braunen Hände Melissas schlaff herabhing, als man sie an ihnen vorbei aus dem Zimmer trug. Sie erinnerte sich, dass ihr der Hals wehtat, als Dr. Mannsen zu Chris' Erklärungen nickte. Melissa – arme, stille Melissa.

»Vielleicht ist sie noch zu retten«, sagte Dr. Mannsen, als er aufgeregt an ihnen vorbeieilte.

Aber natürlich – Dr. Mannsen wusste – die Polizei wusste – jeder wusste – als wäre plötzlich einer von ihnen von einer furchtbaren, gefährlichen Krankheit befallen worden. Aber wer?

Paul sah Steven an. »Da bist du ja wieder«, sagte er. Sonst schien niemand von Stevens Rückkehr Notiz zu nehmen.

»Gehen Sie bitte alle nach unten«, sagte einer der Polizisten. »Der Sergeant und Mr Crafft kommen sofort.«

Kurz darauf erschien Crafft. Er begann sofort das Verhör. Die Diele war kalt und zugig, aber die Bibliothek war warm. Es war gegen 10 Uhr.

»Stimmen haben Sie also nicht gehört?«, fragte er wieder.

»Nein – nein«, antwortete Katie müde, »nur Laute.«

»Einen Kampf?«

»Vielleicht – ja, das ist schon möglich.«

Crafft sah Mina an. Sie saß unbeweglich in einem der großen Sessel. Ihre Augen brannten wie im Fieber. Craffts Topasaugen glitten über das Satinkleid, starrten auf einen kleinen Blutfleck am Saum und sahen Mina wieder an.

»Und was haben Sie gehört, Mrs Petrie?«

»Nichts Besonderes«, antwortete Mina. »Ich saß ganz still. Dann schrie Katie, und ich hörte, dass hinter mir eine Tür geschlossen wurde. Vermutlich die Tür, die auf den Flur und dann in …« Sie schien zu ersticken. Mit beiden Händen griff sie nach dem Hals. Ihr Kinn sank herab in die elfenbeinfarbenen Satinfalten des hohen Busens. Dann beendete sie den Satz … »in Charlottes Zimmer führt.«

Crafft wirbelte herum.

»Haben auch Sie, Miss Warren, gehört, dass eine Tür geschlossen wurde?«

»Ja. Ganz deutlich.«

»Glauben Sie, dass jemand durch diese Tür das Zimmer verließ?«

»Ja. Oder vielmehr, dass er durch die Tür zum Flur das Zimmer betrat. Ich stand zwischen der Tür und Tante Mina. Nachdem das Licht erloschen war, fühlte ich deutlich einen Luftzug, und dann …« Katies Stimme bebte. Steven, der hinter ihrem Stuhl stand, legte ihr die Hand auf die Schulter. Die Augen des Detektivs sahen Steven und dann Katie an. »Und dann ging jemand an mir vorbei. Ich fühlte, wie etwas mich berührte.«

Ein kalter, böser Hauch strich durch das Zimmer.

»Sie berührte?«. fragte Crafft. »Was berührte Sie?«

»Das weiß ich nicht«, sagte Katie langsam. »Aber ich glaube, es war eine Hand. Und dann ging es an mir vorbei.«

»Ich hätte doch geglaubt, Ihr Polizeiaufgebot hätte hier besser für Schutz gesorgt«, sagte Steven heiser. »Sie zwingen die Dame, hier zu bleiben, und dann muss ihr das passieren, und Sie ...«

»Ihr ist ja nichts passiert«, sagte Crafft. »Passiert ist nur Melissa etwas. Aber lassen wir das vorläufig mal. Erzählen Sie uns lieber, woher Sie kommen.«

»Ich traf Katie heute Nachmittag; sie erzählte mir die weitere Entwicklung der Dinge, und da kam ich zurück. Das war ja wohl auch sehr nötig.«

»Hm, das muss sich erst noch herausstellen«, murmelte der Detektiv. »Leider muss ich Sie verhaften.«

»Darauf war ich gefasst«, sagte Steven: »Und weshalb?«

»Mordverdacht«, antwortete Crafft. »Wo waren Sie, als Miss Warrens Schreie das ganze Haus alarmierten?«

»In meinem Zimmer, wo man mich, wie ich annahm, wohl am allerwenigsten suchen würde.«

»Und was taten Sie dann?«

»Ich verließ es, als ich die Schreie hörte. Es brannte kein Licht, jemand hatte eine Taschenlampe, und alle standen in der Tür zu Tante Minas Zimmer. Ich drängte mich an ihnen vorbei und betrat das Zimmer.«

»O'Brien hat festgestellt, dass die Hauptsicherung ausgeschraubt wurde. Er hat sie hinter der Täfelung auf dem Treppenflur gefunden. Melissa muss gerade an der Tür zu Mrs Petries Zimmer gewesen sein. Ihr Mörder wusste, wo sie war, und was sie tun wollte. Vermutlich wollte sie Mrs Petrie eine Nachricht überbringen. Der Mörder schraubte die Sicherung aus, lief die Treppe hinauf, erreichte sein Opfer wahrscheinlich gerade an der Tür und folgte ihr in Mrs Petries Zimmer.« Crafft sprach in kurzen, harten Sätzen.

»Melissa versuchte, sich zu verteidigen. Wenn Sie von Ihrem Zimmer aus Mrs Petries Zimmer erreichen wollen, müssen Sie doch an dem Zimmer vorbei, das früher Miss Weimann bewohnte?«

»Ja.«

»Und das Zimmer ist durch einen Flur von Mrs Petries Zimmer getrennt?«

»Ja.«

»Und Sie, Miss Warren, hörten, wie die Tür nach dem kleinen Flur zwischen Miss Weimanns und Mrs Petries Zimmer geschlossen wurde?«

»Ja«, sagte Katie. »Aber es ist auch ganz gut möglich, dass jemand durch Charlottes Zimmer entkam und sich zu den andern gesellte, ohne dass jemand es merkte. Der Flur war vollkommen dunkel.«

»Gewiss«, antwortete Crafft. »Vermutlich hat aber wieder niemand von Ihnen ein ausreichendes Alibi.«

Es war ungewiss, ob er es spöttisch meinte.

Und wie sich im weiteren Verlauf des Verhörs herausstellte, hatte er mit seiner Vermutung vollkommen Recht. Clarence war im Esszimmer gewesen, als das Licht erlosch. Er hatte Schreie gehört und war daraufhin ohne Zögern nach oben gelaufen.

»Und Sie fanden den Weg durch die Dunkelheit?«, unterbrach ihn Crafft.

»Ja«, antwortete Clarence; seine Augen wurden klein und böse. Chris hatte in der Bibliothek gesessen und die Zeitung gelesen, als das Licht erlosch. Er hatte angenommen, eine Sicherung sei durchgebrannt. Er war aufgestanden, um Jenks Bescheid zu sagen. Als er in die Diele kam, sah er, dass das ganze Haus dunkel war. Er dachte sofort an Mina und lief nach oben.

»Ich stand oben an der Treppe«, sagte Chris, »als ich die Schreie hörte. Ich wandte mich nach Minas Zimmer, und dann kam Fanny. Ich erkannte sie am Klirren ihrer Armbänder, und dann schrie auch sie. Von irgendwoher kam dann Paul, er hatte eine Taschenlampe.«

»Von woher?«, fragte Crafft.

»Das weiß ich nicht«, antwortete Chris. »Er war jedenfalls da.«

»Nun, Mr Duchane?«

»Ich war in meinem Zimmer«, sagte Paul. »Ich suchte, wenn Sie das interessiert, einen Kragenknopf, den ich vor dem Essen verloren hatte. Das Licht erlosch – wie Sie schon ein- oder zweimal gehört haben; ich wartete, in der Annahme, dass es bald wiederkommen würde. Dann hörte ich eine Frau schreien. Ich suchte meine Taschenlampe, fand sie, verließ mein Zimmer und traf dann Chris, Fanny und Clarence.«

»Sie mussten doch an der Tür von Miss Weimanns Zimmer vorbei?«

»Ja.«

»Wann machten Sie die Taschenlampe an? In Ihrem Zimmer?«

»Natürlich.«

»Aber Sie und Mr Petrie gingen doch beide durch den Flur und sahen sich erst, als Sie Mrs Petries Zimmer erreichten?«

»Mein Zimmer liegt jenseits von Pauls Zimmer«, sagte Steven.

Crafft überlegte, dann wandte er sich wieder an Paul.

»Falls jemand aus Miss Weimanns Zimmer in den Flur gekommen wäre, hätten Sie ihn doch sehen müssen?«

»Vermutlich ja; ich weiß es nicht. Alles spielte sich so schnell ab. Ich glaubte, etwas Furchtbares habe sich ereignet.«

»Ja, etwas Furchtbares hat sich ereignet«, sagte Crafft plötzlich sehr ernst. Und wieder strich es kalt durch das Zimmer. Melissa, arme, stille Melissa. Fanny sagte unerwartet:

»Aber ich habe Melissa doch gesehen.«

Die funkelnden Augen des Detektivs verhängten sich einen Augenblick.

»Wann, Mrs Siskinson?«

»Als ich nach oben ging. Gleich nach dem Essen. Es war kalt, und ich wollte mir meinen Schal holen. Ich ging also nach oben. Und als ich den Treppenkopf erreichte, da ...« Fanny zögerte, Röte kroch ihr über das Gesicht. Dann fuhr sie fort: »Ich wollte in Minas Zimmer. Ich wusste, dass Katie bei ihr war und dachte ...« Wieder zögerte sie einige Augenblicke. »ich machte mir Minas wegen Sorgen. Sie sah bei Tisch nicht besonders aus. So ganz anders als sonst. Vielleicht brauchte sie jemanden.«

»Aber Miss Warren war doch bei ihr.«

»Ja – ja, das wusste ich.«

Lauschen wolltest du, dachte Katie; wolltest wissen, warum Tante Mina mich gebeten hatte, sie in ihr Zimmer zu begleiten. Wolltest wissen, ob sie mir etwas schenkte.

»Ich machte mir, wie gesagt, Sorgen«, wiederholte Fanny.

»So, so, Sie machten sich also Sorgen. Und dann weiter?«, fragte Crafft.

»Ich wollte nur sagen, dass ich dann Melissa sah. Gerade als ich zu Minas Zimmer ging. Ich blieb einen Augenblick stehen, denn ich wusste, dass jemand in meiner Nähe war. Genau so ein Gefühl, als wenn jemand einen ansieht. Ich drehte mich um, es war Melissa. Und Sie – Sie können sagen, was Sie wollen, aber Melissa wusste, dass sie ermordet werden sollte.«

»Fanny«, sagte Mina, die diese Worte aus ihrem Schweigen aufrüttelten.

»Ja, Mina, genau so sah sie aus. Und, ich hätte ... Ja, wen?«, sagte Fanny hilflos. »Ich hätte die Polizei rufen sollen.«

»Was taten Sie dann, Mrs Siskinson? Weshalb glauben Sie, dass Melissa – erschrocken war?«

»Das sah man ihr deutlich an. Sie war blaurot im Gesicht«, sagte Fanny, »Selbst ihr Mund war blau. Sie starrte mich an. Ich war überrascht, verwirrt. Sie war so still, und ich war gar nicht auf ihre Anwesenheit vorbereitet. Ich hatte einen Augenblick lang das Gefühl, dass sie … mich ausspionierte. Mich beobachtete.«

»Aber weshalb hätte Melissa Sie denn wohl beobachten sollen?«, fragte Crafft.

»Das weiß ich natürlich nicht«, entgegnete Fanny bissig. »Aber in diesem Hause gehen so furchtbare, unbegreifliche Dinge vor sich … Wollen Sie nun wissen, was Melissa weiter tat?«

»Gewiss, fahren Sie fort.«

»Ich fragte sie, was sie hier täte. Vielleicht habe ich ein wenig barsch gesprochen, da ich ziemlich aufgeregt war. Sie sagte, sie wäre nach oben gekommen, um die Betten aufzulegen. Ich sagte ihr, sie solle das tun und mich nicht länger angaffen. Und dann ging ich in mein Zimmer. Da streckte Melissa die Hand aus und fasste mein Handgelenk. Ja, das tat sie. Ihre Hand zitterte, und ich war so überrascht, dass ich kein Wort sagen konnte. Und«, Fannys Stimme klang plötzlich heiser und schneidend, »Schweißtropfen standen ihr auf der Stirn. Sie fragte mich, ob jemand oben wäre. Ob ich jemanden gesehen hätte. Ich sagte: nein. Und sie fragte: Wo ist Mrs Petrie? Ich muss ihr etwas sagen. Ich sagte ihr, Mrs Petrie wäre in ihrem Zimmer. Ich war sehr aufgeregt; ich ging dann in mein Zimmer.«

»Und ließest sie also in ihrer Angst allein«, sagte Mina. »Sie wollte zu mir, Fanny. Du hättest ihr helfen sollen. Hättest sie zu mir bringen müssen.«

»Wissen Sie vielleicht, was sie Ihnen sagen wollte, Mrs Petrie?«, fragte Crafft.

»Nein«, antwortete Mina und schüttelte den Kopf. »Nein, das weiß ich nicht. Als man mit der Taschenlampe kam, wusste ich erst, dass Melissa im Zimmer war. Ich glaubte, es wäre jemand anders.«

»Und wer?«

»Ich glaubte«, antwortete Mina langsam, »es wäre ... Morgen ist der 26. Ich glaubte, sie wäre gekommen, um mich ...«

»Mr Crafft«, unterbrach sie Steven: »Ich weiß, dass Sie mich gleich vernehmen werden. Wollen Sie das nicht sofort tun? Ich weiß allerlei, was für Sie von Interesse sein dürfte.«

Katie fragte sich, was im Kopf des kleinen Mannes vor sich ging, der sich langsam zu Steven umwandte und ihn scharf ansah.

»Aber gewiss, Mr Petrie. Wir haben Sie allerlei zu fragen. Sofort. Und wem gehört dieses Rasiermesser?«

Viele Stimmen sprachen durcheinander.

»Es ist also deins, Clarence«, sagte Katie.

»Ja«, antwortete dieser. »Ja. Jeder hier im Zimmer weiß, dass es mir gehört. Seit Tagen war es verschwunden.«

»Und was geschah damit?«

»Das weiß ich nicht. Ich wusste nur, dass mit dem Rasiermesser etwas geschehen würde.«

»Das wussten Sie?«, fragte der Detektiv.

»Aber ich habe nichts damit zu tun. Es ist mein Rasiermesser; jeder hier weiß, dass ich es vermisste. Ich habe das sofort erzählt.«

»Und weshalb erzählten Sie das jedem, Mr Siskinson?«

»Weil jeder es wissen sollte. Und wenn Sie meine Meinung wissen wollen, so kann ich Ihnen nur sagen, dass Melissa es fortnahm, um sich mit ihm zu verteidigen. Und ich glaube ferner, wäre Melissa nicht gerade jetzt ermordet worden, so hätte sie uns sagen können, wer Charlotte tötete. Und Hermann Schmidt.«

Wieder war es, als striche ein kalter Wind durch das Zimmer. So kalt, dass Katie zusammenschauderte. Sie sah, wie Fanny sich bewegte, wie Chris aufstand und zwischen Tisch und Bücherregalen auf und abging.

»Sie wusste, dass sie in Gefahr war«, wiederholte Clarence. »Und es würde mich nicht gar nicht wundern, wenn man ein Büschel schwarzes, wolliges Haar …«

Mr Mannsen stand in der Tür. Er sah den Detektiv an. Er war blass und erregt und vermied es, dem Blick der anderen zu begegnen.

»Ist sie … tot?«, fragte der Detektiv.

Wie still es plötzlich im Zimmer war! Chris blieb stehen und wurde plötzlich ein großer, dunkler Schatten. Stevens Mund wurde böse. Und Katie wusste irgendwie, ohne hinsehen zu müssen, wie still Pauls verschleierte, dunkle Augen waren, und dass Clarences Lippen sich nicht mehr bewegten und Mina sich langsam, ganz langsam umwandte, um den Arzt anzusehen. Auch der Detektiv wartete, und auf einmal erklang in der Stille ein Klirren, und Katie sah, dass Fanny die langen, starken Hände rang.

»Nun?«, fragte Crafft.

»Verzeihung. – Ich – es ist furchtbar. Was fragten Sie doch? Ich überlegte gerade.«

Überlegte, wer von uns der Täter ist, dachte Katie.

»Ist Melissa tot?«, fragte Crafft.

»Noch nicht«, antwortete der Arzt.

»Wird sie sterben?«

»Das weiß ich nicht. Aber ich befürchte es. Ich habe getan, was in meiner Macht steht.«

»Kann sie sprechen?«

Stille! Tiefe Stille! Selbst Fannys Armbänder klirrten nicht mehr.

»Vielleicht.«

Crafft sah Sergeant Caldwell an.

»Wache«, sagte er kurz. »Sofort.«

»Pflegerinnen braucht sie«, sagte Mina. »Tun Sie alles Menschenmögliche, Dr. Mannsen.«

»Ja, Mrs Petrie«, sagte der Arzt, ohne sie anzusehen. Er streckte dem Detektiv eine offene Hand entgegen. »Das fand ich in ihrer Tasche, Mr Crafft. Es sieht aus wie krauses, schwarzes Haar.«

Clarence stand auf.

»Ich muss was trinken«, sagte er. »Unbedingt. Ich muss was trinken.«

18

»Das ist mein Taschentuch«, sagte Mina, »in das ich das Haar wickelte. Warum nahm Melissa es fort?«

»Das weiß ich nicht«, antwortete Crafft. »Aber das werden wir hoffentlich bald feststellen. Darf ich Sie wohl bitten, Doktor, hier im Hause zu bleiben?«

»Das wollte ich sowieso«, antwortete Dr. Mannsen. »Meine Patientin braucht mich. Darf ich telefonieren?«

»Natürlich.«

»Ich möchte nun gern mit Ihnen allein sprechen, Mr Petrie. Folgen Sie mir bitte.«

Der Detektiv wandte sich zur Tür, an der er stehen blieb und einem der Polizisten leise einen Befehl erteilte. Steven beugte sich über Katie.

»Ich werde alles sagen, was wir wissen. Wenn Mina es war – es geschah gerade vor ihren Füßen! Ich muss alles sagen.«

Dann schloss sich die Tür hinter dem Detektiv und Steven. Katie schauderte zusammen. Sie mussten also alle hier so lange warten, wie es dem Tiger gefiel.

Die Tür wurde wieder geöffnet, und zwei Polizisten betraten das Zimmer. Sie nahmen in zwei gegenüberliegenden Ecken des Zimmers Aufstellung.

Clarence sah sie erstaunt an, sank dann wieder zurück in seinen Sessel und nahm den Kopf in die Hände. Und Chris ging wieder vor den Bücherregalen auf und ab.

Etwas wirbelte gegen das Fenster, und Katie wusste, dass plötzlicher Regen den Nebel hinwegfegte.

Außer Chris, der im Zimmer auf und ab ging, und Paul, der rauchte, bewegte sich niemand. Niemand sprach. Einmal sah Katie den Polizisten in ihrer Nähe und merkte, dass er sie alle neugierig betrachtete. Was dachte er wohl von Mina in dem elfenbeinfarbenen Satinkleid mit dem kleinen, roten Flecken am Saum, von Fanny mit dem grauen Haar, von dem eleganten Clarence, der aussah wie ein Balletttänzer?

Die Augen des Polizisten begegneten den ihren, und Katie wusste, dass er an sie dachte. Was tut denn das Mädchen hier? fragte sein erstaunter Blick.

Sie waren alle aneinander gefesselt. Waren wie Marionetten an einem einzigen Draht, und als die Tür sich öffnete, fuhren sie alle zusammen und versuchten, ihre Aufregung zu verbergen.

Es war Sergeant Caldwell. Er bat Miss Warren, in die Diele zu kommen. Steven und Crafft standen in der Tür zwischen Diele und Esszimmer.«

»Sie sagte«, bemerkte Steven gerade, als Katie sich ihnen näherte, »es war eine Art Klirren gewesen. Ganz deutlich. Als stieße Porzellan gegeneinander. Dass sie aber im Esszimmer nichts feststellen konnte. Kein Tablett – nichts ... Aber da bist du ja, Katie.«

Crafft wandte sich um und sah Katie an.

Die Augen des Detektivs glühten.

Er war ganz Spannung. Wie eine Katze, dachte Katie, die im Begriff ist, eine Maus zu packen.

Er sagte ziemlich ruhig:

»In diesem Zimmer ist nur eins, was klirren könnte, und das ist ...« Er sprach nicht weiter. Er betrachtete den Leuchter mit den Glasprismen und wandte sich dann an Sergeant Caldwell.

»Einen Stuhl, oder etwas, worauf ich mich stellen kann.«

Steven sprang vor, stellte einen Stuhl an den Tisch, stieg auf den Tisch und griff nach dem Leuchter.

»Sie sehen doch die Rille an dem ausgekehlten Rand. Fühlen Sie doch mal nach ...«

»Ich finde nichts. Hier nicht. Einen Augenblick. Ich will mal die andern ...«

Plötzlich ein Klirren, als berührten sich zwei Glasprismen. »Das habe ich gehört, genau das ...« sagte Katie aufgeregt, die Stevens suchender Hand gespannt folgte.

»Hier ist etwas. Ich weiß nicht, was. Es fühlt sich an wie ... Hier!«

Er reichte dem Detektiv einen kristallklaren Gegenstand.

»Und hier noch eins, zwei ... sieben, acht ...«

»Genau das, was ich vermutet hatte«, sagte Crafft. »Suchen Sie weiter, Steven.«

Katie dachte: Er ist aufgeregt. So aufgeregt habe ich ihn noch nicht gesehen. Und dann merkte sie, dass sie selbst aufgeregt atmete, dass sie vor Aufregung die Hände rang.

»Das wären sie alle«, sagte Steven. Er stieg vom Tisch und beugte sich über die kleinen, kristallklaren Zylinder in der Hand des Detektivs.

»Was ist das?«, rief Katie.

»Das?«, sagte der Detektiv ziemlich ungeduldig, als wenn sie es hätte wissen müssen. »Nun, vermutlich Sodium pyratol. In Ampullen. Furchtbar einfach. Mit dem Fingernagel knipst man die Spitze ab und fertig. Es handelt sich um eine Flüssigkeit, die sich sofort mit einer anderen vermischt.«

»Aber wer legte die Dinger denn da oben hin? Und weshalb?«

»Vermutlich Melissa«, sagte er immer noch ungeduldig.

Weil es ein sehr einfaches und leicht zugängliches Versteck war.«

»Aber wollte sie es mir denn geben ... als ich hörte ...«

»Das weiß ich nicht. Vielleicht. Aber ich glaube es kaum. Damals noch nicht. Erst als Sie von Krepp-Haar gesprochen hatten, wurden Sie gefährlich. Vielleicht bekam sie Angst und wollte die Ampullen vernichten. Vielleicht wurde sie argwöhnisch, als sie erkannte, dass Miss Weimann zu Tode gekommen war, nachdem sie ihr das Zeug in den Tee gegossen hatte.«

»Glauben Sie denn, dass Melissa ...?«

»Ich glaube vorläufig noch gar nichts. Mr Petrie hat mir allerlei erzählt; und hätte ich das früher gewusst, wären wir bedeutend weiter. Aber daran ist ja nun nichts mehr zu ändern. Diese Horoskopgeschichte! Der Brief, den Miss Weimann geschrieben hat, spielt deutlich darauf an. Aber die einzige Verbindung zu dem Brief fand ich in einer Reihe von Büchern und Notizen über Astrologie in Mrs Siskinsons Zimmer. Vermutlich hat sie sie sich gleich nach Miss Weimanns Tod aus dem Zimmer genommen. Aber damit konnte ich nicht weiterkommen.«

Katie dachte an das Klirren. Wozu sollte sie das erzählen?«

»Das also bedeutet der 26.«, sagte der Detektiv und ließ die Ampullen in der Hand hin und her rollen. »Den Mantel haben wir übrigens auch, Miss Warren.«

»Den Mantel?«

»Ja, wieder ein Glied. Überlegen Sie mal ganz genau, Miss Warren. Sie erinnern sich doch, dass auf der Rettungsinsel, wo Sie Mr Duchane trafen, jemand von Krepp-Haar sprach?«

»Ja, ja, natürlich«, sagte Katie. Sie war verwirrt, wusste nicht, was das zu bedeuten hatte. Sie überlegte, um welchen Mantel es sich handeln mochte. Und die Ampullen in der lederartigen Hand des Detektivs?

»Nun ...« – er wurde immer ungeduldiger – »haben, Sie die Stimme denn noch nie – weder vorher noch nachher gehört?«

»Nein«, sagte Katie und starrte dem Detektiv in die funkelnden Augen. Wie die einer Katze. Wie die Friquets.

»Nein«, sagte sie wieder.

»Überlege doch mal, Katie«, drängte sie Steven.

»Warte mal ... ich ...« Eine Stimme klang plötzlich aus dem Nebel und redete sie an. Sprach von einem Laden und von Charlotte Weimann. Blaue Augen, die in den grauen Himmel starrten. »Hermann Schmidt«, sagte sie fast tonlos.

»Bestimmt?« Der Detektiv ergriff ihren Arm.

»Bestimmt?«

»Ja, ja. Das hätte ich doch gleich wissen müssen.«

Der Detektiv und Steven wechselten einen langen Blick. Crafft zog einen Papierumschlag aus der Tasche, in den er die Ampullen steckte. Dann faltete er ihn sorgfältig und steckte ihn in die innere Rocktasche. Mit der gleichen Bewegung zog er zwei Blatt Papier aus der Tasche; liniiertes Papier, das anscheinend aus einem Notizbuch gerissen war.

Er betrachtete die Blätter nachdenklich.

»Desgleichen ein braunes Toupet, verkauft an Christopher Lorell«, sagte er wie zu sich selbst. »Und weiter: Desgleichen ein Maskenkostüm, verkauft an Steven Petrie.« Er wandte sich plötzlich an Katie. »Miss Warren, als ich Mr Siskinson unmittelbar nach dem Tode Miss Weimanns fragte, sagte er etwas über Ihr Gesicht – etwas in Ihrem Gesicht schien ihm besonders aufzufallen. Was war das eigentlich?«

Katie glaubte, der kleine Detektiv habe den Verstand verloren.

Sie antwortete wie betäubt.

»Vermutlich war mein Gesicht ... nun, ich war durch den Park gelaufen. Und es war so neblig und so dunkel, dass ich nichts sehen konnte. Ich fiel, zerschrammte mir das Gesicht. Fanny sagte sogar, ich hätte Öl im Gesicht:«

»Danke, Miss Warren.« Die Stimme des Detektivs klang scharf, schneidend.

Plötzlich stand ein Polizist neben ihnen. Dr. Mannsen erschien in der Tür.

»Sie – sie ist bei Bewusstsein, Mr Crafft«, sagte der Arzt.

»Kann sie sprechen?«

»Ich will Sie zu ihr führen«, antwortete der Arzt ausweichend. »Warten Sie bitte in der Diele.«

Die schwarzen Rohrsessel sahen traurig aus. Die Farne standen dicht zusammen und verbargen blinkende, schwarze Fensterscheiben. Katie beobachtete den Arzt und den kleinen Detektiv, die im Dunkel der Treppe verschwanden. Der Arzt war blass und müde.

Der Detektiv klein und braun und lebendig.

Katie sah Steven, sah die beiden Polizisten an. Beide standen da, den rechten Arm seltsam gekrümmt.

Dann erkannte sie plötzlich, dass sie die Hand am Revolver hatten. Schwere Revolver, in dicken, braunen Ledertaschen. Wie oft hatte sie die schon gesehen. Und immer waren sie ihr so nutzlos vorgekommen. Jetzt waren sie eine furchtbare Drohung.

Die beiden Männer standen da, bewachten sie, bewachten Steven.

»Was meinte er eigentlich mit Krepp-Haar? Wie hat er das erfahren?«

»Ich habe es ihm gesagt«, antwortete Steven. »Ich hörte, wie du damals abends Paul danach fragtest. Ich war ganz in deiner Nähe und hörte alles.«

Aber was hat es zu bedeuten? Und das Maskenkostüm? Und Chris? Was soll die Rechnung über ein Toupet?«

»Ja, der kleine Hermann Schmidt machte auch Perücken, lieferte dann und wann auch Kostüme. Offenbar hat er Chris das Toupet angefertigt.«

»Aber Chris behauptete doch, er kenne ihn nicht.«

»Ja das weiß ich. Er – er … das ist nicht sehr erfreulich, Katie …«

Er schwieg nachdenklich.

Die beiden Beamten tauschten einen Blick, den Katie auffing.

Die anderen warteten in der Bibliothek. Sie wussten nicht, dass Melissa bei Bewusstsein war. Niemand hatte es ihnen berichtet.

Das Haus war still, als wäre nichts Lebendiges in ihm. Oben lag die schwer verwundete Melissa mit dem seltsam roten Haar und dem dunklen Gesicht.

Vielleicht starb sie. Ob sie wohl verriet, wer sie töten wollte? Und weshalb?

Es war unerträglich, hier so untätig zu sitzen, zu warten. Katie machte eine Bewegung, wollte aufstehen. Aber der Polizist fasste plötzlich den Revolver fester, und Katie sank wieder in den Sessel zurück.

Steven war mit seinen Gedanken beschäftigt, und Katie wollte ihn nicht fragen. Seine Zurückhaltung machte sie seltsam schweigsam. Sie wollte alles wissen und gleichzeitig auch wieder nicht.

Der Regen klatschte gegen die Scheiben und rieselte herab in schnellen Bächen. Katie bewegte sich, und endlich sah Steven sie an und versuchte zu lächeln.

»Es wird schon alles gut, Katie«, sagte er.

»Wie viel Uhr ist es?« Das Sprechen fiel ihr schwer. Ihre Stimme klang heiser und unnatürlich.

Steven hob den Arm. Ein Polizist kam auf ihn zu. »Ich sehe nur auf die Uhr«, sagte Steven müde. »Es ist gleich elf, Katie.«

Langsam kroch die Zeit dahin.

»Glaubst du, dass Melissa – sprechen kann?«

Die Polizisten sahen sich wieder an. Einer von ihnen räusperte sich und sagte dann:

»Das Sprechen ist verboten.«

»So?«, fragte Steven. »Und weshalb?«

»Weil Sie beide verhaftet sind«, antwortete der Polizist.

»Wegen Mordes, Mr Petrie. Und die junge Dame wegen Mitwisserschaft.« Er sah Katie an und sagte dann ganz unerwartet: »Wenn sie meiner Meinung nach auch nicht so aussieht.«

»Das tun sie nie«, sagte der andere. »Halte jetzt den Mund, O'Brien.«

»Man darf sich doch über ein hübsches Gesicht freuen«, sagte O'Brien. »Du lieber Gott, was ist denn das?«

Die Frage war ganz überflüssig.

Schüsse krachten durch das stille Haus. Dann wieder Stille.

Dann schrie jemand, und dann verstummten auch die Schreie. Katie und Steven waren aufgesprungen, die Polizisten hatten auf einmal den Revolver in der Hand und waren bereit zu schießen.

Sie hörten, wie die Tür zur Bibliothek geöffnet und wieder geschlossen wurde. Ein Polizist kam durch den Flur in die Diele.

Er sah sie, öffnete den Mund, sah dann die Treppe hinauf und schloss den Mund wieder.

Katie folgte seinem Blick und sah Crafft, der auf, dem Treppenabsatz stand. Er lächelte nicht. Katie dachte: Sie ist tot. Niemand bewegte sich.

Der braune, schweigende Mann auf der Treppe hielt sie in atemloser Spannung.

Dann kam Leben in ihn. Er ging die Treppe hinab, an deren Fuß die Polizisten warteten, und sprach leise mit ihnen. Selbst bei der tiefen Stille konnte Katie nicht hören, was er sagte, und was die Beamten antworteten.

Dann kam Crafft schnell auf sie zu.

»Ich bin hungrig«, sagte er ernst. »Glauben Sie, dass etwas Essbares im Eisschrank ist, Miss Warren?«

19

Auf diese Frage war Katie am allerwenigsten gefasst. Erst viel später. erkannte sie, dass er ihr viel Hässliches ersparen wollte.

Sie ging wie betäubt ins Esszimmer. Sie fühlte, dass Steven ihr folgte, dass die beiden Polizisten auf ein Zeichen von Crafft in der Richtung auf den Flur, der in die Bibliothek führte, verschwanden.

Katie ging durch die Anrichteküche. In der Küche erfuhr sie alles. Crafft setzte sich an den Tisch, auf dem eine Schale mit Kuchen und Trauben stand. Er nahm eine Weintraube. Er sah auf einmal ganz menschlich aus. Er spuckte die Kerne aus und schien alles nicht mehr so tragisch zu nehmen.

Katie sagte: »Ich will etwas Kaffee machen.« Sie maß gerade den letzten Esslöffel voll Kaffee ab, als Crafft zu sprechen begann.

»Ja«, sagte er seufzend, »es war so, wie ich sagte. Melissa war nur ein Werkzeug. Alles funktionierte tadellos. Es musste eben nur alles am Lauf gehalten werden. Andere ›Unfälle‹ wie die Sache mit dem Schwimmgürtel waren nicht geglückt. Auch dieser hätte leicht – sehr leicht – fehlschlagen können. Aber er klappte. Und wenn nicht, so wäre ein anderer konstruiert worden.«

»Dann war es ...« Steven war bleich vor Spannung.

Katie stand neben dem weiß gescheuerten Tisch; die Küche duftete nach Kaffee:

»Wer?«, fragte sie flüsternd.

Crafft sah sie an und steckte eine Traube in den Mund. »Ich glaube, es ist schon besser, wenn Sie alles wissen«, sagte er. »Es ist alles ganz genau überlegt. Es ist eine Kette, bei der ein Glied genau in das andere passt. Hätte ich nur diesen Andrews, den Inhaber der Reinigungsanstalt, an jenem Nachmittag etwas früher gefunden! Aber auch das hätte vielleicht nichts genützt, wenn Steven mir nicht allerlei erzählt hätte.«

Er entfernte sorgfältig die Kerne aus seiner Traube. »Ich muss Diät leben«, sagte er. »Traubenkerne sind ungesund. Ja, die Kette beginnt bei Krepp-Haar, dann kommen die Halluzinationen, dann der Beweis, den Charlotte in ihrem Brief erwähnt, der Mantel, der in die Reinigungsanstalt geschickt wurde, und das Öl in Miss Katies schönem Gesicht. Und dann natürlich das Bild, das ich in Mrs Petries Zimmer sah. Ein sehr interessantes Bild. Und Mr Lorells Versuch, sich Geld zu verschaffen:«

»Chris …« sagte Katie.

Der Detektiv schwieg, als lausche er; er hatte den kleinen, braunen, hässlichen Kopf zur Seite geneigt. Irgendwo vor dem Hause war Bewegung. Schritte und leise Stimmen. Plötzlich sagte Katie, ohne dass sie wusste, dass sie sprach: »Heute nachmittag wurde im Kamin in der Bibliothek Bindfaden verbrannt.«

»Nein«, sagte Crafft. »Nein, Miss Katie, das war kein Bindfaden. Das war wahrscheinlich Krepp-Haar.«

»Was ist das?«, rief Steven und sprang auf. »Hören Sie.« Füße scharrten jenseits der Tür der Anrichteküche. Steven lief hinüber, und Katie machte eine Bewegung, als wollte sie ihm folgen. Der Detektiv legte seine braune Hand auf ihren Arm.

»Gehen Sie nicht«, sagte er freundlich. »Es ist besser, Sie gehen nicht.«

»Was …«

Steven war bald wieder in der Küche.

»Wenn er …« begann er und schwieg dann.

»Sie können doch nichts tun«, sagte der Detektiv. »Sie wissen doch noch, Miss Warren, was Sie Steven über Ihren Gang durch den Park nach dem Sommerhaus erzählten, als Sie das abgebrochene Stück der Spatelklinge fanden. Sie sagten Steven, jemand wäre Ihnen gefolgt, jemand hätte Sie beobachtet. Sie waren damals dem Tode näher, als Sie ahnten.« Er schwieg, aß ein paar Trauben und sagte dann: »Der Mörder war im Park.«

Steven ging auf Katie zu und legte den Arm um sie.

»Der Mörder ging neben Ihnen her«, sagte der kleine, braune Mann langsam. »Es war Paul Duchane.«

Sie fragte nicht; warum?

Der Duft heißen Kaffees füllte den Raum, und das helle Deckenlicht vertrieb alle Schatten aus den Ecken, und der kleine, braune Mann aß Trauben.

»Ja, er brauchte Geld. Und er wollte Mrs Petrie beerben. Er brauchte unbedingt Geld; was er zu Chris Lorell sagte, war wahr. Alles Geld hatte er in das Geschäft gesteckt, und wollte er nicht Pleite machen, musste er Betriebskapital finden. Er brauchte also Geld. Aber Charlotte Weimann hatte einen so großen Einfluss auf Ihre Tante, dass Duchane etwas ausfindig machen musste, das diesen Einfluss brach. Und das war ganz einfach. Er hatte erkannt, dass sich Ihre Tante in einer geistigen Verfassung befand, in der sie eigentlich alles glaubte, wenn es ihr nur in der richtigen Weise beigebracht wurde. Nur auf dem Wege über ihre sentimentale Liebe konnte er entscheidenden Einfluss auf sie gewinnen. Liebe«, wiederholte er. »Zu Pauls Vater. Wissen Sie übrigens, Miss Katie, was Krepp-Haar ist?«

Katie dachte an Maskerade und Theaterspiel, kam aber zu keiner klaren Vorstellung.

»Hermann Schmidt war nicht bezahlt worden«, sagte der kleine Detektiv. »Er traf Paul auf der Rettungsinsel, Miss Katie. Und als Paul, wie ich vermute, ihm sagte, er könne nicht zahlen, sagte der kleine Mann: ›Aber ich kann doch nicht von Krepp-Haar und Uhren leben.‹ Mit andern Worten, er brauchte das Geld für seinen Unterhalt. Aber was das Krepp-Haar betrifft …« Er zog etwas aus der Tasche.

»Das hier«, fuhr er fort, während die beiden auf das wollige, schwarze Haar blickten, »ist Krepp-Haar. Man macht aus ihm falsche Bärte, falsche Schnurrbärte, falsches Haar. Paul hatte sich einen schönen Bart, machen lassen – den er vermutlich heute Nachmittag verbrannte. Mit dem Bart sah er aus wie sein Vater. Die Ähnlichkeit ist ja auffallend; der Bart und die richtigen Kleider – und Mrs Petrie konnte nicht widerstehen. Besonders, nachdem Melissa …« Er nahm wieder eine Traube.

»Paul wusste also, dass er Mrs Petrie nur durch ihre Liebe zu seinem Vater beeinflussen konnte, dass diese Liebe aber schattenhaft geworden war. Was lag also näher, als diese alte Liebe neu zu beleben? Und so fasste er dann«, fuhr Crafft, der auf einmal alt und weise aussah, »den allereinfachsten Plan. Er ging ganz vorsichtig zu Werke. Er erkannte, dass er jemanden im Haus haben musste, der ihm half und ihn über alles unterrichtete. Melissa …« Ein grauer Schatten glitt über sein Gesicht, und er sah einen Augenblick lang unendlich traurig und lebensmüde aus – »Melissa war Mädchen in der Pension, in der er wohnte. Sie hatte Paul Geld gestohlen. Ach, immer dieselbe alte Geschichte. Er besorgte ihr die Stelle im Hause Ihrer Tante, drohte ihr mit Gefängnis, kurz, er hatte sie in der Hand. Erst als Melissa erkannte, dass einer seiner Befehle einen Tod zur Folge hatte, bekam sie Angst.

Von da an begann sie, alles, was geschah, heimlich zu beobachten. Sie folgte Ihnen an jenem Abend in den Park nach dem Sommerhaus. Vermutlich folgten Sie ihr damals. Sie goss unter Pauls Einfluss Sodium pyratol in den Tee Charlottes, sie füllte die Teekanne wieder und spülte auch die Tasse, um den Anschein zu erwecken, dass sie nicht benutzt wurde. Auch Ihrer Tante musste sie das Gift beibringen.«

»Und wann?«, fragte Steven gespannt.

»Es ist nun vorbei, Steven«, sagte Crafft. Er nahm wieder

eine Traube. »Wenn Paul seinen Vater spielte«, sagte er wie nebenbei.

»Was!«

Crafft sah Katie überrascht an.

»Ich sagte Ihnen doch eben, dass Mrs Petries Liebe zu seinem Vater etwas verblasste – und da beschloss er, sie ein wenig aufzufrischen. Er ging zu einem Kostümmacher ...«

»Hermann Schmidt«, sagte Katie.

»Ja. Er nahm die alte Fotografie seines Vaters und ließ sich nach diesem Bilde zurechtmachen. Später tat er das dann selbst. Und nachdem er dafür gesorgt hatte, dass Ihre Tante nicht zu viel fragen konnte, erschien er. Eine Vision. Halluzinationen, sagte der Arzt. Aber Charlotte entdeckte die Wahrheit und hatte auch den Beweis. Er kannte Ihre Tante ganz genau. Argwöhnisch und doch wieder harmlos wie ein Kind. Dazu ihr Glaube an übersinnliche Dinge. Denken Sie nur an das Horoskop. Ich brauche wohl nicht besonders darauf hinzuweisen, dass diese ›Vision‹ Ihrer Tante ewige Liebe versicherte. Ach ja es ist so ungeheuer einfach. Ja, junger Mann, wären Sie hier geblieben, alles wäre schneller erledigt gewesen. Das heißt: vielleicht. Das kann niemand wissen. Aber der Mantel, den er am Morgen, nachdem Charlotte so erfolgreich durch einen Unfall beseitigt war, zum Reinigen schickte, weil er Glyzerinflecke hatte, und das Öl in Ihrem Gesicht, Miss Warren, sind ganz eindeutige Beweise.«

»Glyzerin?«

»Glyzerin und Alkohol. Die Flüssigkeit in der Bremstrommel. Hydraulische Bremse am Wagen. Er behauptete, er wolle die Scheinwerfer säubern. Es dauerte nur zehn Sekunden, die Schraube mit der Zange loszuschrauben. Die Flüssigkeit lief aus, und als Sie dann die Fußbremse benutzten, hatte diese keinerlei Wirkung.«

»Ach«, sagte Katie, »also deshalb.«

»Dann steckte er die Zange in die Tasche. Es war sehr einfach. Leider kam etwas von der Flüssigkeit auf seinen Ärmel und in Ihr Gesicht, Miss Katie, als er vor Ihnen hergriff und die Handbremse ziehen wollte. Als Sergeant Caldwell und William behaupteten, die Bremse sei in Ordnung, war ich einigermaßen in Verlegenheit.

Dann fiel mir aber ein, dass Paul mit der toten Charlotte allein war, als Sie, Miss Katie, ins Haus kamen, um Hilfe zu holen. Er hatte also Zeit genug, die Bremse wieder in Ordnung zu bringen und die Zange in eine der Wagentaschen zu stecken.«

Langsam aß er eine Traube und ein Stück Kuchen und fuhr dann fort:

»Als es Paul gelungen war, Sie zu treffen und mit Charlotte zu telefonieren, um eine Begegnung zu verabreden, die Charlotte leider zu pünktlich innehielt, und gleichzeitig über das Küchentelefon mit Melissa zu telefonieren, brauchte nur noch die Sache mit der Bremse gemacht zu werden. Natürlich konnte das schief gehen – es war schon so manches schief gegangen. Aber dieses Mal klappte es. Er wusste, dass Jenks Zahnschmerzen hatte und Melissa den Tee zubereitete. Melissa goss Sodium pyratol in den Tee, ging nach draußen, schloss das Tor, kehrte ins Haus zurück und säuberte die Teetasse. In der Zwischenzeit hatte Steven Mrs Petrie nach Hause begleitet, Charlotte hatte den Tee getrunken, war nach oben gegangen, wo sie den an Steven adressierten Brief liegen ließ und ihren Umhang nahm.«

»Der Brief ...« sagte Katie.

»Sein Inhalt spricht für sich«,sagte Crafft. »Aber ich muss Ihnen noch etwas zeigen.« Er nahm einen Brief aus der Tasche, reichte ihn Steven und beschäftigte sich dann wieder mit dem Kuchen.

»Lieber Steven«, begann der Brief.

»Steven?«, sagte Katie.

Crafft nickte und sagte dann weiterkauend:

»Hat sie verwechselt. Sie schrieb an Paul und Steven und steckte hinterher die Briefe in die verkehrten Umschläge. Vermutlich wirkte das Gift schon.« Der Brief lautete:

›Lieber Steven, ich halte es für meine Pflicht, Dich davon in Kenntnis zu setzen, dass Paul durch ein verwerfliches Spiel versucht, Deine Tante für sich zu beeinflussen. Der Zustand Deiner Tante ist Besorgnis erregend. Ich habe Paul gebeten, sein frevelhaftes Treiben aufzugeben, aber er weigert sich. Ich halte es für das Beste, wir besprechen die Angelegenheit. Deine Tante bedarf Deiner Hilfe. Ch. W.‹

»Das heißt natürlich«, sagte Crafft, »dass sie selbst Ihrer Hilfe bedurfte. Melissa fand den Brief. Er war an Paul adressiert, deshalb behielt sie ihn. Nachdem Charlotte ums Leben gekommen war, bekam sie Angst. Sie verwahrte den Brief, da sie wohl glaubte, er könnte sie gegen Paul schützen. Sie hat mir auch gesagt, sie hätte keine Ahnung davon gehabt, dass das, was sie auf Pauls Befehl in Ihre Pulver tat, Gift gewesen sei. Und ich glaube ihr.«

»Aber weshalb« fragte Katie leise.

»Sie wussten zu viel«, antwortete Crafft. »Paul verlor schließlich den Kopf. Er musste Charlotte töten, als sie ihm sagte, sie wolle Mrs Petrie die Augen öffnen. Er konnte wohl eine Sache planen und inszenieren, aber sie bis ans Ende durchführen, dazu fehlte ihm die Kraft. Er konnte nur töten, konnte nur die, die etwas wussten, zum Schweigen bringen. Wie er Hermann Schmidt zum Schweigen brachte. Wie er auch Melissa zum Schweigen bringen wollte, als er, wie ich vermute, ihr Gespräch mit Mrs Siskinson belauscht hatte und dann annehmen musste, dass sie alles verraten würde.«

»Der kleine Hermann Schmidt ...«

»Paul hatte gesehen, dass er mit Ihnen sprach; gleich erkannte er die Gefahr. Er hatte durch das Fenster beobachtet, wie Sie den Revolver versteckten.. Er nahm ihn aus dem Versteck und versäumte es nicht ... Handschuhe dabei anzuziehen. Ich neige zu der Ansicht, dass Hermann Schmidt nach dem Gespräch mit Ihnen das Anwesen nicht verließ. Es war wahrscheinlich nicht schwer, ihn zu finden, mit ihm zu sprechen, ihn an den einsamen Strand zu locken und dort zu ermorden. Paul musste ihn seiner eigenen Sicherheit wegen töten. Vermutlich hatte Paul dem Uhrmacher Ihren Namen genannt, Steven; der kleine Uhrmacher wusste zu viel. Charlotte hatte Pauls verbrecherisches Treiben erkannt. Sie ging in Hermann Schmidts Laden – mag der Himmel wissen, wie sie ihn ausfindig machte. Sie kannte ja wohl keine Schwierigkeit – und sprach mit ihm. Schmidt hatte geglaubt, es handle sich um irgendeinen Scherz. Charlotte hatte genug erfahren und den Beweis in Händen.«

»Das schwarze, wollige Haar«, sagte Steven. »Sie hatte es in der Hand, als sie zu der mit Paul getroffenen Verabredung ging, um mit ihm einen Waffenstillstand zu schließen.«

»Einen Waffenstillstand bis nach dem 26. Februar. Darf ich noch um etwas Kaffee bitten, Miss Warren? Aber Sie trinken ja gar nicht. Nun mal schnell einen tüchtigen Schluck. Sie sehen ja ganz elend aus.«

Mit kraftloser Hand griff Katie nach der Tasse und trank einen Schluck.

»Was Ihnen drohte, Miss Katie, nachdem Sie Duchane im Park gefragt hatten, was Krepp-Haar sei … Aber das alles ist ja nun vorbei.«

Er stand auf und ging in das Wohnzimmer. Katie und Steven folgten ihm.

In der Diele mit den Rohrsesseln, den Farnen und dem Spiegel in goldenem Rahmen über dem kleinen Schreibtisch wandte Crafft sich wieder an Katie.

»Vorhin versuchte Paul übrigens zu fliehen.«

Schweigen. Regen flüsterte gegen die blanken Scheiben; ein Polizist kam an die Tür, in der er stehen blieb, als er Crafft sah.

»Und weiter?«, fragte Steven.

»Es wird keine Verhandlung stattfinden«, sagte der Detektiv. »Ach«, seufzte Katie. »Ich muss schnell zu Tante Mina, das übersteht sie nicht.«

»Unsinn?« Der kleine Mann sah sie fast freundlich an.

»Darf ich Ihnen einen Rat geben, Miss Warren? Was passiert ist, ist furchtbar und doch so menschlich. Aber es ist nun mal geschehen, und das Leben will weitergelebt werden.« Er lächelte immer noch. »Und Tante Mina kann sich nur freuen.«

Neben ihm klingelte das Telefon. Er nahm den Hörer, fragte, antwortete, ja, ja, war wieder ganz Crafft.

Die männliche Stimme am andern Ende des Drahtes wurde plötzlich eine wilde Flut von Worten.

»Aber ...« sagte Crafft. »Sie sind ...« Er sprach fast unsicher.

»Langsam, langsam ...« Aber der Wortstrom schwoll immer mehr an, immer mehr, bis Crafft endlich den Hörer einhängte:

Er nahm sein Taschentuch und tupfte sich die Stirn ab. Er sah den Polizisten an.

»Sagen Sie Sergeant Caldwell, er habe auf dem Revier elf Hilda Hansen, die sofort freigelassen werden soll.« Er ging zur Flurtür. An der Tür wandte er sich um.

»Die Anklage gegen Sie beide ist niedergeschlagen«, sagte er.

Seine Augen leuchteten. Dann ging er. Neben Katie glühte der Spiegel. Sie sah ihr bleiches Gesicht über hellgelber Spitze, sah Stevens blonden Kopf und begegnete seinem Blick.

»Dann war es also Melissa, die mich beobachtete, als ich hier am Tisch saß, an dem auch Charlotte kurz vor ihrem Tode saß und die Briefe schrieb. Vielleicht blickte sie auf, als sie hörte, dass Melissa den Tee brachte. Vielleicht hörte sie das leichte, kristallhelle Klirren. Vielleicht sah sie sich im Spiegel, bevor sie hinausging, in den Nebel und den Tod … Ich möchte nur wissen …«

Im Spiegel sah sie, dass Steven den Arm um sie legte.

»Es ist vorbei«, sagte er, »und das Leben erwartet uns.«